KB163845

무기여 잘 있거라

일러두기

• 이 책은 Ernest Hemingway, 『*A Farewell to Arms*』(Cindy Beyer & the online Distributed Proofreaders, Canada)를 참고했습니다.

A Farewell to Arms

무기여 잘 있거라

어니스트 헤밍웨이 지음

『무기여 잘 있거라』 집필 시기에 아들과 함께

어니스트 헤밍웨이는 1899년 미국 일리노이주의 오크 파크에서 의사인 아버지 클래런스 헤밍웨이와 음악 교사인 그레이스의 여섯 자녀 중 둘째로 출생했다. 그의 삶은 그야말로 현란하기 그지없다. 1, 2차 세계 대전, 스페인 내전에 병사로, 종군 기자로 직접 참여했고, 거처도 미국, 캐나다, 프랑스 파리 등으로 계속 옮겼으며, 쿠바 아바나에 오랫동안 머물며 집필 활동을 했다. 1954년 노벨상을 받은 그는 카스트로가 권좌에 오른 1961년 쿠바를 영원히 떠나며 우울증, 알코올 중독증 등에 시달리다가 그해 7월 2일 엽총으로 자살했다. 그는 미국인이 가장 사랑하는 작가 순위에서 늘 1위에 오른다.

헤밍웨이가 『무기여 잘 있거라』를 집필한 미국 아칸사스 피고트의 저택

헤밍웨이는 1차 세계 대전을 무대로 『무기여 잘 있거라』를, 스페인 내전을 무대로 『누구를 위하여 종은 울리나』를 집필한다. 하지만 그는 엄밀한 의미에서 전쟁 작가가 아니다. 전쟁을 무대로 한 작품을 쓰면서도 그가 염두에 두었던 것은 전쟁 자체가 아니라 비극적일 수밖에 없는 인간의 운명이다. 헤밍웨이가 이 작품을 자신이 쓴 『로미오와 줄리엣』이라고 말한 것은 바로 그 운명적 비극성 때문이다.

1932년 영화 〈무기여 잘 있거라〉에서의 게리 쿠퍼와 헬렌 헤이즈

헤밍웨이는 1918년 제1차 세계 대전 중에 미 적십자 부대의 앰뷸런스 운전사로 지원해 이탈리아 전선에 투입된다. 그는 그해 7월 두 다리에 중상을 입고 밀라노 육군병원에서 치료를 받았다. 캐서린 바클리는 그 때 그를 간호해준 간호사 애그니스 폰 쿠로스키가 모델이다. 그는 여섯 살 연상인 그녀와 사랑에 빠진다. 그의 방랑벽은 여자에게도 적용이 되었는지, 그는 생애 세 번 이혼하고 네 번 결혼했다.

무기여 잘 있거라 차례

제3부

제4부

제5부

제1부

제1장

그해 늦여름 우리는 강과 들판 너머로 산악지대가 바라보이는 어느 마을 민가에 머물고 있었다. 말라붙은 강바닥에는 햇빛에 바싹 마른 자갈과 둥근 조약돌들이 하얗게 빛나고 있었고 맑고 푸른 강물이 여울을 이루어 빠르게 흐르고 있었다. 군부대가 집 옆의 도로를 따라 지나가자 먼지가 뽀얗게 일어 나뭇잎들 위에 쌓였다. 그해에는 나뭇잎들이 일찍 떨어졌다. 나무줄기도 먼지투성이였다.

들판에는 곡식이 풍성했다. 많은 과수원들이 있었으며 들판 너머 갈색 산들은 헐벗어 있었다. 산에서는 전투가 벌어지고 있어 밤이면 대포 섬광이 번쩍였다. 어둠 속에서 마치 번개가 번쩍이는 것 같았다. 하지만 밤공기는 서늘했으며 폭풍우가 닥

쳐올 조짐은 없었다.

가끔 어둠 속에서 군부대가 창문 아래에서 행군하는 소리, 전동 트랙터가 대포를 끌고 가는 소리가 들렸다. 길가 양쪽에 탄약 상자를 실은 노새들, 군인들을 실어 나르는 잿빛 군용 트럭들, 텐트로 덮인 짐을 가득 싣고 천천히 이동하는 트럭들로 밤이면 도로는 더욱 붐볐다. 낮에는 긴 포신을 푸른 나뭇가지로 덮은 큰 대포들이 지나갔으며 트랙터에도 잎이 무성한 푸른 나뭇가지들이 덮여 있었다. 북쪽으로는 계곡 너머로 밤나무 숲이 보이고 숲 뒤로는 강 이쪽 편으로 또 다른 산이 있었다. 그 산을 점령하기 위한 전투가 벌어지고 있었지만 전과(戰果)는 신통치 않았다. 가을이 되고 비가 내리자 밤나무 잎들이 모두 떨어져 나뭇가지는 앙상해졌으며 나무줄기는 비에 젖어 검게 변했다. 포도밭도 색이 바랜 채 헐벗은 가지만 모습을 드러내고 있었다. 가을이 되자 이 고장 전체가 축축하게 비에 젖고 갈색이 되어 죽음을 맞이하고 있는 것 같은 모습이었다. 강 위에는 엷은 안개가 끼어 있었고 산에는 구름이 걸쳐져 있었다. 외투를 입은 병사들은 지나가는 트럭이 튀기는 진흙을 뒤집어쓰고 비에 젖었으며 소총도 마찬가지로 젖어 있었다. 모두들 외투 속 허리띠 앞쪽에 가죽으로 된 탄약 상자를 두 개씩 매달고 있었는데 그 잿빛 상자 속에는 가늘고 긴 6.5미리 탄창이 여럿 들어 있어서 상자가 묵직했다. 탄약 상자가 외투 속에서 불쑥 앞으로 튀어나와 있어서 행군하는 병사들은 마치 임신 6개월의 임신부들이 걷고 있는 것 같았다.

아주 빠른 속도로 지나가는 잿빛의 작은 자동차들도 있었다. 보통 장교 한 명이 운전병 옆에 타고 있었으며 뒷좌석에도 몇 명의 장교들이 타고 있었다. 그 차들은 트럭보다도 더 심하게 진흙을 튀겼다. 만일 뒷좌석의 우람한 장군들 사이에 몸집이 너무 작아 얼굴은 보이지 않고 겨우 모자 꼭대기와 야윈 등만 보이는 장교가 타고 있다면, 또한 그 차가 유별나게 속력을 내서 달린다면 십중팔구 그 차에는 왕(당시 이탈리아 국왕인 비토리오 에마누엘레 3세-옮긴이 주)이 타고 있다고 보면 된다. 국왕은 우디네(이탈리아 북동부의 소도시-옮긴이 주)에 머물면서 그런 식으로 매일 전황을 살폈지만 상황은 나쁘게 흘러가고 있었다.

겨울이 시작되자 쉬지 않고 비가 내렸고 비와 함께 콜레라가 찾아왔다. 하지만 콜레라가 만연하는 것을 차단할 수 있었고 결국 군대에서는 겨우 7천 명의 희생자가 나왔을 뿐이었다.

제2장

이듬해에는 많은 승리를 거두었다. 계곡 너머의 산, 밤나무 숲이 있는 언덕을 점령했고 남쪽 평원 너머의 고원에서도 승리를 거두었다. 우리는 8월에 강을 건넜고 고리치아(이탈리아 북동부 도시-옮긴이 주)의 한 농가에 머물렀다. 그 집에는 분수가 있었고 담으로 둘러싸인 정원에는 나무가 울창했으며 집 옆에는 보랏빛 등나무 넝쿨이 자라고 있었다. 전투는 1.5킬로미터 정도밖에 떨어지지 않은 건너편 산들에서 벌어지고 있었다.

마을은 아름다웠고 우리들이 묵고 있는 집도 깨끗했다. 집 뒤쪽으로 흐르는 강과 마을은 손쉽게 점령했지만 그 너머 산은 아직 탈환하지 못했다. 나는 전쟁이 끝나면 오스트리아군이 언젠가 다시 이 마을로 들어오고 싶어 하는 것 같아서 아주 기분이 좋았다. 그들은 마을을 폭격으로 파괴시키지 않고 소규모 군사 행동만 취했던 것이다. 사람들은 여전히 마을에 살고 있었고 골목 위쪽에는 병원과 카페가 있었으며 포병대가 주둔하고 있었다. 또한 이 마을에는 두 개의 유곽이 있었다. 한 곳은 사병들을 위한 곳이었고 다른 한 곳은 장교들을 위한 곳이었다.

마을 저편 산의 참나무 숲은 모두 사라지고 없었다. 전에 이 마을에 왔을 때만 해도 푸르렀는데 지금은 나무 그루터기와 부러진 몸통만이 남아 있었고 땅은 파헤쳐져 있었다. 가을이 끝나가던 무렵 어느 날 아침 참나무 숲이 우거졌던 곳에 가보니 구름이 산 너머로 다가오고 있었다. 구름은 빠르게 다가왔고 태양은 누런색으로 흐릿해졌으며 이윽고 모든 것이 잿빛으로 변하더니 구름이 하늘을 온통 뒤덮었다. 구름이 산 아래까지 내려오더니 순식간에 우리를 감쌌고 눈이 내리기 시작했다. 눈은 바람에 흩날리며 헐벗은 땅과 툭 튀어나온 나무 그루터기와 대포를 뒤덮었다. 참호 뒤쪽 변소로 가는 길에는 눈 위에 작은 오솔길이 생겼다.

잠시 뒤 나는 마을로 내려와 장교용 유곽 창문 밖으로 눈이 내리는 모습을 바라보며 친구와 아스티 포도주를 마시고 있었다. 천천히 묵직하게 내리는 눈을 바라보고 있자니 올해도 다

갔구나 하는 생각이 들었다. 강 상류 쪽 산들은 아직 점령하지 못한 상태였고 강 건너편 산들도 마찬가지였다. 모두 내년으로 미뤄야만 했다.

그때 창밖으로 식당 동료인 군종신부가 진창길을 조심스럽게 걸어가는 모습이 보였다. 내 친구가 그의 주의를 끌기 위해 창문을 톡톡 두드렸다. 신부가 고개를 들어 올려다보더니 빙그레 미소를 지었다. 친구가 들어오라는 손짓을 했다. 신부는 고개를 젓고는 그대로 가버렸다.

그날 밤 우리는 식당에서 스파게티 코스 요리를 진지한 표정으로 쉴 새 없이 입안으로 밀어 넣으며 짚으로 싼 4리터짜리 병에 담긴 포도주를 마음껏 마시고 있었다. 식사가 끝나자 대위가 신부를 놀리기 시작했다. 그는 식사 때면 늘 신부를 짓궂게 놀렸다.

아직 젊은 신부는 금세 얼굴이 빨개졌다. 그는 우리와 같은 군복을 입고 있었지만 잿빛 상의 왼쪽 가슴 주머니 위에 검붉은 벨벳 십자가를 달고 있었다. 대위는 내가 한 마디도 놓치지 않고 알아들을 수 있도록 영어와 이탈리아어를 뒤섞어 말했지만 별로 도움이 된 것 같지는 않다.

"신부님, 오늘 아가씨들과 있었지요." 대위는 신부를 쳐다보고는 이어서 나를 쳐다보았다. 신부는 미소를 지으며 붉어진 얼굴을 좌우로 흔들었다.

“맞지요?” 대위가 물었다. “오늘 아가씨들과 같이 있는 걸 봤는데요.”

“아네요.” 신부가 말했다. 다른 장교들도 신부를 놀리는 걸 재미있어 했다.

대위가 계속 말했다.

“신부님이 아가씨와 함께 있지 않았다면 아가씨와 잔 적도 없겠네요.”

이어서 그는 도를 높였다.

“신부님은 매일 밤 혼자 다섯 명을 상대한다네.”

모두들 왁! 하고 웃음을 터뜨렸다. 하지만 신부는 농담으로 받아넘겼다.

바로 그때 식당 안으로 누군가가 들어섰다. 문이 열리면서 밖에 눈이 내리는 모습이 보였다.

“눈이 내리니 더 이상 공격은 없겠군.” 내가 말했다.

“물론이지.” 함께 있던 소령이 말했다. “이 기회에 휴가나 갔다 오게. 로마나 나폴리든, 시칠리아든.”

그러자 옆에 있던 장교들이 저마다 이곳저곳 이름을 나열하며 내게 휴가지를 권했다. 신부도 한마디 했다.

"아브루치(아드리아 해에 면한 이탈리아 중부 지역-옮긴이 주)를 구경하고 카프라코타(이탈리아 중부 산간마을-옮긴이 주)의 우리 가족을 방문하는 건 어때요?"

그러자 누군가가 반박했다.

"아니, 아브루치를 권하다니! 거긴 여기보다 눈이 더 많이 와. 저 친구가 시골 농사꾼을 만나고 싶어 하겠어? 문화와 문명지로 보내야지."

이번에는 신부를 놀리던 대위가 나섰다.

"뭣보다 멋진 아가씨들을 만나야지. 내가 나폴리의 멋진 아가씨들 주소를 알려줄게. 예쁘고 젊은 아가씨들 말이야. 어머니가 늘 따라다니는 게 문제긴 하지만, 하, 하, 하."

이어서 그는 다시 "신부님은 매일 밤 다섯 명의 아가씨를 해치운다네!"라며 다시 신부를 놀렸다.

그러자 소령이 상황을 정리했다.

"자, 당장 떠나도록 하게."

"나도 함께 가서 멋진 걸 보여주고 싶은데." 곁에 있던 중위가 말했다.

그러자 너나없이 한마디 했다.

"돌아올 때 축음기 좀 가져와."

"좋은 오페라 음반을 가져와."

"카루소가 좋지."

"카루소는 집어치워. 빽빽 소리만 지르잖아."

"자네도 그렇게 소리를 지르고 싶지 않은가?"

"그자는 소리만 지른다고! 빽빽 소리만 지른다니까!"

"아브루치에 다녀오면 좋겠어요." 모두들 시끌벅적 한마디씩 하는 가운데 신부가 말했다. "사냥하기에 아주 좋아요. 사람들을 좋아하게 될 거예요. 날씨는 춥지만 아주 맑고 건조해요. 우리 집에서 묵을 수 있어요. 제 아버지는 유명한 사냥꾼입니다."

"자," 대위가 말했다. "문을 닫기 전에 청루(青樓)에나 가보세."

"그럼, 이만." 내가 신부에게 말했다.

"잘 가요." 신부가 말했다.

제3장

내가 휴가를 마치고 다시 전선으로 돌아왔을 때도 우리는 여전히 그 마을에 머물고 있었다. 마을 일대에 더 많은 대포가 배치되어 있었고 어느덧 봄이 찾아와 있었다. 들판은 파릇파릇했고 포도나무에도 작은 초록색 새싹이 돋았으며 가로수에도 조금씩 싹이 트고 있었고 바다로부터 산들바람이 불어왔다. 병원도 몇 군데 더 생겼으며 거리에서는 영국 남자들을 만날 수 있었고 때로는 영국 여자들도 눈에 띄었다.

날씨가 포근한 게 제법 봄다웠다. 우리 부대는 아직 전에 묵었던 민가에 머물러 있었다. 계절만 바뀌었을 뿐 모든 것이 이전 그대로였다. 큰 방문을 열고 안을 들여다보니 소령이 책상 앞에 앉아 있었다. 열린 창문을 통해 햇빛이 가득 들어왔다. 소령은 내 모습을 보지 못했다. 나는 소령에게 먼저 귀대 보고를 할지, 아니면 우선 2층으로 가서 몸을 씻을지 망설이다가 위층으로 올라갔다.

리날디 중위와 함께 쓰고 있는 방에서는 마당이 내려다보였다. 창문이 열려있었고 침대는 가지런히 정돈되어 있었으며 내 소지품들은 떠나던 때 모습 그대로 있었다. 리날디 중위는 다른 쪽 자신의 침대에서 잠을 자고 있었다. 그는 내가 방으로 들어서는 소리에 잠에서 깨어나 침대 위에 앉았다.

"차우!" 그가 인사했다. "그래, 좋은 시간 가졌나?"

"굉장했지."

"자, 씻기 전에 어디서 뭘 했는지 다 털어놔 봐. 몽땅 다 말하라고!"

"안 가본 데가 없지. 밀라노, 피렌체, 로마, 나폴리, 빌라 산조반니, 메시나, 타오르미나……."

"시간표처럼 줄줄 꿰고 있군. 물론 멋진 모험도 했겠지?"

"당연하지."

"어디서?"

"밀라노, 피렌체, 로마, 나폴리……."

"됐어, 됐어. 그래, 어디가 제일 좋았어?"

"밀라노."

"제일 먼저 거길 갔으니까 그렇겠지. 그래, 어디서 아가씨를 만났어? 코바 카페에서? 그다음에는 어디로 갔어? 기분 좋았어? 당장 말하라니까. 밤새 함께 있었어?"

"그럼."

"하긴 그런 게 뭐 대단할 것도 없어. 여기도 이제 예쁜 아가씨들이 수두룩해. 아직 전선에 한 번도 가본 적이 없는 신참들이야."

"어련하겠어."

"내 말 못 믿겠어? 오늘 오후에 당장 나가 보자고. 마을에 아름다운 영국 아가씨들도 많아. 내가 사랑에 빠진 여자도 있지. 미스 바클리라고 해. 자네를 한번 데리고 가겠어. 아마 미스 바클리와 결혼하게 될 것 같아."

"우선 몸을 좀 씻고 귀대 보고도 해야 해. 지금은 별로 일이 없나 보지?"

"자네가 떠난 뒤 고작해야 동상이나 황달, 임질, 자해 부상, 폐렴 같은 것밖에 없었어. 매주 몇 명이 파편에 부상을 입긴 했지만 진짜 부상자는 별로 없었어. 다음 주면 전투가 다시 시작될 모양이야. 모두들 그렇게 말하더군. 어때, 내가 미스 바클리와 결혼해도 될까? 물론 전쟁이 끝난 다음에 말이야."

"당연히 그래도 되지." 나는 대답을 한 뒤에 대야에 물을 가득 받았다.

"오늘 밤에 몽땅 털어놔야 해." 리날디가 말했다. "미스 바클리에게 산뜻하고 멋지게 보이려면 잠을 좀 자둬야겠어."

나는 상의와 셔츠를 벗고 대야의 찬물로 몸을 닦았다. 수건으로 물기를 닦으며 나는 방을 빙 둘러보고 밖을 내다보았다. 이어서 눈을 감고 침대에 누워있는 리날디를 바라보았다. 그는 미남이었다. 그는 나와 동갑으로서 아말피 출신이었다. 그는 외과 의사인 것을 자랑스러워했고 우리는 막역한 사이였다. 내가 그를 바라보는 동안 그가 눈을 떴다.

"자네, 돈 좀 있나?" 그가 말했다.

"응."

"50리라만 빌려주게."

나는 수건으로 손을 닦은 후 벽에 걸려 있는 상의 주머니에서 지갑을 꺼냈다. 리날디는 지폐를 받자 침대에서 몸을 일으키지도 않은 채 뒷주머니에 쑤셔 넣었다. 그가 미소를 지으며 말했다.

"미스 바클리에게 좀 있는 사람처럼 보여야 해서. 자네는 정말 훌륭하고 좋은 친구야. 넉넉한 재정 후원자이고."

"이런 망할 놈 같으니!"

그날 저녁 식사 때 나는 군종신부 옆에 앉았다. 그는 내가 아브루치에 가지 않은 것에 대해 실망했고 마음에 상처를 입은 것 같았다. 그는 자기 아버지에게 내가 찾아갈 것이니 준비하라고 편지를 썼던 것이다. 나는 신부만큼 마음이 아팠다. 그리고 나 자신도 내가 왜 그곳에 가지 않았는지 그 이유를 알 수 없었다. 나도 그곳에 가고 싶었다. 나는 그에게 이런저런 일이 잇따라 생기는 바람에 가지 못했다고 그를 설득하려 애썼다. 마침내 그도 내가 가고 싶어 했다는 사실을 이해했다. 나는 와인을 많이 마신 후에 커피와 과일주 스트레가를 마셨다. 술이 거나해지자 나는 우리가 왜 정작 하고 싶어 하던 일을 하지 않는지, 왜 그런 일을 절대로 못하게 되는지 그에게 핑계 겸 설명을 늘어놓았다.

다른 장교들이 이런저런 문제로 입씨름을 하느라 떠들썩한 가운데 우리 둘은 이야기를 나누었다. 나는 정말이지 아브루치에 가고 싶었다. 하지만 휴가 동안 나는 길이 무쇠처럼 꽁꽁 얼어붙은 곳, 날씨가 맑고 건조하며 추운 곳, 눈조차 바삭바삭한 가루처럼 흩날리는 곳, 눈 위에 토끼 발자국이 찍혀 있고 농부들이 모자를 벗고 우리들에게 '나리'라며 인사하는 곳, 멋진 사냥을 할 수 있는 곳은 한 군데도 가보지 않았다. 나는 그런 곳 대신에 담배 연기 자욱한 카페에 갔으며 밤이면 방이 빙빙 도는 것 같아 그걸 멈추게 하려고 벽을 뚫어져라 쳐다보아야 하는 곳에만 갔다. 밤이면 술에 취한 채 침대에 누워 지금 내게 있는 모든 것, 지금 이 순간이 전부라고 생각했다. 잠에서 깨어나면 곁에 누워있는 사람이 누구인지 몰라 약간의 흥분을 느꼈고 어둠 속에서 세상 전체가 비현실적으로 보였다. 그런 흥분 상태에서 밤에 있었던 일에 대해 아무것도 모른 채, 또 신경도 쓰지 않은 채 이게 다라고, 이걸로 충분하다고, 신경 쓸 것 아무것도 없다고 마음을 다잡곤 했던 것이다. 그러다가 갑자기 신경이 날카로워져 아침에 화들짝 깨어날 때도 있었다. 그곳에 있던 모든 것이 사라져버린 채 모든 것이 날카롭고 쓰리고 뚜렷하게 떠오를 때도 있었으며 화대(花代) 때문에 말다툼을 벌일 때도 있었다. 때로는 여전히 유쾌하고 포근한 마음으로 아침과 점심을 들 때도 있었다. 그러다가 즐거운 마음이 어디론가 사라져버리고 거리로 뛰쳐나와야 기분이 회복되는 때도 있었다. 하지만 언제나 똑같은 낮과 밤이 반복되었다. 나는 그런 밤에 대해서, 또한 밤과 낮이 얼마나 다른지에 대해서, 낮이 너무나 맑고 춥지만 않다면 밤이 얼마나 더 좋은지에 대해서 이야기를 하고 싶었다. 하지만 지금도 그렇듯이 군종신부에게 그것을 설명할 수 없었다. 그러나 경험이 있는 사람은 설명을 듣지 않아도 알 수 있을 것이다. 군종신부는 그런 경험이 없었다. 하지만 그는 내가 정말로 아브루치에 가고 싶었지만 그러지 못했다는 사실을 이해했다. 우리는 많은 취미를 공유하고 있는 가까운 친구였다. 하지만 둘 사이에는 다른 점도 많았다. 그는 내가 모르는 것, 내가 배우고 나서도 쉽게 잊어버리는 것들을 알고 있었다. 나는 나중에 그 사실을 깨달았지만 당시에는 모르고 있었다.

우리 두 사람이 이야기를 계속하고 있자 대위가 큰 소리로 외쳤다.

"신부님은 행복하지 않다네. 아가씨가 없으니 행복하지 않다네."

"난 행복해요." 신부가 말했다.

"신부님은 행복하지 않아요. 신부님은 적(敵)인 오스트리아군이 전쟁에서 이기길 바라고 있어요." 대위가 말했고 다른 장교들은 귀를 기울이고 있었다. 신부가 고개를 저었다.

"그렇지 않아요." 신부가 말했다.

"신부님은 우리가 절대로 공격하지 않기를 바라고 있어요.

신부님, 우리가 공격하지 않기를 바라고 있지요?"

"아니요. 전쟁이 벌어지면 마땅히 공격해야 하지요."

"공격해야 하지요. 공격해야 해요!" 대위가 되풀이했다.

신부가 고개를 끄덕였다.

"신부님 좀 내버려두게." 소령이 말했다. "그는 올곧은 양반이야."

"어쨌든 신부님이 이 전쟁에서 할 수 있는 건 아무것도 없어요." 대위가 말했다. 우리는 모두 자리에서 일어나 식탁을 떠났다.

제4장

이웃집 정원에 설치된 포대에서 들리는 소리에 아침에 잠에서 깼다. 창을 통해 햇살이 들어오고 있었다. 나는 침대에서 나와 창가로 가서 밖을 내다보았다. 자갈길과 잔디밭이 이슬에 축축하게 젖어 있었다. 포대에서 두 번 포를 발사했다. 일진광풍이라도 불어온 듯 창문이 흔들렸고 잠옷 앞자락이 펄럭거렸다. 마당을 내려다보니 트럭 한 대가 도로에서 시동을 거는 소리가 들렸다. 나는 옷을 입고 아래층으로 내려가 부엌에서 커피를 마신 후 차고로 갔다.

기다란 차고에는 10대의 차가 줄지어 서있었다. 지붕이 묵직하고 앞부분이 뭉툭한 앰뷸런스들이었다. 정비병들이 그중 한 대를 마당에 내놓고 수리하고 있었다. 나머지 세 대는 산속 응급 치료소에 가있었다.

"적들이 우리 포대에 포격을 가했나?" 내가 정비병들 중 한 명에게 물었다.

"아뇨, 중위님. 작은 언덕에 가려져 있거든요."

"앰뷸런스 상황은 어때?"

"괜찮습니다. 이놈 엔진이 좀 말썽이지만 다른 놈들은 잘 굴러갑니다."

그가 작업을 멈추고 빙그레 웃었다.

"휴가 다녀오셨습니까?"

"응."

"재미 좋으셨습니까?" 그는 점퍼에 손을 닦으며 씩 웃었다. 다른 정비병들도 따라 웃었다.

나는 그들을 작업하도록 내버려둔 채 차고 안으로 들어가서 차량들을 한 대 한 대 살펴보았다. 일부는 깨끗하게 세차가 되어 있었고 일부는 먼지투성이였지만 비교적 말끔했다. 타이어까지 꼼꼼하게 살펴보았지만 잘 정비되어있는 것 같았다. 휴가 전 내가 일일이 감독할 때와 별 차이가 없었다. 나는 차량 부속품 공급을 비롯한 차량 상태를 점검하는 일, 부상자들과 환자들을 전방 응급 치료소에서 옮겨와 서류에 적힌 병원으로 후송하는 일들이 상당 부분 내 손에 달려 있다고 착각하고 있었다. 그런데 내가 여기 있건 없건 별 상관없이 일이 잘 돌아가고 있음이 너무나 분명했다.

"부품 획득에 어려움은 없었나?" 나는 정비병에게 물었다.

"예, 없었습니다."

"연료 창고는 어디 있나?"

"같은 곳 그대로입니다."

"좋아."

나는 숙소로 돌아와 식당에서 커피를 한 잔 더 마셨다. 커피는 미지근했다. 창밖은 아름다운 봄날 아침이었다. 코끝에 살짝 건조한 기운이 느껴지는 것이 낮에는 무척 더울 것 같았다. 그날 나는 산속 진지들을 둘러본 뒤에 오후 늦게 마을로 돌아왔다.

내가 휴가를 떠나 있는 동안 모든 상황이 호전된 것 같았다. 공격이 재개되리라는 것이었다. 내가 속해 있는 부대는 강 상류 지점 한 곳을 공격하게 되어 있었다. 소령은 공격 중에 앰뷸런스가 머물 곳을 미리 점검하라고 내게 지시했다. 앰뷸런스가 머물 곳은 가능한 한 강 가까이, 은폐가 가능한 곳이어야 했다. 그 지점을 선택하는 일은 보병의 임무였지만 이번에는 우리가 직접 그 일을 해야 했다. 그런 일을 하다 보면 우리도 마치 전투원이 된 것 같은 착각에 빠지곤 했다.

나는 먼지로 더러워진 몸을 씻으려고 2층 내 방으로 올라갔다. 리날디가 초보 영문법 책을 들고 침대에 걸터앉아 있었다. 군복을 입고 검은 장화를 신고 있었으며 기름을 발랐는지 머리카락이 번들거렸다.

"정말 잘 됐어." 그가 나를 보더니 반색하며 말했다. "미스 바클리를 보러 가려는데 같이 가지 않겠나?"

"사양하겠어."

"같이 가자고. 제발 같이 가서 나에 대해 좋은 인상을 심어줘."

"알았어. 좀 씻고 올 때까지 기다려."

내가 몸을 씻고 나자 그가 트렁크를 열면서 말했다.

"한잔 걸치고 가는 게 좋을 것 같아. 여기 브랜디가 있어."

우리는 그라파를 두 잔씩 마신 뒤 계단을 내려왔다. 마을을 걷자니 더위가 느껴졌지만 해가 저무는 때여서 기분은 상쾌했다. 영국군 병원은 전쟁 전에 어느 독일인이 세운 커다란 저택이었다. 미스 바클리는 정원에 있었다. 다른 간호사 한 명과 함께였다. 나무들 사이로 그녀들의 하얀 제복이 보이자 우리는 그녀들을 향해 걸어갔다. 리날디가 인사했다. 나는 보다 절도 있게 인사했다.

"안녕하세요?" 미스 바클리가 나의 인사를 받았다. "이탈리아분이 아니시지요?"

"네, 아닙니다."

리날디는 다른 간호사와 이야기를 나누었다. 둘은 함께 웃었다.

"정말 이상한 일이네요…… 이탈리아 군대 소속이시니 말이에요."

"사실은 군대라고 할 수도 없지요. 앰뷸런스 부대일 뿐입니다."

"그래도 이상해요. 왜 그러신 거예요?"

"모르겠습니다. 세상사 모든 걸 언제나 설명할 수 있는 건 아니잖습니까?"

"그래요? 저는 설명할 수 있다고 배우며 자랐는데요."

"제대로 배우셨네요." 내가 말했다.

미스 바클리는 매우 키가 컸다. 간호사 제복으로 보이는 옷을 입고 있었으며 금발에 갈색 피부, 잿빛 눈을 하고 있었다. 나는 그녀가 무척 아름답다고 생각했다. 그런데 그녀의 손에는 가죽으로 감아놓은 장난감 말채찍 같은 막대기가 하나 들려 있었다.

내가 물었다.

"그 막대기는 뭔가요?"

"작년에 죽은 어떤 젊은 분의 유품이에요."

"거참 안 됐습니다."

"아주 좋은 사람이었어요. 저와 결혼할 예정이었는데 프랑스 솜강 전투에서 전사했어요. 그이의 어머니가 다른 유품들과 함께 이 작은 막대기를 제게 보내주셨어요."

"약혼한 지는 오래 되었나요?"

"8년이요. 우리는 어릴 적부터 함께 자랐어요."

"왜 진작 결혼하지 않았나요?"

"모르겠어요. 내가 바보였나 봐요. 그이가 원했다면 뭐든 해줬을 텐데. 하지만 저는 그러는 게 그이에게 좋을 게 없다고 생각했어요."

"그렇군요."

"선생님은 누군가 사랑해본 적이 있으세요?"

"아뇨, 없습니다." 내가 대답했다.

우리는 벤치에 앉았고 나는 그녀를 바라보았다.

"머리카락이 아름답습니다." 내가 말했다.

"마음에 드세요?"

"무척 마음에 듭니다."

"그이가 죽었을 때 전부 잘라버리려고 했어요."

"안 될 말씀입니다."

"그이를 위해 뭔가 해주고 싶었거든요. 정말, 그이가 원하는 것이라면 뭐든 다 해줄 수 있었는데…… 그런데 그이는 전사했고 이제 모든 게 끝난 거예요."

"정말 그럴까요?"

"정말이에요. 죽으면 다 끝이에요."

우리는 다른 간호사와 이야기를 나누고 있는 리날디를 바라보았다.

"저 여자분 이름이 뭡니까?"

"퍼거슨이에요. 헬렌 퍼거슨. 선생님 친구분도 군의관이시죠?"

"그렇습니다. 아주 좋은 친구입니다."

"잘됐네요. 일선 부근에서는 좋은 사람을 만나기가 쉽지 않은 법이거든요. 이곳은 일선 부근이지요?"

"그런 셈입니다. 간호사로 일하신지 오래 되셨습니까?"

"1915년 말부터 했어요. 그이가 참전한 뒤 바로 뒤따라 간호사가 되었어요. 내가 있는 병원으로 그이가 후송되어 올지도 모른다는 바보 같은 생각을 했던 게 기억나요. 군도에 부상을 입고 머리에 붕대를 감은 모습, 어깨에 총을 맞은 모습을 상상했던 거예요. 뭔가 아름다운 그림을 그린 거지요."

"이곳도 그림처럼 아름다운 전선이지요." 내가 말했다.

"정말 그래요." 그녀가 말했다. "그래서 이곳 사람들은 프랑스 전선이 어떤지 모르고 있어요. 그걸 알았다면 이렇게 전쟁을 계속할 수 없겠죠. 그이는 군도에 부상을 당한 게 아니에요. 산산이 부서져 버렸어요."

나는 아무 말도 하지 않았다.

"전쟁이 언제까지나 계속될 거라고 보세요?" 그녀가 물었다.

"아뇨."

"어떻게 해야 멈출까요?"

"어느 쪽인가 항복하겠지요."

"우리가 먼저 손을 들 거예요. 특히 프랑스에서는요. 솜강 전투처럼 계속하다가는 손을 들고 말 거예요."

"하지만 이곳에서는 항복하지 않을 겁니다. 지난여름에 잘 싸웠거든요." 내가 말했다.

"그렇지만 독일군도 절대로 항복하지 않을 거예요."

우리는 벤치에서 일어나 리날디와 퍼거슨이 있는 곳으로 걸어갔다.

"이탈리아가 좋으십니까?" 리날디가 미스 퍼거슨에게 영어로 물었다.

“아주 좋아요.” 퍼거슨이 영어로 대답했다.

“못 알아 듣겠네요.” 리날디가 고개를 흔들었다.

“아바스탄차 베네.” 내가 이탈리아어로 통역해 주었다.

“별로 좋아할 것도 없는데. 당신은 영국을 좋아하나요?” 리날디가 말했다.

“별로요. 저는 스코틀랜드인이에요.”

리날디는 어리둥절한 표정으로 나를 바라보았다.

“이 아가씨는 스코틀랜드인이라서 영국보다 스코틀랜드가 좋대.” 내가 이탈리아어로 말했다.

“하지만 스코틀랜드도 영국이잖아.” 리날디가 말했다.

내가 영어로 미스 퍼거슨에게 통역해 주었다.

“파장코르.” 미스 퍼거슨이 프랑스어로 말했다. 아직 아니라는 뜻이었다.

“정말이요?”

“그럼요. 우리는 영국인을 좋아하지 않아요.”

잠시 뒤 우리는 그녀들에게 작별인사를 하고 그곳을 떠났다. 숙소로 돌아오면서 리날디가 말했다.

“미스 바클리는 나보다 자네를 더 좋아하는 것 같아. 분명해. 하지만 그 귀여운 스코틀랜드 아가씨도 아주 멋져.”

“그래, 아름다워.” 내가 말했다. 하지만 나는 그녀를 별로 눈여겨보지 않았다. 내가 리날디에게 물었다.

“그녀가 마음에 들어?”

“아니.” 리날디가 대답했다.

제5장

다음날 오후 나는 다시 미스 바클리를 찾아갔다. 정원에서 그녀 모습이 보이지 않아 나는 앰뷸런스들이 서 있는 저택 옆문 쪽으로 갔다. 건물 안에서 만난 수간호사가 그녀는 근무 중이라며 내게 말했다.

"아시겠지만, 지금은 전시입니다."

나는 알고 있다고 대답했다.

"선생님은 이탈리아군 소속 미국인이지요?" 그녀가 물었다.

"네, 그렇습니다."

"어쩌다 그렇게 됐나요? 왜 우리 군대에 들어오지 않았어요?"

"모르겠습니다. 지금이라도 들어갈 수 있나요?"

"안 될 걸요. 자, 왜 이탈리아군에 입대했는지 말해 봐요."

"그때 이탈리아에 있었습니다. 게다가 저는 이탈리아어를 할 줄 압니다."

"그래요? 나는 지금 배우고 있는 중인데. 아름다운 언어예요."

"두 주 만에 배울 수 있다고 하는 사람들도 있습니다."

"어머, 두 주 안에는 안 돼요. 나는 벌써 여러 달을 공부하고 있는데요. 그녀를 보려면 7시 이후에 오세요. 그때는 비번이니까요. 하지만 이탈리아 사람들을 잔뜩 몰고 오면 안 돼요."

나는 할 수 없이 그녀와 인사를 하고 헤어졌다.

그날은 무더웠다. 나는 그날 미스 바클리를 찾아 나서기 전에 강 상류 쪽의 플라바 교두보까지 올라갔다 온 참이었다. 공격 개시 지점이었다. 오스트리아군 참호는 이탈리아군 전선으로부터 겨우 몇 미터밖에 떨어지지 않은 언덕 사면에 위치해 있었다. 그곳에는 작은 마을이 있었지만 이제는 온통 폐허로 변해 있었다. 기차역 잔해와 부서진 철교가 있었지만 적에게 훤하게 노출되어 있었기에 보수해서 사용한다는 것은 불가능했다. 교두보로 올라간 나는 철조망 너머로 오스트리아군 전선을 바라보았다. 아무도 보이지 않았다. 나는 어느 참호에서 안면이 있는 대위 한 명을 만나 술을 한 잔 마신 뒤 다리를 건너

숙소로 향했다.

산을 넘어 다리까지 지그재그로 이어지는 새로운 널찍한 도로가 거의 완공단계에 있었다. 이 도로가 완성되면 공격이 시작될 것이다. 도로는 급커브를 그리면서 숲을 통과해 아래로 내려가고 있었다. 일체의 군부대와 장비들은 이 새로운 도로를 이용해 내려가고 빈 트럭, 짐마차, 부상병을 실은 앰뷸런스 및 기타 후송 차량은 위쪽의 좁은 구도로를 이용한다는 작전 계획이었다. 응급 치료소는 강 건너 오스트리아군 쪽 언덕 기슭에 있었기에 위생병들은 부교를 이용해 부상병들을 호송할 계획이었다. 공격이 개시되어도 이 모든 것은 변함이 없을 것이다.

내가 판단하기로는 새 도로가 평탄해지는 마지막 1.5킬로미터 정도는 오스트리아군의 포격을 받을 가능성이 있었다. 아무래도 큰 혼란이 일어날 것 같았다. 하지만 나는 그곳을 무사히 통과한 앰뷸런스들이 몸을 숨긴 채 부교를 통해 후송되는 부상병들을 기다릴 만한 곳을 찾아냈다. 나는 새로운 도로를 통해 내려오고 싶었지만 아직 완공이 되지 않았기에 비좁은 위쪽 도로로 돌아와야만 했다.

헌병 두 명이 차를 세웠다. 폭탄이 한 발 떨어졌다는 것이었다. 그리고 우리가 기다리는 동안 세 발이 더 떨어졌다. 잠시 뒤 헌병의 수신호를 받고 나는 그곳을 통과했다. 포격에 무너진 곳을 피해 오자니 고성능 폭약 냄새가 코를 찔렀고 흙먼지가 아직 자욱했다. 나는 고리치아의 우리 숙소로 돌아왔다. 그리고 앞서 말한 대로 미스 바클리를 찾아갔다가 근무 중이라 만나지 못하고 숙소로 돌아온 것이다.

나는 저녁 식사를 황급히 마치고 영국군들이 병원으로 사용하고 있는 저택으로 향했다. 굉장히 넓고 아름다운 저택으로서 뜰에는 멋진 나무들이 자라고 있었다. 미스 바클리는 정원 벤치에 앉아 있었다. 미스 퍼거슨도 그녀와 함께 있었다. 그녀들은 나를 보고 반가워하는 것 같았다. 그런데 잠시 후 미스 퍼거슨이 양해를 구한 다음 자리를 떴다.

"두 분끼리 있게 해 드려야지요." 그녀가 말했다. "제가 없어야 재미있는 시간을 보내실 것 아니에요."

"헬렌, 가지 마." 미스 바클리가 말했다.

"정말 가야 해. 편지 몇 장 쓸 게 있거든."

"안녕히 가세요." 내가 말했다.

"좋은 시간 보내세요, 헨리 중위님."

"검열관을 괴롭히는 내용은 쓰지 마십시오."

"걱정 마세요. 제가 정말 아름다운 곳에 살고 있으며 이탈리아 군인들이 정말 용감하다는 내용만 쓸 거니까요."

"훈장을 받으시겠군요." 내가 덕담을 했다.

그녀가 어둠 속으로 사라졌다.

"멋진 분입니다." 내가 말했다.

"정말이에요. 저 애는 간호사예요."

"당신도 간호사가 아닌가요?"

"어머, 아니에요. 난 V.A.D(구급 간호 봉사대-옮긴이 주)예요. 열심히 일을 해도 신임을 받지 못해요."

"왜 그렇지요?"

"아무 일도 일어나지 않으면 우리는 인정받지 못해요. 정말로 다급한 일이 벌어져야 우리에게도 손을 벌리지요."

"무슨 차이가 있는 거지요?"

"간호사는 의사와 마찬가지예요. 간호사가 되려면 시간이 많이 걸리지요. V.A.D는 단기 과정이에요. 어쨌든 전쟁 이야기는 그만 해요."

우리는 어둠 속에서 서로를 마주 보았다. 나는 그녀가 무척 아름답다고 생각하며 그녀의 손을 잡았다. 그녀는 가만히 있었다. 나는 내 팔을 그녀의 허리에 둘렀다.

"안 돼요." 그녀가 말했다. 나는 그녀의 허리를 감싸고 있는 팔을 풀지 않았다.

"왜 안 되지요?"

"어쨌든 안 돼요."

"아니, 괜찮아요." 나는 그녀에게 키스하려고 어둠 속에서 몸을 기울였다. 순간 번쩍 불꽃이 일었다. 그녀가 내 얼굴을 힘차게 철썩 때린 것이다. 그녀가 손으로 내 코와 두 눈을 때렸기에 반사적으로 두 눈에 눈물이 핑 돌았다.

"죄송해요." 그녀가 말했다. 나는 내가 유리한 입장이라고 느꼈다.

"제가 맞을 짓을 한 거지요." 내가 말했다.

"정말 너무 죄송해요." 그녀가 거듭 말했다. "그냥 마구 대하시는 것 같아 참을 수 없었어요. 아프게 할 생각은 없었어요. 아프셨죠? 그렇죠?"

그녀가 어둠 속에서 나를 바라보고 있었다. 나는 화가 났지만 마치 체스를 둘 때처럼 앞의 수를 훤히 내다볼 수 있었다.

"당신은 아무 잘못도 없습니다." 내가 말했다. "신경 쓸 것 아무것도 없어요."

"딱해라."

"아시겠지만 내가 좀 별난 생활을 하고 있지요. 게다가 영어를 할 기회도 거의 없고. 그런데 당신이 정말로 아름다워서 그만…….” 나는 그녀를 바라보았다.

“그렇게 이것저것 둘러대실 필요 없어요. 제가 미안하다고 했잖아요. 우리 화해한 거예요.” 그녀가 말했다.

“좋습니다.” 내가 말했다. “덕분에 전쟁 이야기도 잊었고요.”

그녀가 소리 내어 웃었다. 그녀의 웃음소리를 듣는 것은 처음이었다. 나는 그녀의 얼굴을 바라보았다.

“당신은 좋은 분이에요.” 그녀가 말했다.

“아니, 그렇지 않습니다.”

“맞아요. 사랑스러우세요. 괜찮으시다면 키스하셔도 돼요.”

나는 그녀의 눈을 들여다보며 좀 전처럼 팔을 그녀의 허리에 두르고 키스를 했다. 나는 그녀를 꼭 껴안은 채 힘껏 키스를 하며 그녀의 입술을 열려 했다. 하지만 그녀의 입술은 굳게 닫혀 있었다. 나는 여전히 화가 났다. 그런데 그녀를 꼭 껴안고 있으려니 그녀가 갑자기 몸을 부르르 떨었다. 그녀를 더욱 강하게 끌어안자 그녀의 심장 고동을 느낄 수 있었다. 그녀의 입술이 열리며 고개를 뒤로 젖혀 내 팔에 얹었다. 이윽고 그녀가 내 어깨에 기대어 울었다.

“오, 자기, 내게 잘해주실 거지요?” 그녀가 말했다.

이런 웃기고 있네! 라고 나는 생각했다. 만난 지 얼마라고 자기라니! 나는 그녀의 머리카락을 쓰다듬으며 가볍게 어깨를 토닥거려 주었다. 그녀는 울고 있었다.

"정말 잘해주실 거죠?" 그녀는 고개를 들어 나를 올려다보았다. "우리는 이상한 삶을 살게 될 테니까요."

잠시 뒤 나는 그녀와 함께 저택 입구까지 함께 걸었고 그녀는 안으로 들어갔으며 나는 숙소로 돌아왔다. 리날디는 침대에 누워있었다. 그가 나를 바라보며 말했다.

"미스 바클리와는 잘 돼 가나?"

"그냥 친구 사이야."

"자네 꼭 발정한 개처럼 보이던데."

"사돈 남말 하고 있군. 자네도……."

"그만하세." 그가 말했다. "이러다가는 서로 욕지거리를 나누겠어."

그가 웃었다.

"잘 자." 내가 말했다.

"잘 자, 귀여운 강아지."

나는 베개로 촛불을 끄고는 어둠 속에서 침대로 들어갔다.

리날디는 다시 촛불을 켜더니 책을 읽기 시작했다.

제6장

나는 이틀 동안 진지에 나가 있었다. 이틀 모두 숙소로 돌아왔을 때는 너무 늦은 시각이어서 다음 날 저녁에야 미스 바클리를 만날 수 있었다. 그녀는 정원에 없었고 나는 병원 사무실에서 그녀가 내려올 때까지 기다렸다. 사무실로 사용 중인 방에는 페인트칠을 해놓은 둥근 기둥 위에 대리석 흉상들이 많이 놓여 있었다. 대리석 흉상들은 하나같이 묘지 같은 분위기를 풍겼다. 이 집이 원래 아주 돈이 많은 독일인의 집이었으니 분명히 비싼 값에 사들인 흉상이리라. 나는 흉상에 대해 이런저런 생각을 하면서 미스 바클리를 기다렸다. 당번병으로 보이는 친구가 나를 못마땅한 듯 바라보고 있었다.

캐서린 바클리가 복도를 따라 걸어 내려오는 모습을 보고 나는 자리에서 일어났다. 나를 향해 걸어오는 그녀의 키가 전처럼 커 보이지 않았지만 그녀는 매우 사랑스러워 보였다.

"안녕하세요, 미스터 헨리." 그녀가 말했다.

"잘 지냈어요?" 내가 말했다. 당번병이 책상 뒤에서 우리들 말에 귀를 기울였다.

"여기 앉을까요, 아니면 밖으로 나갈까요?" 내가 물었다.

"밖으로 나가요. 밖이 훨씬 시원해요." 그녀가 말했다.

나는 그녀의 뒤를 따라 정원으로 나갔다. 당번병이 뒤에서 우리를 쳐다보고 있었다.

우리가 자갈길로 나섰을 때 그녀가 말했다.

"어디 갔었어요?"

"진지에 갔었습니다."

"쪽지 하나 보낼 생각도 하지 않았어요?"

"네, 어쩌다 보니…… 곧바로 돌아올 줄 알았거든요."

"미리 알려주셨어야지요, 자기."

우리는 건물 내 차도에서 벗어나 나무 아래를 거닐었다. 나는 그녀의 손을 잡았고 걸음을 멈춘 뒤 키스했다.

"어디 우리가 갈 만한 데 없을까요?"

"없어요." 그녀가 말했다. "이곳을 거닐 수 있을 뿐이에요. 자기, 너무 오랜만이에요."

"사흘 되었지요. 하지만 이렇게 돌아왔잖습니까."

그녀는 나를 바라보았다.

"나를 사랑하세요?"

"물론이지요."

"전에 나를 사랑한다고 말씀하셨지요. 그렇지요?"

"물론입니다." 나는 거짓말을 했다. "당신을 사랑해요."

하지만 나는 전에 그런 말을 한 적이 없었다.

"나를 캐서린이라고 불러주실래요?"

"캐서린."

우리는 다시 조금 더 걸은 뒤에 어느 나무 아래 멈추었다.

"이렇게 말해 보세요. '나는 밤이 되어 캐서린에게로 돌아왔노라' 라고요."

"나는 밤이 되어 캐서린에게로 돌아왔노라."

"오, 자기, 정말 돌아온 거지요? 그렇지요?"

"맞아요."

"당신을 정말 사랑해요. 그래서 무서웠어요. 당신 가버리지 않을 거지요?"

"그렇소. 언제고 돌아올 거요."

"아, 정말 사랑해요. 손을 다시 거기 놔주세요."

"이 손은 어디로 간 적이 없소."

나는 그녀의 몸을 옆으로 돌렸다. 키스할 때 그녀의 얼굴을 똑바로 바라보기 위해서였다. 그녀는 두 눈을 꼭 감고 있었다. 나는 그녀의 감은 두 눈에 입을 맞추었다. 나는 그녀의 머리가 약간 이상해진 게 아닌가 생각했다. 하지만 그렇더라도 괜찮았다. 그녀와 어떤 관계에 말려들더라도 아무 상관없었다. 어쨌든 매일 저녁 장교용 유곽으로 가는 것보다는 나았다. 그곳에서는 아가씨들이 몸에 찰싹 매달려서 계단을 오르내리는 사이 애정의 표시로 장교의 모자를 거꾸로 썼다.

나는 내가 캐서린 바클리를 사랑하지 않는다는 것, 그녀를 사랑하지 않게 되리라는 것을 잘 알고 있었다. 이건 카드 대신 말로 하는 브리지 게임 같은 것이다. 마치 브리지 게임을 하듯 돈을 따기 위해서 게임을 하거나 아니면 뭔가 내기를 걸고 게임을 하는 척하면 되는 것이다. 무엇을 내기에 걸고 있는지는 우리 둘 다 말하지 않았다. 나는 그것이 무엇이건 좋았다.

"어디든 갈 만한 곳이 있으면 좋겠군요." 내가 말했다. 나는 남자들이 오랫동안 서서 연애할 때 겪는 어려움을 겪고 있었다.

"그런 곳은 아무 데도 없어요." 그녀가 말했다. 그녀는 방금 자신이 빠져 있던 상태로부터 본래의 모습으로 되돌아와 있었다.

"그러면 저기 잠시 앉아 있읍시다." 내가 말했다.

우리는 평평한 돌 벤치에 앉았다. 나는 캐서린 바클리의 손을 잡았다. 그녀는 허리를 껴안으려는 나를 말렸다.

"너무 피곤하시죠?" 그녀가 말했다.

"아뇨."

그녀는 풀밭을 내려다보았다.

"우리 지금 나쁜 게임을 하고 있는 거지요?"

"무슨 게임이요?"

"둔한 척하지 마세요."

"정말 모르겠는데요."

"당신은 멋진 분이에요." 그녀가 말했다. "그리고 아주 능숙하게 게임을 잘해요. 하지만 그건 나쁜 게임이에요."

"당신은 언제나 그렇게 사람 속을 잘 아나요?"

"늘 그런 건 아니에요. 하지만 당신이라면 달라요. 나를 사랑하는 척할 필요 없어요. 오늘 저녁은 이걸로 됐어요. 뭐, 더 하실 말씀 있으세요?"

"하지만 나는 당신을 사랑하고 있소."

"제발 그런 쓸데없는 거짓말은 하지 않기로 해요. 오늘 자그

마한 연극을 했을 뿐이에요. 지금은 괜찮아졌어요. 보시다시피 난 미친 것도 아니고 정신이 없는 것도 아니에요. 그냥 가끔 그럴 뿐이에요."

나는 그녀의 손을 꼭 쥐었다.

"사랑스런 캐서린."

"지금은 그 말이 묘하게 들리네요…… 캐서린이라는 말. 좀 전과는 달라요. 어쨌든 당신은 멋진 사람이에요. 아주 좋은 사람이에요."

"군종신부도 그런 말을 했소."

"그래요, 당신은 착한 사람이에요. 다시 저를 보러 오실 거지요?"

"물론이요."

"나를 사랑한다고 말할 필요 없어요. 당분간은 이걸로 됐어요."

그녀는 일어서더니 손을 내밀었다.

"안녕히 가세요."

나는 그녀에게 키스하고 싶었다.

"안 돼요." 그녀가 말했다. "너무 피곤해요."

"그래도 키스해 줘요." 내가 말했다.

"정말 너무 피곤해요."

"키스해 주오."

"정말로 원하세요?"

"그렇소."

우리는 키스를 했다. 그런데 그녀가 갑자기 나를 뿌리쳤다.

"이 이상은 안 돼요. 잘 가요, 자기."

우리는 건물의 문을 향해 걸어갔고 나는 그녀가 안으로 들어가 복도를 따라 내려가는 모습을 바라보았다. 그녀의 몸동작을 지켜보는 것이 좋았다. 그녀는 복도 아래쪽으로 계속 걸어갔다. 나는 숙소로 향했다. 무더운 밤이었고 산속에서는 분주한 움직임이 있었다. 산가브리엘레 쪽에서 섬광이 번쩍였다.

나는 빌라로사(위안소) 앞에서 걸음을 멈추었다. 덧문이 닫혀 있었지만 안에서는 여전히 영업이 계속되고 있었다. 누군가 노래를 부르고 있었다. 나는 숙소를 향해 발걸음을 계속했다. 내가 옷을 벗고 있을 때 리날디가 들어왔다.

"오호라!" 그가 말했다. "일이 잘 안 되어가는 모양이로군. 우리 꼬맹이 표정이 볼 만해."

"어디 갔다 오는 건가?"

"빌라로사에 있었어. 많이 배웠지. 모두 노래를 불렀어. 자네는 어디 갔었나?"

"영국 아가씨를 찾아갔었어."

"내가 그 영국 아가씨와 얽히지 않은 게 천만다행이군."

第7장

다음 날 오후 나는 산 위의 1차 진지로부터 돌아오는 길이었다. 나는 부상자와 환자를 서류상으로 분류해서 병원을 지정해 주는 사무실 앞에 차를 세웠다. 나는 차에 그대로 앉은 채 운전병에게 서류를 가져오게 했다. 날씨는 무덥고 하늘은 청명했으며 길에는 뽀얗게 먼지가 일고 있었다.

나는 피아트 자동차의 높은 좌석에 앉아 연대 병력이 도로를 지나가는 모습을 무심코 바라보고 있었다. 병사들은 더위에 땀을 뻘뻘 흘리고 있었다. 철모를 쓰고 있는 병사들도 간혹 있었지만 대부분의 병사들은 철모를 배낭 뒤에 매달고 있었다. 대부분의 철모는 너무 커서 병사들의 귀까지 덮고 있었다. 장교들은 모두 철모를 쓰고 있었다. 철모가 그들의 머리에 잘 맞았기 때문이다. 그들은 바실리카타(이탈리아 남부 지역-옮긴이 주) 여단의 절반 병력이었다. 주력부대가 지나가고 나면 낙오병들이 뒤를 따랐다. 나는 낙오병들의 눈길에서 제발 앰뷸런스에 실리는 몸이 되었으면 하는 바람을 읽을 수 있을 것 같았다.

숙소로 돌아오니 벌써 5시였다. 나는 세차장으로 가서 샤워를 했다. 그런 후 나는 내 방으로 돌아와 열어놓은 창문 앞에 바지와 셔츠 바람으로 앉아서 보고서를 작성했다. 이제 이틀 뒤면 공격이 시작될 것이고 나는 앰뷸런스 차량들을 인솔하고 플라바로 갈 것이다.

미국에 편지를 보내지 않은 지도 꽤 오래되었다. 편지를 써야 한다는 것은 알고 있었지만 하도 오래 편지를 쓰지 않았기에 새삼 편지를 쓰기가 어려웠다. 사실 쓸 말도 거의 없었다. 나는 군사 엽서 두 장을 부쳤다. 잘 지내고 있다는 안부 인사 외에는 아무런 내용도 담기지 않은 엽서였다. 하지만 그것만으로도 충분할 것이다. 이런 엽서를 받아보는 것만으로도 미국에서는 반가워할 것이다. 이런 엽서는 그들에게 낯설고 신비해 보이기 때문이다.

실제로 이곳은 이상하고 신비로운 전장(戰場)이었다. 하지만 그래도 오스트리아군과 맞서고 있는 다른 전장들에 비하면 완강하게 잘 싸우고 있는 편이었다. 오스트리아 군대는 나폴레옹식의 승리를 거두도록 창설된 군대였다. 나는 우리에게도 나폴레옹 같은 인물이 있었으면 했다. 하지만 우리에게는 뚱보에다 힘든 일이라고는 겪어 본 적이 없는 일 카도르나 장군, 가늘고 긴 목에 염소수염을 한 작은 키의 비토리오 에마누엘레 황제밖에 없었다.

아군 우익 전선에는 왕의 사촌인 아오스타 공작이 있었다. 위대한 장군이 되기에는 너무 잘생긴 게 흠이었지만 그래도 그는 사내다웠다. 많은 사람들이 그가 왕이었으면 하고 바랐을 것이다. 실제로 그는 왕의 풍모를 갖추고 있었다. 그는 제3군단을 지휘하고 있었고 우리는 제2군단 소속이었다. 제3군단에는 몇 개의 영국군 포병대가 배속되어 있었다. 나는 밀라노에서 영국군 포병대 소속의 두 명의 포병대원을 만난 적이 있었다. 멋진 친구들이어서 우리는 하룻밤을 신나게 지냈다. 몸집이 크고 부끄러움을 잘 타며 매사에 고마워할 줄 아는 친구들이었다. 나는 차라리 영국군에 들어갔었더라면 좋았을 것이라고 생각했다. 그러면 매사가 훨씬 단순했으리라. 하지만 그랬더라면 나는 전사했을지도 모른다. 이런 앰뷸런스 근무를 하다가 전사하는 일은 없다. 아니다, 전사하는 일이 있을 수도 있다. 영국군 앰뷸런스 운전병들은 가끔 전사했다. 하지만 내가 전사하는 일은 결코 없으리라는 것을 나는 알고 있다. 적어도 이 전쟁에서는 말이다. 이 전쟁은 나와는 아무 상관이 없다. 이 전쟁은 내게 영화 속에서 보고 있는 전쟁만큼이나 위험해 보이지 않았다. 그렇지만 나는 이 전쟁이 끝나기를 간절히 기도했다. 아마 금년 여름이면 끝날지도 모른다. 아마도 오스트리아군이 항복할지도 모른다. 그들은 다른 전쟁에서도 늘 항복했으니 말이다.

하지만 이 전쟁은 과연 어떻게 될까? 사람들은 모두 프랑스는 이미 끝장났다고 말한다. 리날디는 프랑스군이 반란을 일으켜 파리로 진군해 들어갔다고 말했다. 그래서 어떻게 되었느냐고 내가 묻자 그는 "응, 진압되었어"라고 말했다. 나는 전쟁 중이지 않은 오스트리아에 가보고 싶다. 독일의 슈바르츠발트 숲에도 가보고 싶다. 하르츠 산맥에도 가보고 싶다. 그런데 하르츠 산맥이 어디 있더라? 카르파티아 산맥에서는 전투가 한창이다. 그런 곳에는 절대로 가보고 싶지 않다. 그래도 엄청 멋진 곳이리라. 전쟁만 아니라면 스페인에도 갈 수 있을 것이다.

해가 기울면서 날이 서늘해졌다. 저녁 식사 후 캐서린을 만나러 가야지. 그녀가 지금 이곳에 있으면 얼마나 좋을까? 그녀와 함께 밀라노에 있다면 얼마나 좋을까? 코바에서 함께 식사를 하고 무더운 저녁의 비아 만초니 거리를 산책하고 싶다. 다리를 건너 운하를 따라 걷다가 캐서린 바클리와 함께 호텔로 들어가고 싶다. 그녀가 응할지도 모른다. 나를 전사한 애인으로 생각할지도 모른다. 우리는 호텔 정문으로 들어간다. 수위가 모자를 벗어 인사한다. 나는 프론트에 서서 열쇠를 달라고 한다. 그녀는 엘리베이터 옆에서 기다린다. 우리는 엘리베이터에 탄다. 엘리베이터는 매층마다 덜컥거리며 아주 느리게 올라간다. 마침내 우리들 층에 도착하면 그녀가 엘리베이터에서 내리고 내가 그 뒤를 따른다. 우리는 복도를 걸어가 방 앞에 선다. 나는 열쇠로 방문을 열고 안으로 들어가 전화기를 들고 얼음에 채운 카프리 비안코 백포도주 한 병을 주문한다. 이윽고 복도에서 얼음이 통 안에서 부딪히는 소리가 들린다. 보이가 문을 두드리고 나는 밖에 놓고 가달라고 말한다. 너무 더워서 창문을 열어놓은 채 우리는 아무것도 걸치지 않은 알몸으로 있기 때문이다. 제비들이 지붕 위를 날아다닌다. 이어서 날이 어두워지고 창밖으로는 작은 박쥐들이 지붕 위를 날아다니다가 나무 위를 스치듯 날아간다. 우리는 카프리를 마시고 문을 잠근다. 그리고 홑이불 한 장만 덮은 채 무더운 밀라노의 밤이 새도록 사랑을 나눈다. 마땅히 그래야만 한다. 어서 빨리 식사를 마치고 캐서린 바클리를 만나러 가야겠다.

늘 그렇듯 식당은 시끌벅적했다. 나도 술을 마시며 함께 떠들었다. 약간이라도 취하지 않으면 형제처럼 어울릴 수 없는 법이다. 나는 군종신부와 미국 미네소타주의 첫 번째 주교인 존 아일랜드 주교에 대해 이야기를 나누었다. 실은 나는 그 사람에 대해서는 아무 이야기도 들은 것도 없고 아무것도 아는 것이 없었다. 나는 그저 횡설수설만 늘어놓았을 뿐이었다.

늘 그렇듯이 신부와 이야기를 나누는 것은 따분했다. 신부는 선량했지만 따분했다. 장교들은 선량하지 않지만 따분했다. 왕은 선량했지만 따분했다. 포도주는 질이 나빴지만 따분하지 않았다. 질 나쁜 포도주를 마시면 치아의 에나멜이 벗겨져 입천장에 달라붙는다.

동료 장교들이 나와 신부의 이야기에 끼어들어 실없는 농담을 하면서 내 술잔에 술을 또 따라주었다. 얼큰해진 나는 샤워기 아래서 물세례를 받았던 영국군 사병 이야기를 했다. 그러자 소령이 열한 명의 체코슬로바키아와 헝가리 병사들 이야기를 했다. 술을 좀 더 마신 뒤 나는 1페니짜리 동전을 발견한 경마 기수 이야기를 했고 소령은 이탈리아에도 그와 비슷한 이야기가 많다며 밤에 잠 못 이루는 공작 부인 이야기를 했다. 그즈음 신부는 자리를 떴고 나는 미스트랄이 불어오는 새벽 다섯 시에 마르세유에 도착한 어느 행상인 이야기를 했다. 소령은 내가 술이 세다는 소문을 들었다고 말했고 나는 사실이 아니라고 박박 우겼다. 소령이 바쿠스 신의 시체를 놓고 진위를 가리자고 제안했고 나는 바쿠스는 안 된다고 우겼고 소령은 바쿠스라야 된다고 우겼다. 나는 바시라는 이름의 중위를 상대로 거푸 술을 들이켜야 했고, 급기야 온갖 횡설수설을 늘어놓을 지경에 이르렀다. 취한 소령은 결국 술이 센 놈이 이기는 거라며 머그 잔에 붉은 포도주를 따라서 내게 건네주었다. 나는 절반쯤 들이키다가 잔을 내려놓았다. 갑자기 가야 할 곳이 생각난 때문이었다.

"바시가 이겼어요." 내가 소령에게 말했다. "나보다 훌륭한 친구입니다. 난 가봐야겠어요."

"이 친구, 정말 가봐야 합니다." 리날디가 거들었다. "약속이 있어요. 내가 다 압니다."

"이제 그만 가봐야 합니다."

"그럼 다음날 붙어보자고. 자네가 자신 있다고 생각되는 날 말이야." 바시가 말하며 내 어깨를 철썩 두드렸다. 식탁 위에는 촛불이 밝혀져 있었다. 장교들 모두 기분이 좋았다.

"자, 모두들, 잘 계시길!" 내가 말했다.

리날디가 나와 함께 밖으로 나왔다. 문밖에서 그가 말했다.

"그렇게 취한 상태로는 가지 않는 게 좋을 텐데."

"이봐, 난 취하지 않았어. 정말이야."

"커피 원두라도 좀 씹어."

"말도 안 되는 소리!"

"어이 베이비, 내가 좀 갖다 줄게. 좀 왔다 갔다 하고 있어 봐." 그는 커피 원두 한 줌을 갖고 돌아왔다.

"자, 이걸 좀 씹어보라고. 신의 가호가 있기를!"

"바쿠스 신!" 내가 말했다.

"내가 데려다 줄까?"

"정말 괜찮다니까."

우리는 함께 마을 길을 걸어 내려갔고 나는 커피 원두를 씹었다. 영국인 병원 정문 앞에서 리날디는 작별인사를 하고 돌아섰다.

"잘 가게." 내가 말했다. "참, 자네도 들어가지 그래?"

그는 고개를 저었다.

"싫어. 나는 단순한 쾌락이 더 좋아."

"커피 원두 고마워."

"천만에, 베이비! 별것도 아닌 걸 가지고 뭘."

나는 저택 안으로 들어가 차도를 따라 걸어갔다. 길 양옆에 서 있는 사이프러스 나무들의 윤곽이 날카롭고 또렷하게 보였다. 나는 뒤를 돌아보았다. 리날디가 여전히 문 앞에 서있었다. 나는 그를 향해 손을 흔들었다.

나는 저택 응접실에 앉아 캐서린 바클리가 내려오기를 기다렸다. 누군가 복도를 걸어오는 모습이 보였다. 나는 벌떡 일어났다. 하지만 캐서린이 아니었다. 미스 퍼거슨이었다.

"안녕하세요." 그녀가 말했다. "캐서린이 오늘은 만날 수 없어서 죄송하다는 말을 전해 달랍니다."

"매우 섭섭하군요. 어디 아픈 거 아닙니까?"

"꽤나 안 좋아요."

"제가 걱정하더라고 전해주시겠습니까?"

"그러겠어요."

"내일 만나러 와도 괜찮을 것 같습니까?"

"괜찮을 거예요."

"대단히 감사합니다. 그럼, 이만."

집 밖으로 나서자 갑자기 외롭고 공허한 기분이 들었다. 나는 캐서린을 만나는 일을 너무 가볍게 생각했었다. 술을 취하도록 마셨고, 그녀를 만나러 와야 한다는 사실조차 거의 까먹다시피 하지 않았는가? 그런데 막상 그녀를 만날 수 없게 되자 갑자기 외롭고 공허한 기분에 사로잡힌 것이다.

제8장

다음 날 오후, 그날 밤 강 상류 쪽에서 공격이 개시될 것이라는 소식이 들려왔다. 우리는 그곳에 네 대의 앰뷸런스를 대기시켜야 했다. 사람들은 공격이 성공할 것이라며 전략에 대해 아는 척 큰소리를 쳤지만 정작 아무도 정확히 아는 사람은 없었다. 나는 선두 차량에 타고 있었다. 차량이 영국 병원 앞을 지날 때 나는 운전병에게 멈추라고 지시했다. 뒤따르던 차들도 갑자기 멈춰 섰다. 나는 차에서 내려 다른 운전병들에게 계속 앞으로 나아가라고 말하고 만약 코르몬스행 도로 교차점에서 우리가 따라잡지 못하면 그곳에서 기다리라고 일렀다. 나는 황급히 저택 안으로 들어가 응접실에서 미스 바클리를 만나러 왔다고 전했다.

"근무 중입니다."

"잠시라도 만날 수 없을까요?"

수간호사는 당번병을 안으로 보냈고 잠시 후 미스 바클리가 당번병과 함께 나타났다.

"몸이 괜찮아졌는지 궁금해서 잠시 들렀습니다. 근무 중이라기에 잠시 만나게 해달라고 부탁했습니다."

"많이 좋아졌어요. 어제는 더위에 녹초가 된 것 같아요."

"이제 가 봐야 합니다."

"잠시 바깥까지 배웅해 드릴게요."

"정말 괜찮은 건가요?" 밖으로 나오자 내가 물었다.

"그래요, 자기. 오늘 밤 와주실 거죠?"

"아뇨, 저 위 플라바에서 한바탕 쇼를 하러 가거든요."

"쇼라니요?"

"뭐, 별 건 아닙니다."

"돌아오실 거지요?"

"내일."

그녀가 목에서 무언가 풀어서 내 손에 쥐어주면서 말했다.

"성(聖) 안토니오예요. 내일 밤에 오세요."

"가톨릭 신자가 아니잖습니까?"

"아니에요. 하지만 성 안토니오가 퍽 도움이 된대요."

"당신을 위해 잘 간직하지요. 그럼 안녕히."

"싫어요. 안녕이라고 하지 마세요."

"알았습니다."

"몸조심하세요. 어머, 여기서 키스하면 안 돼요. 안 된다니까요"

"알았어요."

나는 뒤를 돌아보았다. 그녀는 계단에 서있었다. 그녀가 손을 흔들었다. 나는 손가락을 내 입술에 가져간 다음 그녀 쪽으로 향했다. 그녀가 다시 손을 흔들었다. 나는 그곳을 나와 앰뷸런스에 올랐고 차가 출발했다. 성 안토니오는 작은 하얀 금속으로 만든 갑 안에 들어 있었다. 나는 뚜껑을 열고 성 안토니오를 내 손에 들었다.

"성 안토니오예요?" 운전병이 물었다.

"맞아."

"저도 있어요." 그는 핸들에서 오른손을 떼고 상의 단추 하나를 풀더니 셔츠 밖으로 그것을 끄집어냈다.

"보이시죠?"

나는 성 안토니오를 다시 갑 속에 집어넣고 가느다란 금줄과 함께 가슴 주머니에 넣었다.

"목에 안 거세요?"

"응"

"거시는 게 좋아요. 그러라고 만든 거예요."

"알았어." 나는 금줄 고리를 풀어 목에 건 뒤 다시 고리를 채웠다. 그리고 상의 목 부분을 풀어헤쳐 셔츠 속으로 집어넣었다. 금속 상자에 들어 있는 성 안토니오가 내 가슴에 닿는 것을 느낄 수 있었다. 그런 후 나는 그것을 잊었다. 나중에 부상을 당한 이후 나는 그것을 찾을 수 없었다. 아마 응급 치료소에서 누군가 주웠으리라.

우리는 다리를 건너자 속력을 냈다. 곧이어 뽀얀 먼지를 일으키며 달리는 세 대의 차가 보였다. 우리 차는 그 차들을 따라잡고 선두에 섰다. 우리는 짐을 실은 노새들의 긴 대열과 붉은 터키모를 쓴 병사들을 지나쳤다. 베르사엘리(저격 부대-옮긴이 주) 병사들이었다.

노새 대열을 지나자 도로에는 아무것도 없었다. 우리는 언덕 몇 개를 오른 후에 긴 능선을 통해 강이 흐르는 계곡으로 빠져나왔다. 도로 양쪽에 나무들이 서 있었고 오른편의 나무들 사이로 강이 보였다. 물은 맑았고 얕은 물살이 빠르게 흐르고 있었다. 강 위에는 아치형 돌다리가 있었고 그곳으로부터 큰길은 작은 여러 길들로 갈라졌다. 우리는 돌로 지은 농가들 옆을 지났다. 우리는 계곡을 끼고 한참을 올라가다가 방향을 틀어 다시 언덕을 오르기 시작했다. 도로는 밤나무 사이를 구불구불 가파르게 오르다가 이윽고 산마루에 이르자 평탄해졌다. 숲 사이로 아래를 내려다보니 적군과 아군을 갈라놓고 있는 강줄기가 햇빛에 반짝이는 모습이 보였다. 우리는 산마루를 따라 뻗어 있는 울퉁불퉁한 새 군용도로를 달렸다. 북쪽으로 두 줄기 산맥이 보였다. 설선(雪線) 아래쪽으로는 검푸른 색이었으며 그 위는 태양을 받아 하얗게 반짝였다. 산마루를 계속 오르니 세 번째 산맥이 나타났다. 이전의 산맥보다 높고 눈이 많이 덮여 있었다. 백묵처럼 하얗고 주름이 져 있었으며 신기하게도 꼭대기가 평평했다.

이 모든 것이 오스트리아의 산들이었고, 이탈리아에는 그런 산들이 없었다. 도로 앞을 바라보니 도로가 오른쪽으로 둥글게 휘어져 있었고 아래쪽을 내려다보니 가파른 비탈을 이루고 있었다.

그 길을 따라 병사들과 군용트럭이 지나고 있었고 산악 대포를 실은 노새들이 지나가고 있었다. 우리는 그들 옆에 바싹 붙어 비탈길을 내려갔다. 아래쪽 저 멀리 강이 보였고 강을 따라 달리는 침목과 철로가 보였으며 강 건너 쪽과 이어진 낡은 다리와 강 건너 쪽 언덕 아래 작은 마을의 부서진 집들이 보였다. 우리가 점령하려는 마을이었다.

우리가 아래로 내려와 강과 나란히 뻗은 주(主)도로로 내려왔을 때는 이미 날이 어둑어둑해져 있었다.

제9장

도로는 붐볐다. 우리는 길 양쪽에 옥수숫대와 밀짚 거적으로 차폐물을 설치해 놓은 도로를 따라 차를 몰았다. 우리는 탁 트인 공지로 나와 벽돌 공장을 지나서 차를 세웠다. 벽돌 굽는 아궁이와 깊게 파인 구멍 몇 개가 긴급 구호소로 이미 마련되어 있었다. 이곳 벽돌 공장은 강둑에 가려져 있어서 적군의 소총과 기관총 사격을 피할 수 있었다.

나는 소령과 이야기를 나눈 후, 전투가 시작되면 우리는 부상병을 싣고 산마루를 따라 주도로까지 다시 올라가야 한다는 것을 알게 되었다. 우리는 그곳 진지에서 기다리고 있는 다른 앰뷸런스에 부상병을 넘겨주게 되어있었다.

나는 앰뷸런스 운전병들과 내가 머물게 되어 있는 참호를 둘러본 후 그곳에서 앰뷸런스 운전병들과 이런저런 이야기를 나누었다. 잠시 후 나는 운전병들을 그곳에 남겨둔 채 밖으로 나왔다. 카이저수염을 한 소령은 내게 다른 장교들과 함께 럼주나 한잔 하자고 권했다. 우리는 화기애애한 분위기에서 럼주를 마셨다. 밖은 점점 어두워지고 있었다. 내가 언제 공격이 시작될 것이냐고 묻자 그들은 어두워지면 곧바로 공격이 있을 것이라고 대답했다. 나는 운전병들이 있는 참호로 돌아왔다. 그들은 이야기를 나누고 있다가 내가 들어가자 뚝 그쳤다. 나는 운전병들에게 담배 한 갑씩 나누어 주고는 벽에 등을 기대고 그들과 함께 휴식을 취했다.

"어느 부대가 먼저 공격을 시작할까요?" 가부치가 물었다.

"베르사엘리 부대." 내가 대답했다.

"베르사엘리 전원이 다 공격합니까?"

"아마 그럴 걸."

"그 병력만으로는 본격 공격이 어려울 텐데요."

"진짜 공격은 다른 곳일 거야. 적들의 주의를 분산시키려는 거지."

"공격하는 병사들이 그 사실을 알고 있나요?"

"모를 거야."

"당연히 모르지." 마네라가 말했다. "그걸 알면 공격에 나서겠어?"

"알아도 나설걸." 파시니가 말했다. "베르사엘리 놈들은 멍청하거든."

"아니야, 그들은 용감해. 군기도 잘 잡혀 있어." 내가 말했다.

이어서 운전병들은 저마다 전쟁 자체에 대해 모두 한마디씩 투덜거렸다.

"중위님, 이런 소리를 지껄이게 내버려 두시면 안 되겠는데요. 에비바 레세르시토(군대 만세)!" 파시니가 빈정거리는 말투로 말했다.

"나도 자네들이 무슨 말 하는지 알아." 내가 말했다. "하지만 운전이나 잘 하고 행동도……."

"…… 다른 장교들이 듣지만 않는다면 괜찮다 이거지요?" 마네라가 나서서 말했다.

"나도 전쟁이 끝나야 한다고 생각해. 하지만 한쪽이 전투를 그만둔다고 해서 전쟁이 끝나지는 않아. 우리가 싸움을 멈춘다면 상황은 더 나빠질 뿐이야." 내가 말했다.

"이보다 어떻게 더 나빠질 수 있겠어요? 세상에 전쟁보다 나쁜 게 어디 있어요?" 파시니가 공손하게 말했다.

"패배는 더 나빠."

"저는 그렇게 생각하지 않아요." 파시니가 여전히 공손하게 말했다. "패배가 어때서요? 집으로 갈 수 있잖아요."

"적들이 쫓아올걸. 자네 집을 빼앗고 누이동생들을 범할 거야."

"그렇지 않아요." 파시니가 말했다. "적들이라고 누구에게나 그럴 수는 없어요. 그리고 자기 집은 각자 알아서 지켜야지요. 누이들은 밖에 얼씬거리지 못 하게 하고요."

"자네를 교수형에 처할걸. 혹은 자네를 다시 군대로 끌어낼 수도 있어. 앰뷸런스 운전병이 아니라 보병으로. 자네들은 정복당한다는 게 어떤 건지 몰라서 별로 대단하지 않다고 생각하는 거야."

하지만 파시니는 굽히지 않았다.

"중위님, 중위님 앞이니까 이런 식의 이야기를 지껄일 수 있다는 걸 잘 압니다. 하지만 들어보세요. 세상에 전쟁보다 나쁜 건 없어요. 우리처럼 앰뷸런스나 모는 친구들은 전쟁이 얼마나 나쁜지 모르지요. 사람들이 전쟁이 얼마나 나쁜지 깨닫게 되더라도 전쟁을 멈추게 할 수 있는 방법은 없어요."

"나도 전쟁이 나쁘다는 건 알고 있어. 하지만 어쨌든 끝을 내야 해. 승리해야 끝이 나는 거야."

"전쟁은 끝나지 않아요. 전투에 승리한다고 해서 전쟁에 이기는 것도 아니고요. 우리가 산가브리엘레를 점령한다고 해서 뭐가 달라집니까? 오시면서 많은 산들을 보셨지요? 저걸 다 점령할 수 있겠어요? 한쪽이 그만둬야 해요. 누구나 전쟁은 끔찍이 싫어하잖아요. 우리처럼 기술이 있는 자건 무지렁이 농부건 마찬가지예요. 아무것도 깨닫지 못하고 깨달을 능력도 없는 바보 같은 자들이 나라를 좌지우지하고 있어요. 그놈들 때문에 전쟁이 있는 거예요."

"더구나 전쟁으로 돈을 벌지." 옆에서 가부치가 거들었다.

그러자 마네라가 말했다.

"그만들 해. 아무리 중위님 앞이라도 말이 너무 많아."

"자, 자, 그만들 하고 요기나 좀 하자고."

우리는 둘러앉아 마카로니 가닥을 입으로 쭉쭉 빨아들이고 치즈 조각을 씹으며 포도주로 입을 헹구었다. 그때였다. 밖에 뭔가가 떨어져 대지를 흔들었다.

"420미리 박격포인 것 같은데요." 가부치가 말했다.

"저 산에는 420미리 박격포는 없어." 내가 말했다.

"적들에게는 큼직한 스코다 대포가 있어요."

"350미리 포겠지."

우리는 식사를 계속했다. 그런데 기차가 시동을 걸 때처럼 쿨럭쿨럭하는 소리가 들리더니 다시 대지를 뒤흔드는 폭발이 일어났다.

"이 참호는 별로 깊지 않은데." 파시니가 말했다.

"박격포였어." 내가 말했다.

"네, 맞아요."

나는 남은 치즈 조각을 입에 넣고 와인을 한 모금 마셨다. 다시 무슨 소리가 들리는 것 같더니 쿨럭하는 소리가 났으며 이어서 슛- 슛- 슛- 슛 소리가 들렸고 곧이어 마치 용광로의 문을 갑자기 열어젖힌 것처럼 번쩍 섬광이 일었다. 처음에는 흰빛으로 보이던 것이 붉은빛으로 바뀌더니 폭음이 들렸고 이어서 바람이 휘몰아쳤다. 나는 숨을 쉬려 했지만 쉴 수 없었다. 내 몸이 밖으로, 밖으로, 밖으로 떨어져 나가는 것 같았고 온몸이 허공에 날리는 순간 나는 이제 죽는구나, 라고 생각했다. 하지만 나는 곧 내 생각이 틀렸음을 깨달았다. 몸뚱이가 계속 공중으로 날아간 것이 아니라 미끄러지듯 내려오는 느낌이 들었던 것이다. 숨을 돌리고 보니 나는 제자리로 돌아와 있었다. 땅바닥이 갈라져 있었으며 내 머리 앞에는 박살 난 들보 조각이 널려 있었다. 머리가 어질어질한 가운데 울음소리가 들렸다. 나는 움직이려 했지만 꼼짝도 할 수 없었다. 순식간에 벌어진 일이었다.

옆에서 "어머니! 오, 어머니!"하는 비명소리가 들렸다. 나는 몸을 비틀어 겨우 다리를 빼낸 후 몸을 돌려 그를 만져보았다. 파시니였다. 두 다리가 모두 무릎 위까지 박살난 것이 보였다. 한쪽 다리는 이미 없어졌고 다른 쪽 다리는 바짓가랑이에 덜렁덜렁 겨우 붙어 있었다. 그는 자기 팔을 물어뜯으며 신음했다.

"오, 어머니, 오, 어머니! 오, 마리아님 살려주세요! 성모 마리아님! 오, 예수님, 절 쏴 죽여주세요! 제발 절 쏴 죽여주세요! 멈춰 주세요! 제발 멈춰 주세요! 오, 예수님! 성모 마리아님, 멈춰 주세요! 오! 오! 오!"

그는 숨이 막히는 듯 "어머니!"라고 중얼거리더니 곧 조용해졌다. 그는 여전히 팔을 깨물고 있었고 다리는 꿈틀거리고 있었다.

"위생병! 위생병!" 나는 두 손을 나팔처럼 모아 외쳤다. 나는 파시니의 곁으로 좀 더 다가가서 그를 지혈해주려 했다. 하지만 이미 소용이 없었다. 나는 그의 죽음을 확인했다. 이제 나머지 세 명의 행방을 찾아야만 했다. 나는 겨우 몸을 일으키고 앉았다. 두 다리가 뜨뜻했고 축축한 느낌이었으며 군화 속도 끈

적끈적하고 따뜻했다. 나는 '나도 맞았구나', 라고 생각하고 손을 무릎으로 가져갔다. 하지만 무릎은 그곳에 없었다. 계속 팔을 뻗어보니 내 무릎은 정강이 아래에 있었다. 나는 셔츠에 손을 닦았다. 나는 내 다리를 내려다보며 공포에 사로잡혔다. 오, 하느님, 제발 저를 이곳에서 꺼내주옵소서! 하지만 나는 운전병 네 명중 아직 세 명이 남아 있음을 알고 있었다. 파시니는 죽었다. 그렇다면 세 명이 남았다. 누군가가 겨드랑이 밑으로 나를 부축하고 또 다른 누군가가 내 다리를 들었다.

"저, 마네라입니다. 들것을 가지러 갔었습니다. 그런데 하나도 눈에 띄지 않습니다. 좀 어떻습니까, 중위님?"

"고르디니와 가부치는 어디 있어?"

"고르디니는 진지에서 붕대를 감고 있습니다. 가부치는 지금 중위님 다리를 들고 있고요. 제 목을 잡으세요, 중위님. 부상이 심하신가요?"

"다리에 부상을 입었어. 고르디니는 어때?"

"괜찮아요. 대형 박격포 포탄이었어요."

"파시니는 죽었어."

"네, 죽었어요."

포탄 하나가 가까이서 또 터졌고 두 명의 병사가 땅에 엎드리는 바람에 나를 바닥에 떨어뜨렸다.

"중위님, 죄송합니다." 마네라가 말했다. "제 목에 매달리세요."

"또 떨어뜨렸다간 봐라!"

"너무 무서워서요."

"자네들은 부상을 입지 않았나?"

"둘 다 그저 가벼운 부상이에요."

"고르디니는 운전할 수 있겠나?"

"어려울 것 같은데요."

진지로 오니 막사 밖 땅바닥에 수많은 부상자가 누워서 신음하고 있었다. 위생병들이 쉴 새 없이 부상자들을 막사 안으로 들여오고 밖으로 내가고 있었다. 군의관들은 어깨까지 소매를 걷어붙이고 피범벅이 된 채 치료를 하고 있었다. 들것이 턱없이 부족했다.

내가 응급 치료소 밖에 도착하자마자 마네라가 위생 하사관을 한 명 데리고 왔고 그는 내 다리에 붕대를 감아주었다. 그는 상처에 흙이 잔뜩 들어간 덕분에 출혈이 심하지 않다고 말했다. 그는 곧바로 돌아와서 치료해주겠다고 말한 후 치료소 안으로 들어갔다. 마네라와 가부치는 각각 부상병들을 싣고 떠났으며 고르디니는 어깨와 머리에 부상을 입었기에 운전을 할 수 없었다. 영국군 운전병 한 명이 고르디니와 함께 내 곁으로 왔다.

그는 키가 컸으며 쇠테 안경을 쓰고 있었다.

"부상이 심하십니까?" 영국군 운전병이 내게 물었다.

"다리를 다쳤어."

"심하지 않으면 좋겠습니다. 우리가 대신 앰뷸런스를 운전해 드릴까요?"

"그렇지 않아도 부탁하려던 참이었어."

"차를 조심해서 다루고 나중에 숙소로 돌려보내드리겠습니다. 206호 맞지요?"

"맞아."

"아주 좋은 곳이지요. 중위님을 본 적이 있습니다. 중위님은 미국인이라고들 하던데요."

"맞아."

"자, 이제 염려 마십시오. 앰뷸런스 두 대는 우리가 책임지겠습니다. 그리고 장교님도 이곳에서 내보내드려야지요. 제가 영국군 군의관님을 만나보고 오겠습니다. 중위님도 우리가 후송해드리겠습니다."

그는 부상병 사이를 조심조심 걸어서 응급 치료소로 갔다. 이어서 치료소 입구의 담요가 들춰지더니 그가 위생병 두 명을 데리고 밖으로 나왔다. 그가 위생병들에게 말했다.

"이분은 미국인 중위이셔. 조심해서 안으로 모셔." 그가 이탈리아어로 말했다.

내가 그에게 말했다.

"아니, 나는 좀 더 기다리겠어. 나보다 훨씬 심한 사람들이 많으니까. 난 괜찮아."

"정말 영웅적이시네요." 그가 말했다. 빈정거리는 것 같지는 않았다. "조심들 해. 다리 통증이 심하시거든. 윌슨 대통령의 아드님이셔."

그들은 나를 들어 올려 치료실 안으로 옮겼다. 치료실 안에서는 치료대마다 수술이 벌어지고 있었다. 키 작은 소령이 우리를 돌아보았다. 몹시 화가 나 있는 표정이었다. 그가 나를 보고 핀셋을 흔들며 프랑스어로 말했다.

"사바 비앵(괜찮은가)?"

"사바(괜찮습니다)."

"제가 모시고 왔습니다." 키 큰 영국인이 이탈리아어로 말했다. "미국 대사 외아드님이십니다. 이곳에서 치료를 받게 해주십시오. 끝나는 대로 제가 제일 먼저 후송하겠습니다."

소령은 수술을 계속했고 군의관 대위 한 명이 앞으로 나서며 말했다.

"제가 미국인 중위를 맡겠습니다."

그들은 나를 수술대 위에 눕혔다. 그들은 내 바지를 벗겼고 대위는 하사관에게 자신이 부르는 대로 받아 적게 했다.

"좌우 대퇴부, 좌우 무릎과 우측 다리에 다수의 외상. 우측 무릎과 다리에 중상. 두피 파열상—그는 머리를 만지며 아프지 않냐고 물었다. 제길! 두말하면 잔소리지!—두개골 골절 의심. 근무 중 부상. 이렇게 해둬야 고의적인 부상을 의심받아 군법 재판에 회부되는 걸 막을 수 있어."

이어서 그가 내게 말했다.

"브랜디 좀 들겠나? 도대체 어쩌다 이런 거야?"

'제길, 몰라서 묻는 거야?' 나는 속으로 툴툴거렸다.

하사관이 서류에서 눈을 떼며 말했다.

"부상당한 사유를 뭐라고 쓸까요?"

군의관 대위가 물었다.

"뭘 맞은 거야?"

나는 눈을 감고 대답했다.

"박격포 폭탄입니다."

"확실하지?" 대위는 근육 조직을 잘라내며 다시 물었다. 지독하게 아팠다.

그가 다리와 머리에 붕대를 감고 나서 말했다.

"자, 이제 됐소."

그가 밖으로 나가자 위생병들이 나를 들어 올려 밖으로 데리고 나갔다. 밖으로 나오자 나에 대한 기록을 마무리할 모양인지 아까 그 하사관이 "성함이 어떻게 되십니까? 계급은요? 출생지는요? 병과는요? 소속부대는요?"라고 물었다. "중위님, 안타깝게도 머리에 부상을 입으셨군요. 쾌유를 빕니다. 자, 이제 영국군 앰뷸런스로 모시겠습니다."

얼마 뒤 영국군 앰뷸런스가 와서 나를 들것에 싣고는 차 안으로 밀어 넣었다. 내가 누운 들것 옆에는 들것이 하나 더 있었고 사내 한 명이 누워있었다. 머리에 온통 붕대를 감고 있어 겨우 코만 보였으며 코에는 마치 밀랍처럼 핏기라곤 없었다. 그는 몹시 고통스럽게 숨을 몰아쉬고 있었다.

이윽고 차가 출발했다. 앰뷸런스는 도로를 따라 올라가기도 하고 혼잡한 길에서는 잠시 멈추기도 했으며 커브 길에서 돌아가기도 했고 후진하기도 했으나 이제는 꽤 빠른 속도로 언덕을 올라가고 있었다. 그런데 뭔가 뚝뚝 떨어지는 것 같았다. 처음에는 느리게 규칙적으로 떨어졌지만 이윽고 마치 시냇물처럼 주르르 흘러내리기 시작했다. 나는 운전병에게 고함을 질렀다. 그는 차를 멈춰 세우더니 고개를 돌려 뒤쪽을 바라보았다.

"왜 그러십니까?"

"내 위쪽 들것에 있는 환자가 피를 흘리고 있어."

"정상까지 얼마 안 남았습니다. 나 혼자서는 들것을 끌어낼 수도 없습니다."

그는 다시 차를 출발시켰다. 피는 계속 흘렀다. 어두웠기에 머리 위 들것 어디쯤에서 떨어지는지 알 수 없었다. 나는 내 몸 위로 피가 떨어지지 않도록 몸을 옆으로 움직이려 했다. 온몸이 떨리는 데다 다리까지 너무 쑤셔 토할 것만 같았다. 얼마가 지나자 머리 위 들것에서 떨어지는 피의 양이 줄어들더니 다시 한 방울씩 뚝뚝 떨어지기 시작했다. 위쪽 들것에 누워있는 환자가 좀 더 편안한 자세를 취하는 것 같은 기분을 나는 느꼈다.

영국인 운전병이 뒤를 돌아보고 소리를 질렀다.

"그 환자 어떻습니까? 거의 다 왔거든요."

"죽은 것 같아." 내가 말했다.

핏방울은 마치 해가 진 후 고드름에서 떨어지는 물방울처럼 아주 천천히 떨어졌다. 오르막길을 오를 때 밤이어서 차 안이 추웠다. 언덕 꼭대기 진지에 앰뷸런스가 도착하자 병사들이 들것을 밖으로 끌어내고 다른 들것을 실었으며 우리는 길을 계속 했다.

제10장

야전 병원 병동에 누워있자니 오후에 누군가 면회 온다는 전갈을 받았다. 무더운 날씨였고 병실에는 파리가 많았다. 당번병은 종이를 가늘게 찢어 막대기에 묶어 파리채를 만들었다. 나는 파리들이 날아가 천장에 앉는 것을 지켜보았다. 내가 땀을 흘리자 당번병은 붕대 위에 탄산수를 끼얹어 주었다. 한결 시원했다. 오전 중에 남자 간호사 세 명과 군의관 한 명이 병실을 돌았고 오후에는 아주 조용했다.

그날 오후 군의관 한 사람이 리날디를 데리고 왔다. 그는 빠른 걸음으로 내 곁에 오더니 침대 위로 몸을 굽혀 내게 입을 맞추었다. 그는 장갑을 끼고 있었다.

"안녕, 베이비. 기분이 어떠신가? 내가 이걸 가지고 왔지……."

코냑 한 병이었다. 당번병이 의자를 가져오자 그는 앉았다. "게다가 좋은 소식이 있어. 자네, 훈장을 받게 될 거야. 은성훈장을 받게 해주고들 싶어 하는데 동성훈장에 그칠지도 몰라."

"내가 뭘 했다고?"

"중상을 입었잖은가. 자네가 영웅적인 행동을 한 것을 입증할 수만 있다면 은성훈장도 가능하대. 안 그러면 동성훈장이고. 무슨 일이 있었는지 정확히 말해 봐. 어디, 영웅적 행동을 했어?"

"아니. 치즈 조각을 씹다가 포탄을 맞았을 뿐이야."

"농담하는 게 아니야. 부상을 입기 전이나 입은 후에 뭔가 영웅적인 행동을 했을 거야. 잘 기억해보라고."

"그런 거 없어."

"누군가를 등에 업고 나르지 않았어? 고르디니는 자네가 대여섯 명을 등에 업고 날랐다고 하던데. 물론 일선 진지의 소령이 불가능하다고 했지만……."

"말도 안 되는 소리 하지 마. 내 몸조차 꼼짝할 수도 없었는데."

"상관없어." 그가 장갑을 벗으며 말했다. "은성훈장을 받게 할 수 있어. 자네, 다른 부상병들을 먼저 치료하라면서 치료를 거부했다며?"

"뭐, 딱 부러지게 거부한 것도 아니야."

"상관없어. 자네 부상을 좀 보라고. 늘 최전방에 가겠다고 했잖아. 용감한 행동이지. 게다가 작전도 성공했어."

"아군이 강을 무사히 건넜나?"

"엄청났지. 포로를 천 명 정도 잡았어. 군 소식지에 실렸는데 못 봤나?"

"못 봤어."

"어쨌든 성공적인 기습 작전이었어. 기가 막혔어. 모두들 자네를 자랑스러워하고 있다고. 어쩌면 영국 훈장을 탈지도 몰라. 그곳에 영국인도 한 명 있었으니까. 그 친구를 만나서 자네를 추천해줄 수 있는지 물어봐야겠군. 그 친구라면 뭔가 이야기를 해줄지도 모르겠군. 많이 아픈가? 좀 마셔봐. 어이, 당번병, 병따개 좀 갖다 줄래?"

당번병이 병따개와 잔을 가져오자 그는 술병을 딴 후 잔에 따라서 내게 내밀었다.

"자, 베이비, 한잔 해. 부상 당한 머리는 어때? 서류를 봤어. 골절은 없어. 이거 내가 너무 혼자 지껄이고 있네. 자네가 중상을 입고 있는 모습을 보니 흥분해서 그래. 자, 마셔봐. 좋은 술이야. 15리라나 준 거라고. 별 다섯 개짜리니 좋을 수밖에. 돌아가는 길로 영국인을 만나봐야지. 자네에게 영국 훈장을 받게 해야겠어."

"그들은 그런 일 따위로 훈장을 주지 않아."

"자넨 너무 겸손해서 탈이야. 연락 장교를 그쪽에 보내야지. 그 친구 영국인들을 잘 다루거든."

"미스 바클리는 만났나?"

"다음에 데리고 올게. 지금 당장 가서 데려와야겠군."

"가지 마." 내가 말했다. "고리치아 이야기나 해봐. 아가씨들은 잘 있지?"

"아가씨들? 없어. 이주일 동안 한 명도 바뀌지 않았어. 더 이상 거기 가지 않아. 민망하단 말씀이야. 그녀들은 이제 아가씨들이 아니야. 오랜 전우들이라고."

"자네가 그곳에 가지 않는다고?"

"새로 온 아가씨가 없는지 가보긴 하지. 잠깐 들러보는 정도야. 모두들 자네 안부를 물어. 하도 한곳에 오래 머물러서 우리와 친구 사이가 되어버렸으니 정말 민망한 일이지."

"아가씨들이 이제 더 이상 일선에 오고 싶어 하지 않는가 보지."

"원하긴 하지. 아주 많아. 관리가 잘못되었을 뿐이야. 후방 참호에 숨어 있는 녀석들의 위안거리로 잡아두고 있으니."

"불쌍한 친구," 내가 말했다. "새 아가씨들도 없이 전쟁터에서 외롭게 지내다니."

리날디는 코냑을 또 한 잔 따라서 마셨다. 나도 마셨다. 그러자 뜨거운 것이 아랫도리로 후끈 내려가는 것 같았다.

리날디가 다시 말했다.

"자네가 빨리 돌아왔으면 좋겠어. 밤중에 연애질하다가 돌아오는 녀석이 없으니…… 놀려줄 상대가 없단 말씀이야. 내게 돈을 빌려줄 놈도 없어. 피를 나눈 형제이자 룸메이트가 없으니…… 도대체 왜 부상 따위를 당해 가지고……."

"군종신부를 놀려주면 되잖은가."

"그 신부? 그 신부를 놀려대는 건 내가 아니고 대위지. 나는 신부를 좋아해. 자네에게 신부가 필요하다면 그 신부를 불러. 자네를 보러 올 거야. 단단히 벼르고 있더군."

"나도 그 신부가 좋아."

"내가 모를 것 같아? 자네와 신부가 그렇고 그런 사이가 아닌지 의심까지 했는데. 무슨 뜻인지 알지?"

"이런 망할 놈 같으니!"

그는 일어나서 장갑을 꼈다.

"베이비, 자네를 놀려대는 게 재미있거든. 암튼 미스 바클리를 보내줄게. 그녀와 있는 게 나랑 있는 것보다 훨씬 좋겠지. 자넨 순결하고 귀엽잖아."

"그놈의 아가리하고는!"

"그녀를 보내줄게. 자네의 사랑스럽고 멋진 여신을. 영국의 여신. 그런 여자는 숭배하는 것 말고 달리 어떻게 하겠어? 영국 여자를 달리 어디다 쓰겠어?"

"자네는 무식하고 입이 험한 녀석이야."

"진심이야? 내가 무식하다고? 그렇다면 자네가 숭배하는 여신에 대해 한마디 하지. 늘 착하기만 한 그런 아가씨를 상대하는 것하고 길거리 여자를 상대하는 것 사이에는 딱 한 가지 차이만 있을 뿐이야. 그런 아가씨를 상대하는 건 고통스럽다는 것. 내가 아는 건 그뿐이야."

그는 장갑으로 침대를 찰싹 때린 후 덧붙였다.

"게다가 그 처녀가 그걸 정말로 좋아하는지도 알 수 없고."

"차이점이 그뿐이야?" 내가 물었다.

"물론이지. 하지만 자네 같은 멍청이들은 그걸 몰라."

"그걸 말해주다니 기특하군."

"자, 우리 말다툼은 그만두지. 난 자네가 너무 좋아. 하지만 바보짓은 하지 마."

"알았어. 나도 자네처럼 현명해지겠어."

"자, 심각해 하지 말고 웃어요. 한 잔 더 마셔. 이제 정말 가봐야겠어."

"자넨 좋은 친구야."

"이제야 알았군. 한 꺼풀만 벗기면 우린 다 마찬가지야. 우리는 전우 아닌가? 작별인사로 키스해 주게."

"이런 지저분한 놈."

"아니, 자네보다 애정이 많을 뿐이야."

그의 숨결이 가까이 다가오는 것이 느껴졌다.

"잘 있어. 곧 또 찾아올게." 그의 숨결이 멀어졌다. "원치 않는다면 키스는 않겠어. 영국 여자를 보내주지. 자, 잘 있게, 베이비. 코냑은 침대 밑에 두겠어. 어서 완쾌하라고."

그는 가버렸다.

제11장

땅거미가 내려앉을 무렵 군종신부가 찾아왔다. 수프를 들고 나서 어둠 속에 얌전히 누워있노라니 마치 어린 시절로 돌아간 것 같았다. 마치 일찌감치 저녁을 먹고 잠자리에 들어가 있는 것 같았다. 당번병이 침대들 사이로 걸어와 내 침대 앞에서 멈춰 섰다. 옆에 누군가 서 있었다. 군종신부였다. 작은 몸집에 갈색 얼굴의 신부는 어색한 표정으로 서 있었다.

"좀 어때요?" 그가 물었다. 그는 들고 있던 꾸러미를 침대 옆 바닥에 놓았다.

"괜찮습니다, 신부님."

그는 리날디가 앉아있던 의자에 앉아서 어색하게 창밖을 내다보았다. 그의 얼굴이 몹시 피곤해 보였다.

"잠깐만 있다가 가야 합니다. 너무 늦었어요." 그가 말했다.

"별로 늦지도 않았는데요. 식당은 여전합니까?"

그가 미소를 지었다.

"여전히 놀림감이 되고 있지요." 그의 목소리도 피곤해 보였다. "덕분에 다 잘들 지내고 있습니다. 장교님이 그 자리에 안 계셔서 저는 무척 서운합니다. 변변찮은 걸 들고 왔습니다. 이건 모기장이고요. 이건 베르무트 백포도주입니다. 베르무트 좋아하시지요? 이건 영국 신문들입니다."

"좀 풀어주시지요."

신부가 기쁜 마음으로 꾸러미를 풀었다. 내가 그에게 말했다.

"영국 신문들을 읽을 수 있다니 정말 기분이 좋습니다. 어디서 구하셨어요?"

"메스트르(베네치아 북서부의 작은 도시-옮긴이 주)에 주문해서 가져오라고 한 겁니다. 좀 더 주문할 겁니다."

"신부님, 와주셔서 정말 감사합니다. 베르무트 한잔 하시겠습니까?"

"고맙습니다만 그냥 두세요. 중위님을 위해 사온 거니까요."

"아니, 딱 한 잔만 드세요."

당번병이 잔을 가지고 와서 술병을 땄고 신부와 나는 건배했다. 우리는 서로 얼굴을 쳐다보았다. 평소에 이야기도 잘 나누고 가깝게 지냈지만 오늘 밤은 왠지 달랐다.

"신부님, 무슨 일 있으세요? 오늘 매우 피곤해 보이십니다."

"그럴 이유도 없으면서 좀 피곤하네요." 그가 대답했다.

"더위 탓이겠죠." 내가 말했다.

"아닐 겁니다. 아직 봄인 걸요. 어쩐지 기운이 없습니다."

"전쟁이 싫어서 그렇군요."

"제가 전쟁을 싫어하긴 하지만 그 때문은 아닐 겁니다."

"저도 즐기지 않습니다." 내가 말했다. 그가 고개를 좌우로 흔들고 창밖을 바라보았다.

"중위님은 별로 개의치 않으시지요. 전쟁에 대해서 모르시지요. 이런 말을 하는 걸 용서해 주십시오. 이렇게 부상을 입으신 분에게……."

"그저 사고였을 뿐입니다."

"부상을 입었더라도 중위님은 전쟁을 모릅니다. 정말입니다. 나 자신도 전쟁을 잘 모르지만 조금은 느끼고 있습니다."

"제가 부상을 입을 때 병사들과 나는 그런 이야기를 하고 있었습니다. 파시니가 주로 말을 했습니다."

신부는 포도주 잔을 내려놓았다. 뭔가 다른 생각을 하고 있는 것 같았다.

“저도 그 느낌을 한마디로 말할 수는 없어요. 어쨌든 세상에는 전쟁을 일으키고 싶어 하는 사람들이 있는 것 같아요. 파시니 같은 사병들과는 다른 사람들이지요. 교육을 받거나 돈이 많은 사람을 말하는 게 아닙니다. 그냥 전쟁을 일으켜야만 하는 사람들…… 이 나라에는 그런 사람들이 많지요. 물론 전쟁을 싫어하는 사람들도 많고요.”

“그러니까 전쟁을 일으키고 싶어 하는 사람들이 전쟁을 싫어하는 사람들에게 전쟁을 시킨다는 말씀인가요?” 내가 물었다.

“그렇습니다.”

“나 같은 사람은 그런 사람들을 돕고 있고요.”

“중위님은 외국 사람이잖아요. 중위님은 애국자입니다.”

“전쟁을 일으키고 싶어 하지 않는 사람들도 있을 것 아닙니까? 그들이 전쟁을 멈출 수 있나요?”

“모르겠습니다. 하지만 저는 늘 희망을 가지려고 노력하고 있습니다.”

그는 다시 창밖을 내다보았다. 내가 신부에게 다시 물었다.

“신부님 희망대로 전쟁이 끝나면 어떻게 하실 작정이신가요?”

“가능하다면 아브루치로 돌아가야지요.”

그의 갈색 얼굴이 갑자기 기쁨으로 반짝였다.

"아브루치를 사랑하시는군요."

"네, 정말 사랑합니다."

"그렇다면 그곳으로 돌아가셔야 합니다."

"그럴 수만 있다면 더없이 좋겠지요. 그곳에 살면서 하느님을 사랑하고 섬길 수만 있다면……."

"그리고 사람들에게 존경도 받고요." 내가 말했다.

"그건 중요하지 않습니다. 하지만 우리 고향에서는 사람은 누구나 하느님을 사랑해야 한다는 것을 다들 이해하고 있습니다."

"알 것 같습니다."

그가 나를 바라보며 미소 지었다.

"하지만 중위님은 하느님을 사랑하지는 않지요?"

"그런 것 같습니다."

"하느님을 전혀 사랑하지 않으시나요?" 그가 물었다.

"밤이면 가끔 그분이 두려울 때가 있습니다."

"하느님을 사랑해야 합니다."

"저는 누구든 별로 사랑하지 않거든요."

"아니에요." 신부가 말했다. "중위님은 사랑하게 될 겁니다. 제가 잘 알아요. 그렇게 되면 중위님도 행복해질 겁니다. 밤에 가끔 내게 이야기해준 것 있지요? 그건 사랑이 아닙니다. 그건 한낱 정열이고 육욕일 뿐입니다. 진정한 사랑을 하게 되면 대상을 위해 무언가 하고 싶고 희생하고 싶어집니다. 섬기고 싶어집니다. 그때 진정으로 행복해집니다."

"저는 행복한데요. 늘 행복했는데요."

"제가 말씀드린 건 다른 행복입니다. 직접 느껴보기 전에는 알 수 없는 그런 행복입니다."

"글쎄요, 제가 그런 행복을 얻게 되면 신부님께 말씀드리지요." 내가 말했다.

"이거, 너무 늦게까지 있으면서 말이 많았습니다." 그가 진심으로 미안해하며 몸을 일으키려 했다. 내가 신부에게 말했다.

"아닙니다. 가지 마세요. 여자를 사랑하는 건 어떨까요? 내가 진정으로 한 여자를 사랑한다면 그 사랑도 신부님이 말씀하신 사랑과 같은 것일까요?"

"그건 잘 모르겠습니다. 여자는 한 번도 사랑해본 적이 없어서요."

"어머니는 사랑하셨나요?"

"네, 어머니는 분명히 사랑했습니다."

"하느님을 늘 사랑하셨나요?"

"어릴 때부터 줄곧 그랬습니다."

"그렇다면," 내가 운을 떼었다. 하지만 무슨 말을 해야 할지 알 수 없었다. 나는 그냥 "신부님은 훌륭한 젊은이입니다"라고만 말했을 뿐이었다.

"그렇습니다. 나는 젊은이이지요. 그런데 중위님은 나를 신부님이라고 부르시네요."

"예의니까요."

그가 미소 지었다.

"정말로 가봐야겠습니다. 혹시 뭐 부탁하실 거라도 없습니까?" 그가 말했다.

"아뇨, 없습니다. 그저 이야기나 나누고 싶습니다."

"식당 친구들께 안부를 전하겠습니다."

"훌륭한 선물들, 감사합니다."

"별 것 아닌데요."

"또 와 주실 거지요?"

"그럼요. 자, 안녕히 계십시오." 그가 가볍게 내 손을 두드렸다.

침대 발치에 앉아 있던 당번병이 신부와 함께 밖으로 나갔다. 나는 신부를 무척 좋아했으며 그가 언젠가 아브루치로 돌아갈 수 있기를 바랐다. 그는 식탁에서 놀림감이 되고 있으며 온갖 지저분한 이야기들에 둘러싸여 지내고 있다. 하지만 그는 그 모든 것을 잘 견딘다. 나는 고향에서의 그의 모습에 대해 생각해본다. 그가 말해준 대로 카프라코타에는 마을 아래쪽으로 강물이 흐르고 그곳에 송어가 산다. 그곳에서는 밤에 피리를 부는 것이 금지되어 있다. 젊은이들이 연인의 창 밑에서 세레나데를 부를 때도 피리만은 금지되어 있다. 나는 신부에게 왜 그러냐고 물었다. 그러자 신부는 젊은 처녀들이 밤에 피리 소리를 들으면 해롭기 때문이라고 대답했다. 농부들은 길에서 사람을 만나면 모자를 벗으며 '나리'라고 부른다. 그의 아버지는 매일 사냥을 하고 농부들의 집에서 식사를 한다. 농부들은 그것을 영광으로 안다. 외지인이 그곳에서 사냥을 하려면 그가 한 번도 체포된 적이 없었다는 증명서를 제출해야 한다. 그란사소디탈리아에는 곰들이 있지만 그곳은 너무 멀다. 아퀼라는 아름다운 마을이다. 여름밤에는 시원하고 아브루치의 봄은 이탈리아에서 가장 아름답다. 하지만 뭐니뭐니 해도 가장 아름다운 때는 밤나무 숲으로 사냥을 갈 수 있는 가을철이다. 그곳의 새들은 포도를 따먹고 살기에 고기가 정말 맛있다. 그곳으로 사냥을 갈 때는 도시락을 가지고 갈 필요가 없다. 농부들이 자기 집에서 식사하는 것을 영광으로 알기 때문이다.

잠시 뒤 나는 잠이 들었다.

제12장

어느 날 아침 병동 책임자 소령이 내게 다음 날 여행을 할 수 있겠냐고 물었다. 나는 할 수 있다고 대답했다. 그는 다음 날 아침 일찍 나를 후송하겠다고 말했다. 그는 날씨가 너무 더워지기 전에 일찍 출발하는 게 나을 것이라고 말했다.

군의관들은 아주 친절했으며 매우 유능해보였다. 그들은 보다 좋은 엑스레이 장비가 있으며 수술 후에 물리치료를 받을 수 있는 밀라노로 나를 보내고 싶어 했다. 나도 밀라노로 가고 싶었다. 그들은 가능한 한 환자들을 모두 후방으로 보내고 싶어 했다. 공격이 시작되면 침대가 더 필요해질 것이기 때문이었다.

내가 출발하기 전날 리날디가 식당 동료 소령과 함께 나를 찾아왔다. 그들은 내가 밀라노에 새로 마련된 미군 병원으로 후송될 것이라고 했다. 미군 앰뷸런스 부대가 파견되었으며 그 병원에서 그 부대 부상병들과 이탈리아 내 미국인들을 돌보게 되리라는 것이었다. 적십자사에는 많은 미국인들이 근무하고 있었다. 미국은 독일에 대해서 선전포고를 했지만 오스트리아에 대해서는 아직 선전포고를 하지 않고 있었다. 이탈리아는 미국이 오스트리아에 대해서도 선전포고를 하리라고 확신하고 있었으며 비록 적십자 대원들이라 할지라도 미국인들이 그곳에 온다는 사실에 고무되어 있었다.

리날디와 소령은 윌슨 대통령이 오스트리아에 대해 선전포고를 할 것이냐고 내게 물었고 나는 시간문제라고 대답했다. 나는 우리 미국이 오스트리아에 대해 무슨 악감정을 갖고 있는지는 모르지만 독일에 대해 선전포고를 했다면 오스트리아에 대해서도 선전포고를 하는 것이 논리에 맞는 것 같다고 말했다. 그들은 미국이 터키에 대해서도 선전포고를 할 것 같으냐고 물었다. 나는 확실하지 않다고 대답했다. 터키는 미국인들이 아주 좋아하는 고기이기 때문이라고 했더니 그들은 내 농담을 제대로 이해하지 못하고 어리둥절한 표정을 지었다(터키에는 칠면조라는 뜻도 있음-옮긴이 주). 나는 터키에 대해서도 선전포고를 할 것이라고 대답해 주었다. 그러면 불가리아에 대해서는? 우리는 이미 브랜디를 여러 잔 마신 뒤였기에 나는 불가리아는 물론이고 일본에 대해서도 선전포고를 할 것이라고 말했다. 그러자 그들이 일본은 영국의 동맹국이라고 말했다. 그놈의 영국 놈들을 믿으면 안 돼, 일본은 하와이를 원하지, 라고 내가 말했다. 하와이가 어디 있는데? 태평양에 있어. 일본이 거길 왜 원하는데? 그들이 정말로 하와이를 탐내는 건 아니야, 라고 내가 말했다. 그저 그렇다는 소문일 뿐이지. 일본인들은 춤을 좋아하고 약한 술을 좋아하는 키 작은 친구들이야. 좀 이상한 친구들이지. 프랑스인들 비슷하군. 소령이 말했다. 우리는 프랑스로부터 니스와 사부아를 빼앗을 거야. 코르시카하고 아드리아 해안도 점령해야지. 리날디가 말했다. 이탈리아가 다시 로마의 영광을 되찾는 거지. 소령이 말했다. 나는 로마가 싫어. 내가 말했다. 덥고 벼룩이 들끓어. 로마가 싫어? 나는 로마를 사랑해. 로마는 국가들의 어머니야. 테베레 강물을 먹고 자란 로물루스를 절대 잊을 수 없어. 뭐라고? 아냐, 그냥. 우리 모두 로마로 가자고. 오늘 밤 당장 가서 영영 돌아오지 말자고. 로마는 아름다운 도시야. 소령이 말했다. 그래요, 모든 국가들의 어머니요, 아버지지요. 내가 거들었다. 로마는 여성형이야. 리날디가 말했다.

아버지가 될 수 없어. 그러면 아버지는 누구지? 성스러운 귀신? 신성모독 하지 마. 신성모독이 아니야. 그냥 알고 싶을 뿐이야. 베이비, 자네 취했군. 나를 취하게 만든 게 누구야? 내가 취하게 했지. 소령이 나섰다. 자네가 좋으니까. 미국이 참전했으니까. 에라, 꼭지가 돌도록 마시겠어. 내가 말했다. 베이비, 자네는 내일이면 떠나지. 리날디가 말했다. 그래, 로마로. 내가 말했다. 아니, 로마가 아니라 밀라노. 소령이 말했다. 수정궁으로, 코바로……. 자네는 운 좋은 친구야. 그란 이탈리아(밀라노의 레스토랑 이름-옮긴이 주)에도 갈 겁니다. 내가 대꾸했다. 조지한테 돈을 빌려야지. 스칼라에도 가보라고. 리날디가 말했다. 스칼라에 가라니까. 매일 밤 가야지. 내가 대답했다. 매일 밤? 그 돈을 어떻게 대려고? 소령이 말했다. 티켓이 얼마나 비싼데. 할아버지 이름으로 약속 어음을 발행하죠. 할아버지가 갚아주겠죠. 안 그러면 손자가 감옥에 갈 판인데. 미국의 가리발디(19세기 이탈리아 혁명가-옮긴이 주) 만세! 리날디가 외쳤다. 약속 어음 만세! 내가 외쳤다. 좀 조용히 해야 해. 소령이 주의를 주었다. 벌써 몇 번이나 조용히 해달라고 주의를 받았잖아. 자네, 정말 내일 떠날 건가, 페데리코(프레데릭의 이탈리아식 이름-옮긴이 주)? 미군 병원으로 간다잖아요. 리날디가 대답했다. 예쁜 간호사들에게 말이에요. 야전 병원의 턱수염을 기른 간호사들이 아니란 말입니다. 아, 우리 베이비가 가버리면 어쩌지? 우리 이제 가봐야겠네. 소령이 말했다. 더 있다간 감상에 젖겠어. 그러자 리날디가 말했다. 어이, 내 말 좀 들어봐. 깜짝 놀랄 만한 소식이 있어. 있잖아, 자네의 그 영국 아가씨 말이야. 매일 밤 병원으로 만나러 갔었잖아. 그녀도 밀라노로 간대. 다른 간호사들과 함께 미군 병원으로 간대. 미국에서 아직 간호사들이 도착하지 않았거든. 오늘 책임자와 이야기를 나누었어. 전선에 여자들이 너무 많다는 거야. 그래서 일부를 후방으로 보내는 거래. 베이비, 어때? 좋지? 그렇지? 이제 대도시로 갈 거고 거기서 영국 아가씨가 껴안아 줄 거잖아. 아, 나는 왜 부상을 당하지 않는 거지? 자네도 부상을 입을 거야. 내가 말했다. 이제 그만 가봐야 해. 소령이 말했다. 술을 마시며 떠들어대고 페데리코를 귀찮게 하고. 가지 마세요. 아니, 가야 해. 잘 있어. 행운을 비네. 재미 많이 보게나. 차우, 차우, 차우. 빨리 돌아와. 리날디가 내게 입을 맞추었다. 소독약 냄새가 나는군. 자, 안녕, 베이비. 안녕. 재미 많이 봐. 소령이 내 어깨를 두드렸다. 그들은 발끝으로 걸어 나갔다. 나는 꽤 취해 있었다. 나는 곯아떨어졌다.

다음날 아침 우리는 밀라노를 향해 출발해서 48시간 만에 그곳에 도착했다.

제13장

열차는 이른 아침 밀라노에 도착했고, 우리를 화물 조차장(操車場)에 내려놓았다. 앰뷸런스 한 대가 들것에 실린 나를 미군 병원으로 이송했고 두 명의 위생병이 낑낑대며 엘리베이터에 나를 태우고 건물 4층으로 올라갔다.

건물 4층 문 앞에서 위생병이 벨을 눌렀지만 아무도 나오지 않았다. 그때 건물 수위가 계단을 통해 올라왔다. 엘리베이터 안이 비좁아서 계단으로 올라온 것이었다.

"병원 사람들은 어디 있나요?" 위생병들이 물었다.

"모르겠습니다." 수위가 대답했다. "잠은 아래층에서 자는데……."

"누구 좀 불러줘요."

수위가 벨을 누르고 노크를 해도 아무 응답이 없자 그는 문을 열고 안으로 들어갔다. 얼마 후 그가 안경을 쓴 나이 지긋한 부인과 함께 나타났다. 머리가 풀어져 반쯤 흘러 내려와 있었으며 간호사 복장을 하고 있었다.

"난 못 알아들어요. 나는 이탈리아어를 모른다고요." 그녀가 영어로 말했다.

"내가 영어를 할 줄 압니다." 내가 말했다. "이 사람들은 나를 어디엔가 내려놓고 싶은 겁니다."

"준비된 병실이 없어요. 환자가 올 줄 몰랐거든요." 그녀가 머리카락을 걷어 올리며 나를 빤히 쳐다보았다.

"나를 내려놓을 수 있는 방이라면 아무 데라도 좀 보여주세요."

"나는 몰라요. 환자가 올 줄 몰랐단 말이에요. 아무 방에나 받아들일 수는 없어요."

"아무 방이나 좋아요." 이어서 나는 이탈리아어로 수위에게 말했다. "아무 방이건 빈방을 찾아봐요."

"방들은 다 비어 있습니다. 장교님이 첫 환자거든요."

다리를 굽히고 있자니 도저히 참을 수 없을 만큼 통증이 밀려왔다. 나는 다시 간호사에게 말했다.

"제발 부탁이니 아무 방이나 좀 눕혀주세요."

수위가 안으로 들어가자 간호사도 안으로 들어갔고 위생병 한 명이 나를 업고 뒤따랐다. 우리는 긴 복도를 지나 블라인드가 쳐진 방으로 들어갔다. 그들은 나를 침대 위에 내려놓았다.

"시트는 깔아드릴 수 없어요. 모두 옷장에 넣고 잠가버렸거든요." 간호사가 말했다.

나는 그녀에게 대꾸도 하지 않고 수위에게 말했다.

"여기 내 주머니에 돈이 있소. 여기 위생병들에게 5리라씩 줘요. 당신도 5리라를 챙기고. 다른 쪽 주머니에 내 서류가 있으니 그걸 간호사에게 건네줘요."

위생병들은 거수경례를 하며 고맙다고 말했다.

"잘들 가게. 정말 고마웠어."

그들은 다시 한번 경례를 하고는 밖으로 나갔다.

내가 간호사에게 말했다.

"그 서류에는 내 증상과 지금까지 받은 치료 기록이 있습니다."

간호사는 서류를 집어 들고 안경 너머로 들여다보았다. 모두 세 장의 서류였으며 전부 접혀 있었다.

"정말 어떻게 해야 할지 모르겠어요." 그녀가 말했다. "이탈리아어를 읽을 줄 모르거든요. 의사 선생님 지시 없이는 아무것도 할 수 없어요." 그녀는 훌쩍이며 앞치마 주머니에 서류를 집어넣었다.

"미국인이세요?" 그녀가 울먹이며 물었다.

"그렇습니다. 미안하지만 그 서류를 침대 옆 탁자 위에 놔주시겠습니까?"

병실 안은 어두컴컴하고 서늘했다. 나는 수위와 간호사에게 이만 가 봐도 좋다고 말했다. 수위에 이어 간호사가 병실을 나서려 할 때 내가 그녀에게 물었다.

"간호사님은 성함이 어떻게 되시나요?"

"미시즈 워커예요."

"아, 워커 부인. 가셔도 좋습니다. 전 잠을 좀 자야겠습니다."

그들이 나가자 나는 잠이 들었다. 깜빡 잠든 줄 알았는데 잠에서 깨어보니 덧문 사이로 햇빛이 들어왔다. 나는 목이 말라서 손을 뻗어 초인종 버튼을 눌렀다. 곧이어 문이 열리는 소리가 들리더니 워커 부인이 아닌 다른 간호사가 병실로 들어왔다. 젊고 예뻤다.

"안녕하세요." 내가 먼저 인사했다.

"안녕하세요." 그녀는 내 침대 곁으로 다가오며 인사했다. "아직 의사 선생님이 오실 수가 없어요. 코모 호수에 가 계시거든요. 환자가 올 줄은 몰랐어요. 어디가 편찮으세요?"

"부상을 입었습니다. 다리와 발과 머리가 아픕니다."

"성함이 어떻게 되세요?"

"헨리입니다. 프레더릭 헨리."

"제가 몸을 씻겨 드릴게요. 하지만 의사 선생님이 오시기 전까지는 그 어떤 처치도 해드릴 수 없어요."

"미스 바클리라는 여자가 이곳에 있습니까?"

"아뇨. 그런 이름의 여자는 없어요."

"제가 이곳에 왔을 때 울던 분은 누구신가요?"

간호사가 웃었다. "미시즈 워커예요. 야간 당직이었고 지금 잠을 자고 있어요. 누가 오리라고는 미처 생각도 못했기에 당황했을 거예요."

이야기를 나누면서 그녀는 내 옷을 벗긴 뒤 붕대가 감겨 있는 곳을 빼고는 아주 부드럽게 내 몸을 씻겨주었다. 몸을 씻고 나니 기분이 상쾌했다. 머리에도 붕대를 감고 있었지만 그녀는 가장자리를 골고루 잘 닦아주었다.

"어디서 부상을 당하셨어요?"

"플라바 북쪽 이손초 강가에서입니다."

"그게 어디인데요?"

"고리치아 북쪽입니다."

하지만 그녀에게는 모두 생소한 곳임을 알 수 있었다. 그녀는 체온을 잰 후 병실에서 나가더니 미시즈 워커와 함께 다시 들어왔다. 두 사람은 나를 침대에 그대로 눕힌 채 침대를 정돈해 주었다. 처음으로 보는 훌륭한 솜씨였다.

"이곳 책임자는 누구십니까?"

"미스 밴캠픈이에요."

"간호사는 몇 분이지요?"

"우리 둘뿐이에요."

"좀 더 올 분들이 없나요?"

"몇 명 더 올 거예요."

"언제 올 예정입니까?"

"모르겠어요. 무슨 환자가 질문이 그렇게 많아요?"

"나는 환자가 아닙니다. 부상자입니다."

침대 정리를 마치자 워커 부인은 파자마를 가지고 들어왔다. 둘은 그것을 나에게 입혀주었다. 깨끗한 옷을 입은 듯 기분이 상쾌했다.

"두 분 다 정말 친절하시네요." 미스 게이지라는 이름의 젊은 간호사가 킥킥거렸다. 나는 그녀에게 물을 청해 마신 뒤 아침을 사양하고 그대로 잠에 빠져들었다.

점심을 먹은 지 얼마 되지 않았을 때 이곳 수간호사이자 책임자 격인 미스 밴캠픈이 나를 보러 왔다. 그녀는 나를 좋아하지 않았으며 나도 그녀가 마음에 들지 않았다. 그녀는 키가 작았으며 그녀의 지위에 딱 알맞을 정도로 의심이 많았다. 그녀는 내게 이런저런 질문을 많이 던졌다. 아무리 보아도 미국인인 내가 이탈리아군에 근무한다는 것이 영 마음에 안 드는 모양이었다.

"식사 때 와인을 좀 마셔도 되겠습니까?" 내가 그녀에게 물었다.

"의사 선생님 처방 없이는 안 돼요."

"그러니까 의사 선생님 오실 때까지는 안 된다는 말씀이로군요."

"절대로 안 돼요."

그녀가 나가고 미스 게이지가 들어왔다.

그녀가 내게 말했다.

"왜 미스 밴캠픈에게 공손하게 대하지 않으셨어요?"

"그럴 생각은 없었습니다. 하지만 좀 건방져 보여서…… 게다가 의사도 없는 병원이라니 말이 됩니까? 의사는 도대체 코모 호수에서 뭘 하는 겁니까? 수영이라도 하고 있나요?"

"아뇨, 그곳에도 진료소가 있어요. 암튼 곧 오실 거예요."

나는 그녀에게 수위를 좀 불러 달라고 했다. 수위가 들어오자 나는 그에게 베르무트 한 병과 키안티 적포도주 한 병, 그리고 석간신문을 사다 달라고 부탁했다. 그는 밖으로 나갔다가 잠시 뒤 신문에 술병들을 싸서 들어왔다. 나는 수위에게 술병을 따서 침대 밑에 놔달라고 부탁했다. 수위와 간호사가 나가고 난 후 나는 신문을 잠시 뒤적인 다음 베르무트 병과 컵을 배 위에 올려놓고 조금씩 마셨다.

얼마 뒤 게이지가 저녁 식사 쟁반을 들고 들어와 침대 옆 탁자에 놓았다. 나는 고맙다고 인사한 후 드는 둥 마는 둥 했다. 이어서 나는 곧바로 잠에 빠져들었고 날이 새기 전에 눈을 떴다. 나는 닭 우는 소리를 들으며 날이 밝을 때까지 눈을 뜬 채로 누워있었다. 피곤했던지 날이 완전히 밝았을 무렵 나는 다시 잠에 빠져 들었다.

제 2 부

제14장

내가 눈을 떴을 때 병실은 햇빛으로 훤하게 밝아 있었다. 전선으로 다시 돌아온 것 같다는 착각에 나는 침대에서 기지개를 켰다. 다리에 통증을 느끼고 나는 더러운 붕대가 감겨 있는 다리를 내려다보았다. 그제야 나는 내가 지금 어디에 있는지 알 수 있었다. 나는 손을 뻗어 초인종 줄을 잡아당겼다. 복도에서 벨 소리가 들리더니 곧 누군가 고무창을 댄 신발을 끌며 복도를 따라 걸어오는 소리가 들렸다. 미스 게이지였다. 밝은 햇살 아래에서 보니 약간 나이가 더 들어보였고 그다지 예쁘게 생긴 것 같지도 않았다.

"안녕하세요. 편히 주무셨어요?" 그녀가 먼저 인사했다.

"덕분에 잘 잤습니다. 이발사를 좀 불러주실 수 있겠습니까?

수염을 좀 깎으려고요."

"수위에게 불러오라고 할게요. 주무실 때 들어와 보니 이걸 껴안고 주무시던데요."

그녀는 베르무트 병을 들어보였다.

"다른 술은 장에 넣어두었어요. 혼자 마시면 몸에 안 좋아요. 조금은 함께 마셔드릴 수도 있는데. 참, 중위님 친구인 미스 바클리가 왔어요."

"정말입니까?"

"네. 나는 그녀가 마음에 안 들어요."

"곧 좋아하게 될 겁니다. 정말 착한 여자거든요."

그녀는 고개를 저었다.

"예쁜 건 사실이에요. 이쪽으로 몸을 좀 돌릴 수 있으세요? 아침 식사를 위해 몸을 닦아드릴게요." 그녀는 수건과 비누, 따뜻한 물로 내 몸을 닦아 주었다. "자, 이제 어깨를 들어요. 이제 됐어요."

"아침 식사 전에 이발사를 불러주시면 고맙겠습니다."

그녀는 밖으로 나갔다가 금세 들어오더니 "이발사를 부르라고 보냈어요"라고 말했다.

잠시 후 이발사가 수위와 함께 들어왔다. 쉰 살쯤 되어 보이는 사내였다. 그는 능숙한 솜씨로 면도를 한 후 돈을 받고 밖으로 나갔다. 오랜만에 면도를 하니 기분이 상쾌했다.

이발사가 밖으로 나간 지 얼마 되지 않았을 때였다. 누군가가 복도를 따라 걸어오는 소리가 들렸다. 나는 문 쪽을 바라보았다. 캐서린 바클리였다.

그녀는 방안으로 들어오더니 침대로 다가왔다.

"자기, 오랜만이에요." 그녀가 말했다. 그녀는 싱그럽고 젊었으며 무척이나 아름다웠다. 그렇게 아름다운 여자는 생전 처음 보는 것 같았다.

"안녕." 내가 말했다. 그녀를 보는 순간 나는 내가 그녀를 사랑하고 있음을 알았다. 내 몸 안의 모든 것이 온통 부글부글 끓어오르는 것 같았다. 그녀는 문 쪽을 바라보고 아무도 없는 것을 확인하고는 침대 곁에 앉더니 몸을 굽혀 내게 키스했다. 나는 그녀를 잡아당겨 입을 맞추었다. 그녀의 가슴이 뛰고 있는 것을 느낄 수 있었다.

"오, 내 사랑! 이곳으로 오다니 정말 꿈같지 않아?"

"오는 건 그다지 어렵지 않았어요. 하지만 계속 머무는 건 쉽지 않을 것 같아요."

"여기 있어야 해." 내가 말했다. "오, 당신 정말 너무 아름다워."

나는 그녀에게 미친 듯이 빠져들었다. 그녀가 정말로 이곳에 있다는 것이 믿기지 않았다. 나는 그녀를 더욱 힘껏 껴안았다.

"이러면 안 돼요." 그녀가 말했다. "아직 완쾌되지도 않았잖아요."

"아니, 괜찮아. 자, 어서."

"안 돼요. 당신 아직 기운이 없어요."

"아니라니까. 정말 괜찮아. 정말이야. 자, 어서."

"당신, 나를 사랑해요?"

"정말 사랑해. 미칠 정도로 사랑해. 자, 어서."

"우리의 심장이 뛰는 걸 느껴보세요."

"심장 같은 건 상관없어. 당신을 원해. 미칠 정도로 원해."

"정말 나를 사랑하세요?"

"그런 말 자꾸 하지 마. 자, 어서 이리 와. 제발, 제발, 캐서린."

"좋아요. 하지만 잠깐밖에 안 돼요."

"좋아. 문을 닫아."

"안 돼요. 아, 이러면 안 돼요."

"자, 어서. 말은 하지 마. 자, 제발 어서."

캐서린은 침대 옆 의자에 앉았다. 복도로 통하는 문은 열려 있었다. 격정은 사라졌지만 기분은 더없이 상쾌했다.

그녀가 말했다.

"이제 내가 당신을 사랑한다는 걸 믿으시겠지요?"

"오, 당신은 정말 너무 사랑스러워. 당신, 이곳에 머물러야 해. 당신을 다른 곳으로 보낼 수 없어. 당신을 정말 미칠 듯이 사랑해."

"우리 정말로 조심해야 해요. 그냥 잠시 정신이 나갔었어요. 이런 짓을 해서는 안 돼요."

"밤에 하면 되지."

"정말 조심해야 해요. 당신도 다른 사람들 앞에서는 조심해야 해요."

"조심하겠어."

"정말 그래야 해요. 당신은 정말 상냥해요. 저를 사랑하시지요? 그렇지요?"

"자꾸 그런 말 하지 마. 그런 말 자꾸 하면 내가 섭섭해 한다는 걸 몰라?"

"그러면 저도 조심할게요. 자기, 이제 정말 가봐야 해요."

"곧 올 거지?"

"올 수 있으면 올게요."

그녀는 밖으로 나갔다. 나는 그녀와 사랑에 빠질 생각이 추호도 없었다. 나는 그 누구와도 사랑에 빠지는 것을 원치 않았었다. 그런데 나는 이렇게 사랑에 빠져 밀라노의 어느 병원 병실에 누워있었다. 온갖 생각이 머리를 스치고 지나갔지만 나는 사랑의 기적을 맛보고 있었으며 사랑의 경이감에 한껏 빠져 있었다.

내가 한껏 행복에 젖어 있을 때 게이지가 병실 안으로 들어왔다.

"의사 선생님이 오신대요. 선생님이 코모 호수에서 전화를 하셨어요."

"언제 온답니까?"

"오늘 오후 도착하신대요."

제15장

오후가 될 때까지 아무 일도 없었다. 의사는 야위고 몸집이 작은 사내였다. 그는 전쟁에 대해 불안해하고 있는 것 같았다. 그는 언짢은 기분을 세련되게 감추면서 내 넓적다리에서 여러 개의 작은 강철 파편들을 끄집어냈다. 그는 '스노우'인지 뭔지 하는 국부 마취제를 사용했다. 근육 조직을 얼려서 통증을 마비시키는 마취제였다. 섬세하게 상처 부위를 살펴본 의사는 마침내 기진맥진해서 엑스레이를 찍어봐야겠다고 말했다. 탐침 검사로는 아무래도 만족스럽지 않다고 그는 말했다.

나는 밀라노 소재 이탈리아 육군병원에서 엑스레이를 찍었다. 방사선과 의사는 매우 유쾌한 사람이었다. 그는 오스트리아 사람은 모두 개자식이라고 욕하며 내게 놈들을 몇 명이나 죽였느냐고 물었다. 나는 한 명도 죽인 적이 없었지만 그를 즐겁게 해주기 위해 꽤 많이 죽였다고 대답해 주었다.

엑스레이 사진을 촬영한 날 오후에 사진이 내가 입원해 있는 병원에 도착했다. 방사선과 의사가 오후까지 완성해서 보내주겠다고 하더니 약속을 지킨 것이다. 캐서린 바클리가 그 사진을 내게 보여주었다. 그녀가 빨간 봉투에서 사진을 꺼내 불빛을 향해 들어 올렸고 우리는 함께 사진을 들여다보았다.

"저게 당신 오른쪽 다리예요. 이게 왼쪽이고요." 그녀는 다시 사진을 봉투에 넣었다.

"오른쪽이고 왼쪽이고 저리 치우고 어서 침대로 와."

"안 돼요. 이 사진들을 보여주려고 잠깐 온 거예요."

그녀가 방에서 나갔고 나는 침대에 누워있었다. 더운 오후였고 침대에 누워만 있자니 진력이 났다. 나는 수위에게 사 올 수 있는 신문이란 신문은 몽땅 사 오라고 시켰다.

그가 돌아오기 전에 세 명의 군의관이 내 방으로 들어왔다. 시술 경험이 없는 군의관들이 다른 군의관들의 도움을 구하는 경향이 있다는 것은 익히 알고 있는 사실이었다. 말하자면 맹장 수술에 자신이 없는 군의관이 편도선 수술을 제대로 할 줄 모르는 군의관을 추천하는 식이다. 그들 세 명도 그런 의사들이었다.

“이 사람이 바로 그 청년입니다.” 손이 가냘픈 우리 병원의 의사가 말했다.

“안녕하시오.” 턱수염을 기르고 있는 큰 키의 야원 의사가 말했다. 세 번째 의사는 엑스레이 사진이 들어 있는 붉은 봉투를 든 채 아무 말이 없었다.

“붕대를 풀어볼까요?” 턱수염 의사가 말했다.

“그러지요. 간호사, 붕대를 풀어보세요.” 우리 병원 의사가 미스 게이지에게 말했다. 미스 게이지가 붕대를 풀었다. 나는 내 다리를 내려다보았다. 야전 병원에서 보았을 때는 구운 지 오래된 햄버그스테이크처럼 보였었다. 그러나 지금은 표면이 딱딱한 빵 껍질 같았으며 무릎이 부어오른 채 변색되어 있었다. 장딴지는 움푹 가라앉아 있었지만 곪지는 않았다.

“이만하면 깨끗하지요? 아주 깨끗하고 상태가 좋아요.” 우리 병원 의사가 말했다.

턱수염 의사는 “음,” 하는 소리만 냈을 뿐이었다. 세 번째 의사는 우리 의사의 어깨너머로 넘겨다보았다.

“무릎을 움직여 보시오.” 턱수염 의사가 말했다.

“움직일 수가 없습니다.”

"관절을 테스트해볼까요?" 턱수염 의사가 물었다. 그의 군복 소매에 별이 셋 있었고 옆으로 줄무늬 하나가 덧붙여져 있었다. 선임 대위 계급장으로서 소령으로 진급할 연차가 지났지만 여전히 대위에 머물러 있다는 것을 의미했다.

"그럴까요." 우리 의사가 말했다. 두 의사는 내 오른쪽 다리를 잡고 조심스럽게 구부렸다.

"아, 아파요." 내가 말했다.

"그래, 그래, 자, 조금만 더 구부려 보시오."

"그만! 더 이상 구부릴 수가 없어요!" 내가 통증을 참으며 말했다.

"부분 관절 손상." 선임 대위가 말했다. "어디 엑스레이를 좀 볼까?"

그는 엑스레이를 들여다보더니 말했다.

"이것 하나는 분명히 말할 수 있겠군. 모든 게 시간문제야. 세 달, 아니 필요하다면 여섯 달은 기다려야 해."

"관절 윤활액이 다시 생성될 때까지 말이지요?" 우리 의사가 맞장구쳤다.

"바로 그거요. 때가 되기를 기다려야 해. 양심상 사출물의 포낭이 충분히 형성되기 전에는 이런 무릎을 절개할 수 없어요."

“그럴 리가 없습니다.” 내가 항의했다.

“젊은이, 무릎을 잃고 싶은가?”

“그렇습니다.”

“뭐야?”

“아예 잘라버리고 싶습니다. 대신 갈고리를 달면 되지요.”

“무슨 소리야? 갈고리?”

“농담하는 겁니다.” 우리 의사가 말했다. 그는 내 어깨를 툭 툭 건드렸다. “어디 무릎을 잃고 싶겠어요? 아주 용감한 젊은이입니다. 은성무공훈장을 받게 되어 있습니다.”

“축하하네.” 선임 대위가 말했다. 그는 내 손을 잡고 악수를 했다. “내가 말할 수 있는 건 이것뿐이야. 무릎이 무사하려면 여섯 달을 기다렸다가 절개해야 한다는 사실. 물론 다른 의견이 있을 수도 있겠지.”

“감사합니다.” 내가 말했다. “군의관님 의견을 존중합니다.”

선임 대위는 시계를 들여다보았다.

“이제 그만 가봐야겠군. 그럼 행운을 빌겠소.”

그들이 밖으로 나갔고 나는 밖으로 나가려는 미스 게이지를 불러서 말했다.

“우리 병원 의사 좀 잠깐 들어오시라고 해주겠어요?”

의사가 모자를 손에 든 채 내 침대 곁에 섰다.

"나를 보자고 했소?"

"네. 수술을 여섯 달이나 기다릴 수는 없습니다. 군의관님, 군의관님도 침대에서 여섯 달 동안 누워 계신 적이 있습니까?"

"누워만 있는 게 아니요. 상처를 햇빛에 노출해 줘야 해. 그런 다음 목발을 짚고 다닐 수 있소."

"어쨌든 여섯 달을 기다려 수술을 받으라는 것 아닙니까?"

"그게 안전해. 포낭도 형성되고 윤활액도 재생되어야 안심하고 무릎을 절개할 수 있어."

"군의관님도 정말 그렇게 오래 기다려야 한다고 생각하시나요?"

"그게 안전하다니까."

"그 선임 대위는 누구입니까?"

"아주 뛰어난 외과의사지."

"선임 대위 맞지요?"

"맞아요. 하지만 뛰어난 외과의사라니까."

"저는 선임 대위에게 제 무릎을 맡기고 싶지 않습니다. 정말 훌륭한 의사라면 소령 계급장을 달고 있겠지요. 군의관님, 저는 선임 대위란 게 어떤 건지 잘 알고 있습니다. 부탁입니다만 다른 의사에게 맡길 수는 없을까요?"

"정 그렇다면 발렌티니에게 부탁해 보겠소."

"어떤 분입니까?"

"육군병원의 외과의사요."

"대단히 감사합니다. 군의관님도 이해하시겠지만 여섯 달을 침대에 누워있을 수는 없습니다."

의사는 빙그레 미소를 지었다.

"아니, 정말 그렇게 빨리 전선으로 돌아가고 싶다 이거요?"

"물론입니다."

"장한 일이오. 아주 훌륭한 젊은이요." 의사가 허리를 굽혀 내 이마에 입을 맞추며 말했다. "발렌티니를 불러올 테니 걱정하지도 말고, 흥분하지도 말고 얌전히 있어요."

"한잔 하시겠습니까?" 내가 물었다.

"아니, 됐어요. 나는 술을 입에 대지 않아."

"딱 한 잔만." 나는 수위에게 잔을 가져오게 하려고 초인종을 눌렀다.

"아니, 정말로 됐어. 가봐야 해."

"그럼 안녕히 가십시오." 내가 말했다.

두 시간 뒤에 발렌티니 의사가 병실로 들어섰다. 콧수염 끝이 위쪽으로 뻗어 있는 사람으로서 소령 계급장을 달고 있었다. 모든 동작을 허겁지겁 서두르는 사람이었지만 햇볕에 그을린 얼굴에서는 미소가 떠나지 않았다. 그는 사진을 들여다보더니 온갖 농담을 늘어놓으며 당장 수술을 해주겠다고 했다. 내가 기분이 좋아서 그에게 말했다.

"한잔 하시겠어요, 군의관님?"

"한잔? 좋지. 열 잔이면 어때. 그래 술이 어디 있나?"

"장 속에 있습니다. 미스 바클리가 꺼내줄 겁니다."

"자, 건배. 아가씨, 정말 미인이로군. 나도 환자가 돼서 이 병원에 들어올까? 나하고 저녁 식사 한번 하지 않겠느냐고 물어봐 줄래? 아, 걱정하지 마. 자네 애인을 빼앗을 생각은 없으니까. 자, 저 아가씨를 위하여 건배. 다음에 이보다 좋은 코냑을 갖다 주지."

"수술은 언제쯤 할 수 있을까요?"

"내일 아침에. 그전에는 안 돼. 뱃속을 다 비워야 하거든. 아래층 늙은 간호사에게 말해두겠네. 그럼 이만. 내일 만나세. 이 술보다 좋은 코냑을 갖다 주겠네. 잠을 푹 자 두게. 내일 일찍 오겠네."

그는 문 앞에서 손을 흔들었다. 콧수염이 위로 뻗어 있었고 갈색 얼굴에는 미소가 가득했다. 그는 소령이었기에 소매 계급장에서는 상자 속의 별이 반짝이고 있었다.

제16장

그날 밤 나와 캐서린이 누워있는 나의 병실에 박쥐 한 마리가 날아들었다. 발코니로 향하는 문이 열려 있었던 것이다. 우리는 그 문을 통해 도시의 지붕을 덮고 있는 어둠을 바라보았다. 방안은 어두웠고 박쥐는 놀라지도 않은 채 마치 밖에서처럼 방안을 날아다녔다. 우리는 누워서 박쥐를 바라보았다. 우리가 너무 조용히 누워있어서 박쥐는 우리를 보지 못한 것 같았다. 박쥐가 밖으로 사라지자 서치라이트 불빛이 하늘을 가로지르며 여기저기 비추는 것이 보였다. 서치라이트가 꺼지자 다시 사방이 캄캄해졌다. 어둠 속에서 미풍이 불어오고 있었고 이웃집 옥상에서 고사포 사수들이 속삭이는 소리가 들려왔다. 날씨가 서늘해서 그들은 모두 망토를 걸치고 있었다.

나는 한밤중에 누군가 올라오지 않을까 염려가 되었다. 하지만 캐서린은 모두 잠들어 있다고 했다. 우리는 한밤중에 함께 잠이 들었다. 그런데 잠에서 깨어보니 옆에 캐서린이 없었다. 그러나 잠시 후 발소리가 들리더니 문이 열리고 그녀가 다시 침대로 들어왔다. 그녀는 아래층에 내려가 보았다며, 모두 잠들어 있으니 걱정할 것 없다고 했다. 밴캠픈의 방 앞까지 가보았더니 색색 숨소리만 들렸다는 것이었다.

그녀가 크래커를 가지고 왔기에 우리는 그것을 먹으며 베르무트를 마셨다. 우리는 둘 다 배가 고팠다. 하지만 나는 먹은 것을 아침에 다 토해내야 한다고 그녀가 말했다. 날이 밝을 무렵 나는 잠이 들었고 잠에서 깼을 때 그녀는 또 보이지 않았다.

얼마 뒤 그녀가 상큼하고 사랑스러운 얼굴로 되돌아와 침대에 걸터앉았다. 내가 입에 체온계를 물고 있는 동안 날이 밝았다. 지붕 위에서 이슬 냄새가 났고 이웃집 지붕 고사포 사수들이 끓이는 커피 냄새가 고소하게 풍겨왔다.

"산책이라도 함께 나갈 수 있으면 얼마나 좋을까요." 캐서린이 말했다. "휠체어가 있으면 내가 밀어줄 텐데요."

"그러면 공원으로 가서 아침 식사를 할 수도 있을 거야." 내가 열려있는 문밖을 바라보며 말했다.

내가 다시 그녀에게로 눈길을 향하며 말했다.

"어서 침대로 들어와, 캐서린."

"안 돼요. 우리 즐거운 밤을 보냈잖아요."

"오늘 밤에도 야근할 수 있을까?"

"나는 얼마든지 그럴 수 있어요. 하지만 당신이 나를 원치 않게 될 걸요."

"그럴 리 없어."

"아닐걸요. 수술 같은 것 받아본 적 없지요? 그래서 수술 받은 후 어떻게 될지 모르는 거예요."

"멀쩡할 걸."

"속이 메슥거리고 기운이 없을 거예요. 내 생각은 할 수도 없을 걸요."

"그러니까 지금 들어오라는 거 아니야."

"안 돼요. 차트도 점검해야 하고 수술 준비도 해야 해요. 다행히 차트도 이상 없고 당신 체온도 정상이에요."

"수술 준비는 뭘 해야 하는데?"

"그렇게 복잡하지는 않아요. 하지만 꽤나 불쾌한 일이에요."

"그런 일을 당신에게 시키기는 싫은데."

"안 돼요. 다른 여자가 당신 몸에 손대는 건 싫어요. 바보 같은 소리인 줄 알지만 남들이 당신 몸에 손을 대면 화가 나요."

"퍼거슨도?" 퍼거슨도 캐서린과 함께 이곳에 와서 근무하고 있었다.

"특히 퍼거슨이랑 게이지랑, 또 다른 사람. 그 사람 이름이 뭐지요?"

"워커?"

"맞아요. 여긴 지금 간호사들이 너무 많아요. 환자들이 더 많이 오지 않으면 우리를 다른 곳으로 보낼 거예요. 지금 간호사가 네 명이나 돼요."

"환자들이 올 거야. 간호사도 그만큼 더 필요할 거고. 여긴 꽤 큰 병원이야."

"어쨌든 자기, 에테르 마취를 할 때 뭔가 다른 생각을 해야 해요. 내 생각 말고 말이에요. 마취가 되면 속내 이야기를 막 하게 되거든요."

"도대체 무슨 생각을 하지? 다른 여자 생각은 하기 싫고."

"심호흡을 한 뒤에 기도를 드리거나 시를 외우면 돼요. 얼마나 멋지겠어요. 나는 당신이 자랑스러울 거고요. 하긴 난 늘 당신이 자랑스러워요. 당신을 정말 사랑해요. 발렌티니 선생님이 당신 다리를 멀쩡하게 고쳐주실 거예요. 자, 이제 당신 몸을 깨끗이 씻었어요. 한 가지만 물어볼게요. 당신, 지금까지 몇 명의 여자를 사랑했어요?"

"아무도 없어."

"나도요?"

"물론 당신은 사랑하지."

"정말로 몇 명이나 사랑했어요?"

"정말로 없어."

"그렇다면 얼마나 많은 여자와……, 이걸 어떻게 표현하지……? 그러니까…… 잤어요?"

"그런 일 없어."

"거짓말."

"정말이라니까."

"좋아요. 내게 계속 거짓말을 해요. 나도 그게 좋아요. 당신은 내 거예요. 정말이에요. 당신은 이제까지 다른 그 누구 것인 적이 없었어요. 만일 그랬다 하더라도 상관없어요. 그 누구도 두렵지 않아요. 하지만 그 아가씨들 이야기는 하지 마세요. 오, 당신을 정말 사랑해요."

해가 벌써 지붕 위까지 떠올라 있었고 성당의 첨탑이 햇살에 반짝이는 것이 보였다. 나는 몸 안팎을 깨끗하게 씻고 의사를 기다렸다.

캐서린이 행복한 눈길로 나를 바라보며 말했다.

"이제 준비가 끝났으니 뭘 해드릴까요? 난 당신이 원하는 것만 말하고 싶어요. 당신이 원하는 걸 해주고 싶어요."

"침대로 다시 들어와요."

"좋아요. 그러겠어요."

"오, 내 사랑! 당신은 정말 사랑스러워." 내가 말했다.

"알았죠? 당신이 원하는 건 뭐든 해준다는 걸." 그녀가 말했다.

"당신은 정말 아름다워."

"봤죠? 나, 정말 착하지요? 난 이런 것 정말 서투르지만 당신이 원하는 대로 하잖아요. 당신 이제 다른 여자들을 원하지 않겠지요?"

"물론이지."

"정말 그렇지요? 나 정말 착하지요? 당신이 원하는 걸 해주잖아요."

제17장

수술이 끝나고 깨어나 보니 나는 저세상으로 간 것이 아니었다. 화학 약품에 마취되어 감각이 없었지만 분명히 죽은 것은 아니었다. 마취 후에는 그저 술에 취한 것과 다름없었다. 다만 토하고 싶어도 아무것도 나오는 게 없어 기분이 개운하지 않다는 것만이 다를 뿐이었다.

얼마 뒤 게이지가 모습을 보이더니 "이제 기분이 어떠세요?"라고 물었다.

"나아졌소." 내가 말했다.

"의사 선생님이 멋지게 무릎 수술을 해내셨어요."

"얼마나 걸렸습니까?"

"두 시간 반이요."

"뭐, 바보 같은 소리는 않던가요?"

"아뇨. 말 한마디 없이 얌전했어요."

캐서린의 말대로 속이 메슥거렸다. 누가 밤 근무를 하건 상관이 없을 거라는 그녀의 말이 옳았다.

이제 병원에는 세 명의 다른 환자가 있었다. 조지아주 출신으로 적십자사에 근무하다 말라리아에 걸린 야윈 청년, 뉴욕 출신으로 말라리아와 황달에 걸린 역시 야윈 멋진 청년, 포탄의 뇌관 뚜껑을 뜯어 기념품을 만들려고 하다가 뇌관 뚜껑이 폭발하는 바람에 부상을 입은 또 한명의 괜찮은 청년이었다.

캐서린 바클리는 시도 때도 없이 야간 근무를 자청했기 때문에 다른 간호사들이 모두 그녀를 무척 좋아했다. 그녀는 말라리아에 걸린 환자들 때문에 꽤나 바빴지만 뇌관 뚜껑 폭발로 부상당한 환자는 우리 편이어서 정말로 필요한 경우 외에는 밤에 호출 벨을 누르는 적이 없었다. 나는 그녀를 무척이나 사랑했고 그녀도 나를 사랑했다. 나는 낮에는 잠을 잤고 깨어 있을 때는 그녀와 쪽지를 주고받았다. 쪽지 심부름은 퍼거슨이 맡아 했다. 퍼거슨은 착한 여자였다. 제 52사단에 남자 형제가 한 명, 메소포타미아에 또 다른 남자 형제가 한 명 있다는 사실 외에는 그녀에 대해 아는 것이 하나도 없었지만 그녀는 캐서린에게 무척이나 친절했다.

“우리 결혼식에 와줄 거죠, 퍼기?” 내가 한 번인가 그녀에게 물었다.

“중위님은 절대 결혼 안 할 걸요.”

“할 겁니다.”

“안 할 거예요.”

“왜 그렇다는 겁니까?”

“결혼 전에 싸울 테니까요.”

“절대 안 싸워요.”

“두고 보세요.”

“싸우지 않을 거라니까요.”

“아니면 죽거나. 싸우거나 죽거나 둘 중 하나예요. 사람이란 으레 다 그래요. 그러니 결혼할 수 없어요.”

나는 그녀의 손을 잡으려 했다.

“잡지 마세요.” 그녀가 말했다. “난 지금 울고 있지 않아요. 아마 당신들 둘이 잘 될지도 몰라요. 하지만 그 애를 힘들게 하지 마세요. 그 애를 힘들게 하면 당신을 죽일 거예요. 당신들이 잘 되길 빌어요.”

“절대 그녀를 힘들게 하지 않을 겁니다.”

“힘들게 만들지도 말고 싸우지도 말아요. 정말 조심하세요. 나는 그 애가 전쟁고아를 혼자 키우는 꼴을 보고 싶지 않아요.”

“당신은 정말 좋은 여자요, 퍼기.”

“편지 다 썼어요? 내려가 볼 거예요. 그리고 당분간 캣에게 야간 근무를 하지 말게 해줘요. 무척 지쳐있거든요.”

“알았습니다. 그렇게 하겠습니다.”

“내가 말해주고 싶지만 듣지 않을 거예요. 다른 간호사들은 그 애가 야간 근무를 도맡아 하는 걸 좋아하니 절대로 그런 말을 할 리가 없지요. 중위님만이 그 애를 좀 쉬게 할 수 있어요.”

“알았습니다.”

“미스 밴캠픈이 중위님이 오후 내내 잠만 잔다고 뭐라고 해요.”

“그러고도 남을 사람이지요.”

“암튼 캐서린을 밤에 좀 쉬게 해줘야 해요. 그렇게만 해주면 난 중위님을 존경할게요.”

“그러겠습니다.”

“믿을 수가 없네요.”

그녀는 내게서 쪽지를 받아 밖으로 나갔다. 나는 벨을 눌렀다. 잠시 후 미스 게이지가 나타났다.

“무슨 일이시죠?”

"당신께 할 말이 있습니다. 미스 바클리가 당분간 야간 근무를 그만둬야 한다고 생각하지 않나요? 정말로 피곤해 보입니다. 그녀가 왜 그렇게 오랫동안 야간 근무를 해야 하는 거지요?"

미스 게이지가 나를 빤히 쳐다보았다.

"나는 당신 친구예요." 그녀가 말했다. "제게 그런 식으로 말씀하시면 곤란하지요."

"무슨 뜻입니까?"

"바보 같은 소리 말아요. 그래, 하고 싶은 말이 그게 다예요?"

"베르무트 한잔 할까요?"

"좋아요. 하지만 곧 가봐야 해요." 그녀가 장에서 술병과 잔을 꺼내 왔다.

"당신은 잔으로 마셔요. 나는 병째 마실 테니." 내가 말했다.

"자, 중위님의 건강을 위하여!" 그녀가 말했다.

"그래, 내가 아침 늦게까지 자는 걸 보고 밴캠픈이 뭐라고 하던가요?"

"그저 뭐라고 툴툴거리는 것뿐이에요. 중위님이 무슨 특별 환자 같다고 하면서요."

"빌어먹을 여자 같으니!"

"나쁜 여자는 아니에요. 나이가 많고 성격이 까다로울 뿐이지요. 중위님을 애당초 좋아하지 않았잖아요."

"그랬지요."

"하지만 난 당신이 좋아요. 난 당신 친구예요. 그걸 잊지 마세요."

"당신은 정말 좋은 사람이요."

"그런 말 마세요. 중위님이 정말로 좋게 생각하는 사람이 누구인지 다 알아요. 하지만 전 중위님 편이에요. 다리는 좀 어때요?"

"좋아요."

"가렵지는 않고요?"

"아뇨, 괜찮아요."

"모래주머니를 똑바로 놔드리지요." 그녀가 고개를 숙이고 말했다. "나는 당신 편이에요."

"알고 있어요."

"아니, 중위님은 몰라요. 하지만 언젠가 알게 되겠죠, 뭐."

캐서린 바클리는 사흘 동안 야간 근무를 하지 않다가 다시 야근을 시작했다. 둘이 각자 기나긴 여행을 떠났다가 돌아와 다시 만난 것 같은 기분이었다.

제18장

그해 여름 우리는 멋진 시간을 보냈다. 내가 외출을 할 수 있게 되면서 우리는 마차를 타고 공원을 돌아다녔다. 그 뒤 목발을 짚고 다닐 수 있게 되면서 그녀와 외출을 했다. 우리는 '그란 이탈리아' 레스토랑의 단골손님이 되어 그곳에서 포도주와 카프리를 마셨다.

식사를 마친 후 우리는 샌드위치를 파는 가게에 들러 앤초비 샌드위치를 샀다. 밤에 배가 고프면 먹기 위해서였다. 그런 후 우리는 마차를 타고 병원으로 돌아왔다. 나는 내 병실에 누워 그녀가 오기를 기다렸다. 그녀는 병실들을 돌아본 후 일이 끝나면 내게로 왔다.

나는 그녀의 머리를 풀어주는 것을 좋아했다. 내가 머리카락을 풀어주는 동안 그녀는 침대에 얌전히 앉아 있었다. 내가 핀을 뽑아 시트 위에 놓으면 그녀의 머리카락이 풀어 헤쳐졌고 나는 꼼짝 않고 앉아 있는 그녀를 바라본다. 마지막 핀 두 개를 뽑으면 그녀의 머리카락이 모두 풀어져 흘러내린다. 그녀가 고개를 숙여 우리 둘 다 머리카락 속에 파묻힌다. 마치 텐트 안이나 폭포 뒤편에 숨어버린 것 같은 기분이다.

그녀의 머리카락은 눈부시게 아름다웠다. 나는 가끔 침대에 누워 그녀가 머리를 다시 틀어 올리는 모습을 바라보곤 했다. 날이 밝기 직전 가끔 호수의 물이 반짝이듯 그녀의 머리카락은 한밤중에도 반짝였다. 그녀는 얼굴뿐 아니라 몸도 아름다웠으며 피부도 더없이 고왔다. 함께 누워있는 동안 나는 손끝으로 그녀의 뺨, 이마, 눈 아래, 턱, 목을 손가락으로 어루만지며 속삭인다.

"피아노 건반처럼 매끄러워."

그러면 그녀는 "페퍼처럼 매끄럽고 피아노 건반처럼 딱딱해요?"

"무슨 소리를!"

"아니에요. 그냥 농담한 거예요."

우리는 그렇게 행복한 나날들을 보내면서 그녀가 이 병원에 온 바로 그날 우리는 결혼한 셈이라고 말하곤 했으며 우리가 결혼한 지 몇 달이나 되었는지 헤아려보기도 했다. 하지만 나는 진짜로 결혼하고 싶었다. 캐서린은 그랬다가는 자신이 병원에서 쫓겨날 것이라고, 우리가 결혼 수속을 밟기 시작하기만 해도 병원이 우리를 감시하고 갈라놓을 것이라고 말했다. 게다가 우리는 이탈리아 법에 따라 결혼해야 하는데 그 절차가 여간 까다로운 것이 아니었다. 나는 우리에게 아이가 생길 것이 염려되어 정식으로 결혼하고 싶었다. 하지만 우리는 실제로 결혼한 사람처럼 지내고 있었고 별로 걱정하지 않았다. 사실 나는 결혼하지 않은 상태를 더 즐겼는지도 모른다.

한번인가 내가 다시 결혼 이야기를 입 밖에 꺼내자 그녀가 말했다.

"하지만, 그렇게 되면 나는 멀리 쫓겨날 거예요."

"안 그럴지도 모르잖아."

"그럴 거예요. 나를 고향으로 보내버릴 거고 그러면 우리는 전쟁이 끝날 때까지 헤어져 있어야 해요."

"휴가를 얻어 찾아가면 되지."

"휴가 기간 동안 스코틀랜드까지 왔다 갈 수는 없어요. 게다가 나는 한시라도 당신 곁을 떠나고 싶지 않아요. 지금 결혼하고 안 하고가 뭐 그리 중요해요? 우리는 진짜 결혼한 거잖아요. 이거 말고 다른 결혼이 어떤 게 있지요?"

"당신을 위해서 그러는 거야."

"이제 더 이상 '나'는 없어요. 나는 당신이에요. 나를 당신과 떼어놓고 생각하지 말아요."

"여자들은 늘 결혼을 원하는 줄 알았는데."

"그러라지요. 하지만, 자기, 나는 결혼한 거예요. 자기랑 결혼한 거예요. 내가 아내 노릇 잘하고 있잖아요."

"당신은 정말 멋진 아내야."

"있잖아요, 당신도 알다시피 나는 결혼을 기다렸던 적이 있어요."

"그 소리는 듣고 싶지 않군."

"내가 당신만 사랑한다는 걸 알잖아요. 전에 누군가 나를 사랑했다는 걸 신경 쓰면 안 돼요."

"신경 쓰이는걸."

"모든 것을 갖고 있으면서 죽은 사람을 질투하면 안 되지요."

"질투하지 않아. 하지만 그 이야기는 듣고 싶지 않아."

"어머, 세상에. 나는 당신이 온갖 여자들과 상대했다는 걸 알면서도 아무렇지도 않은데."

"우리 어떤 식으로건 비밀 결혼을 할 수는 없을까? 내게 무슨 일이 생기거나 당신에게 아기가 생길 것에 대비해서 말이야."

"교회나 국가를 통하지 않고는 결혼할 방법이 없어요. 우린 이미 비밀 결혼을 한 셈이에요."

"당신은 조금도 걱정이 안 된다는 거야?"

"당신 곁을 떠나는 것 말고는 아무것도 걱정하지 않아요. 당신이 나의 종교예요. 당신이 내가 가진 전부예요."

"알았어. 하지만 당신이 결혼하자고 하면 바로 그날로 결혼하겠어."

"마치 나를 정식 아내로 맞아들일 것처럼 말하지 말아요. 난 이미 당신의 정식 아내예요. 당신이 지금 행복하고 그것을 자랑스럽게 생각한다면 아무것도 부끄러워할 것 없어요. 당신 지금 행복하지 않아요?"

"하지만 얼마 안 있으면 나는 전선으로 돌아가야 할 거야."

"당신이 떠날 때까지 그 생각은 않기로 해요. 자기, 나는 지금 행복해요. 우리는 정말 멋진 시간을 보내고 있어요. 난 오랫동안 행복하지 않았어요. 당신을 처음 만났을 때 나는 거의 제정신이 아니었을지도 몰라요. 하지만 지금은 행복하고 우리는 서로 사랑하고 있어요. 그러니 마음껏 행복을 즐겨야 해요. 당신도 행복하지요? 그렇지요? 내가 당신 마음에 들지 않을 행동을 한 게 없지요? 당신을 즐겁게 하려면 어떻게 해야 하나요? 머리카락을 또 풀어 내릴까요? 장난을 칠까요?"

"그래, 침대로 들어와."

"좋아요. 하지만 우선 환자들을 보고 올게요."

제19장

여름은 그렇게 흘러갔다. 날이 무더웠다는 것과, 신문에서 많은 승리 소식을 접했다는 것 외에는 유별나게 기억나는 것들이 없었다. 나는 무척 건강해졌다. 다리도 빠르게 회복되어 목발을 짚고 다닌 지 얼마 되지 않아 목발을 치워버리고 지팡이를 짚고 다닐 수 있었다. 그러면서 육군병원에서 자외선 치료를 받고 마사지와 목욕 등의 물리치료를 받기 시작했다. 육군병원에는 오후에 갔으며 돌아오는 길에 카페에 들러 술을 마시며 신문을 읽었다.

나는 밀라노 시내를 쏘다니는 대신 카페로부터 즉시 병원으로 가고 싶어 했다. 나는 오로지 캐서린을 만나고 싶었을 뿐이었다. 나머지는 그저 하릴없이 시간만 죽이고 있을 뿐이었다.

오전에는 대부분 잠을 잤고 오후에는 가끔 경마장에 갔다가 늦은 시각에야 물리치료를 받으러 갔다. 또 가끔 '앵글로-아메리칸 클럽'에 들러 가죽 의자에 몸을 묻고 신문을 보기도 했다.

내가 목발을 치워버리게 되면서 캐서린과 둘이 외출하는 것은 허락되지 않았다. 특별히 간호해줄 필요가 없어 보이는 환자가 보호자 없이 간호사와 함께 나다니는 모습이 별로 좋아 보이지 않는다는 이유에서였다. 따라서 오후에는 캐서린을 만나기 어려웠다. 하지만 가끔 퍼거슨과 함께 셋이 외출해서 저녁을 들 때도 있었다. 미스 밴캠픈은 우리 셋이 친구로 어울리는 것을 눈감아 주었다. 캐서린이 많은 일을 덜어주었기 때문이었다. 밴캠픈은 캐서린이 좋은 집안 출신이라고 생각하고 편애할 정도였다. 그녀는 가문을 무척 중요시했고 그녀 자신의 가문도 좋았다. 병원 일이 많아지면서 그녀는 늘 바빴다.

나는 밀라노에 아는 사람들이 많았지만 해가 저물면 서둘러 병원으로 돌아가고 싶어 했다. 전선에서는 아군이 카르소까지 진격했고 플라바강 건너 쪽의 쿠크를 점령했으며 바인시차 고원도 탈환했다. 하지만 서부 전선의 상황은 별로 좋지 않았다. 아무래도 장기전으로 접어들 것 같았다. 미국이 전쟁에 참여했지만 병사들을 제대로 훈련시켜서 전선에 보내기까지 일 년은 더 걸릴 것 같았다. 내년은 상황이 더 악화될지도 모르고, 혹은 나아질지도 모른다. 서부 전선에서는 아군도 적군도 상대방을 격퇴하지 못하고 있었다. 전쟁은 한쪽의 일방적인 승리로 끝날 것 같지 않았다. 어쩌면 제2의 백년전쟁이 될지도 모른다.

나는 신문걸이에 신문을 걸어놓고 클럽을 나섰다. 나는 그란 호텔 밖에서 마차에서 내리는 마이어스 노부부를 만났다. 나를 아들처럼 귀여워해 주는 사람들이었다. 그들과 가볍게 인사를 주고받은 후 나는 거리로 나섰다. 캐서린에게 그 무언가 선물을 사다주고 싶어서였다.

나는 코바로 들어서서 초콜릿 한 상자를 샀다. 여직원이 초콜릿을 포장하는 동안 나는 바 안으로 들어섰다. 나는 혼자서 마티니를 한 잔 마시고 술값을 치른 뒤 바깥 매점에서 초콜릿을 받아 천천히 병원을 향해 걸어갔다. 그런데 스칼라 극장과 이어지는 길거리 작은 바에서 아는 사람을 몇 명 만났다. 부영사와 성악을 공부하는 몇 사람, 이탈리아군 중위 에토레 모렌티였다. 에토레는 이탈리아 인이었지만 실은 거의 샌프란시스코 출신이라고 할 만했다. 그와 나는 아주 친했다.

나는 잠시 자리에 앉아 그들과 실없는 농담을 주고받았다. 에토레는 자신이 받은 훈장들을 자랑하며 내가 은성무공훈장을 이미 받은 듯이 나를 축하해 주었다. 내가 받게 될지 아닐지 모른다고 말하자 그는 소문이 파다하게 퍼졌다며 분명히 받을 것이라고 말했다. 바 안에 있는 벽시계를 보니 벌써 5시 45분이었다. 나는 그들과 작별인사를 하고 바에서 나왔다.

나는 병원으로 가는 지름길인 뒷골목을 걸어 내려갔다. 에토레는 스물세 살로서 샌프란시스코의 삼촌 집에서 자랐다. 그런데 토리노의 부모 집을 방문했다가 그만 전쟁이 터진 것이다. 에토레는 전쟁에서 공을 세우고 훈장도 많이 받은 영웅이었지만 자신의 이야기만 너무 떠벌려서 상대방을 지루하게 만드는 게 흠이었다. 캐서린은 그를 견디기 힘들어했다. 캐서린을 만나 에토레 이야기를 하자 그녀가 말했다.

"영웅들이야 많지요. 하지만 대부분의 영웅들은 조용하거든요."

"난 그 친구랑 있어도 괜찮던데."

"그렇게 우쭐대거나 사람을 따분하게 만들지 않는다면 나도 신경 쓸 것 없지요. 하지만 정말, 정말 따분해요."

"하긴 나도 따분하긴 해."

"그렇게 말해주니 고마워요. 하지만, 자기, 억지로 그런 척할 필요 없어요. 전선에 있는 그 사람 모습을 그려보고 싶으면 그래도 돼요. 정말 유능한 사람이겠지요. 하지만 내가 좋아하는 유형은 아니에요."

"알고 있어."

"당신이 그걸 알고 있다니 너무 기분 좋아요. 나도 그 사람을 좋아하려고 애쓰지만 정말 싫은 사람이에요."

"대위로 진급할 거라고 하더군."

"기쁜 일이네요. 그 사람 무척 좋아했겠어요."

"당신, 내가 진급하는 건 별로 안 좋아한다는 것처럼 들리네."

"그래요. 우리가 괜찮은 레스토랑에 들어갈 수 있을 정도의 계급이면 돼요."

"그거야 지금 계급으로도 충분하지."

"지금도 굉장한 거예요. 실은 더 이상 진급하지 않았으면 좋겠어요. 당신이 우쭐댈지도 모르니까요. 자기, 나는 자기가 잘난 체하지 않아서 좋아요. 설령 당신이 잘난 체한다 해도 당신과 결혼했겠지만 그렇지 않은 남편을 두고 있다는 게 얼마나 다행인지 몰라요."

우리는 발코니에서 낮게 속삭였다. 달이 떠올라 있는 것 같았지만 시내에는 안개만 자욱했다. 결국 달은 모습을 보이지 않았고 잠시 후 가랑비가 내리기 시작했다. 우리는 안으로 들어갔다. 안개가 빗방울로 변했고 얼마 뒤 세차게 비가 내리기 시작했다. 빗방울이 지붕을 거세게 때리는 소리가 들렸다. 나는 자리에서 일어나 비가 병실로 들이치지나 않는지 문가로 가보았다. 비는 들이치지 않았다. 나는 문을 그대로 열어놓았다.

"에토레 말고 또 누구를 만났어요?"

"마이어스 씨 부부."

"좀 이상한 분들이지요?"

"그 양반 고향에서라면 교도소에 갇혀 있어야 할 사람이지. 그런데 그냥 해외로 나가서 죽게 내버려 두는 거야. 마이어스 부인이 당신 선물을 갖고 오겠다고 하더군."

"두 분 다 젊은이들을 좋아해요. 당신을 아들처럼 생각하잖아요. 자기, 저 빗소리 좀 들어봐요."

"거세게 퍼붓네."

"당신 언제까지나 나를 사랑할 거지요? 그렇지요?"

"물론이지."

"비가 쏟아져도 달라질 건 없겠지요?"

"그럼."

"그럼 됐어요. 나는 비가 무섭거든요."

"왜?" 나는 졸렸다. 밖에는 비가 줄기차게 내리고 있었다.

"모르겠어요. 언제나 비가 무서웠어요."

"난 비가 좋은데."

"나도 빗속을 걷는 건 좋아요. 하지만 사랑에는 위협이 되는 것 같아요."

"난 당신을 언제고 사랑할 거야."

"나도 당신을 언제고 사랑할 거예요. 비가 오나 눈이 오나 우박이 쏟아지나…… 또, 뭐가 있지요?"

"모르겠어. 좀 졸린 것 같아."

"자기, 그럼 가서 자요. 날씨야 어떻든 당신을 사랑할 거예요."

"정말로 비가 두려운 건 아니겠지?"

"당신과 함께 있을 때는 괜찮아요."

"그런데 비가 왜 두려운 거야?"

"모르겠어요."

"말해 봐."

"억지로 시키지 말아요."

"말해 보라니까."

"싫어요."

"어서 말해 봐."

"좋아요, 말할게요. 내가 비를 무서워하는 건…… 가끔 빗속에서 내가 죽어 있는 모습이 보이기 때문이에요."

"무슨 소리를!"

"가끔 당신이 죽어 있는 모습도 보여요."

"그건 그럴듯하군."

"자기, 절대로 그렇지 않아요. 내가 당신을 지켜줄 테니까. 나는 그럴 수 있어요. 하지만 그 누구도 자기 자신은 어쩔 수 없잖아요."

"제발 그만합시다. 당신의 스코틀랜드인 기질이 발동해서 오늘 밤 정신이 나가는 걸 원치 않아. 함께 있을 시간도 그리 많지 않은데."

"맞아요. 하지만 나는 스코틀랜드인이고 미쳐 있어요. 그래도 그만할래요. 전부 말도 안 되는 소리니까요."

"그래, 말도 안 되는 소리야."

"그래요, 말도 안 되는 소리죠. 말도 안 되는 소리이고말고요. 비가 무섭지 않아요. 비는 무섭지 않다고요. 오, 차라리 태어나지 않았다면!"

그녀가 울기 시작했다. 나는 그녀를 달래주었고 그녀는 울음을 멈추었다. 밖에서는 여전히 비가 내리고 있었다.

제20장

어느 날 오후 우리는 경마장에 갔다. 퍼거슨도 함께였으며 뇌관 뚜껑 폭발로 두 눈에 상처를 입은 크로웰 로저스도 함께 갔다. 마이어스 노부부는 늘 경마장에 갔으며 우리 네 사람은 경마장에서 노부부를 만났다. 마이어스는 경마에 정통했고 거의 모든 경주에서 이겼다. 하지만 그는 다른 사람들이 함께 걸면 배당금이 적어진다며 자신만이 알고 있는 정보를 거의 남에게 알려주려 하지 않았다. 그러나 그는 크로웰을 좋아해 그에게는 곧잘 정보를 주었다.

경마는 부정이 많은 경기였다. 세상 이곳저곳에서 부정으로 축출된 기수들이 이탈리아에서 기수 노릇을 했다. 마이어스 씨의 정보는 믿을 만했지만 나는 그에게 묻기가 싫었다. 어떤 때는 아예 대답도 하지 않았고 설혹 정보를 줄 때도 싫은 내색이 역력했기 때문이었다.

우리는 예시장(豫示場)에서 말들을 점검한 후 마권을 샀다. 우리는 자줏빛이 도는 흑마(黑馬) 자팔라크에 100리라를 걸고 특별관람석으로 올라가 경마를 관람했다. 우리가 돈을 건 자팔라크는 출발하자마자 기수가 제어할 수도 없을 정도로 맹렬하게 질주했다. 결국 다른 말들보다 15마신(馬身)이나 앞서서 결승점을 통과했다. 우리는 배당판을 보았다. 우리가 마권을 살 때는 35배였던 것이 어느새 1.85배로 바뀌어 있었다. 3,000리라는 벌 수 있었다고 생각했었는데 겨우 85리라를 벌었을 뿐이었다.

"막판에 악당 놈들이 마구 돈을 걸었거든." 마이어스 씨가 말했다.

그날 우리는 두 번에 걸쳐 마권을 더 구입했다. 두 번 다 돈을 잃었을 뿐이었다. 특히 두 번째 경주에서는 우리가 마권을 산 말이 다섯 마리 중에서 네 번째로 들어왔다. 나와 캐서린은 관람석에서 내려와 울타리에 기대어 말들이 달리는 모습을 지켜보았다. 캐서린이 잠시 사람들을 피해 단둘이 있자고 한 것이다. 저 멀리 산들이 보이고 나무와 경마장 너머 밀라노가 보였다.

"기분이 훨씬 좋아졌어요." 캐서린이 말했다. 경주를 마친 말들이 땀에 흠뻑 젖은 채 게이트를 통해 안으로 들어서고 있었다. 기수들이 말들을 어루만지며 나무 아래에서 말 등에서 내려왔다.

"뭐 좀 마시지 않을래요? 여기서도 한잔하면서 말들이 달리는 걸 볼 수 있잖아요."

"내가 사 올게."

"심부름하는 사람을 시키지요." 그녀가 손을 높이 쳐들자 축사 옆에 있는 탑 모양의 바에서 보이가 나왔다. 우리는 철제 테이블 앞에 앉았다.

"사람들에게서 떨어져 나와 단둘이 있으니까 더 좋지요?"

"맞아." 내가 말했다.

"사람들과 함께 있으면 외로워져요."

"여긴 참 좋군."

"그래요. 정말 멋진 코스예요."

"정말 멋져."

"당신의 흥을 깨고 싶지는 않아요. 돌아가고 싶으면 언제고 돌아가요."

"아니, 여기서 한잔합시다. 그런 다음 저 아래로 내려가서 물웅덩이 옆에서 장애물 경주를 구경합시다."

"당신은 정말 좋은 사람이에요."

얼마 동안 단둘이 있다가 다시 사람들과 어울리니 기분이 좋았다. 우리는 즐거운 시간을 보냈다.

제21장

9월이 되었고 밤이면 서늘했다. 날이 흐를수록 기온은 점점 더 서늘해졌으며 공원의 나뭇잎이 색을 갈아입었다. 여름은 이미 끝나 있었다. 전황은 점점 불리하게 돌아갔고 아군은 아직 산가브리엘레를 탈환하지 못했다. 바인시차 고원의 전투도 끝났고 9월 중순경에는 산가브리엘레 전투도 거의 끝이 났다. 그 어느 곳도 점령하지 못했다. 에토레는 전선으로 복귀했다. 경마장의 말들은 로마로 보내져 이제는 더 이상 경마도 열리지 않았다. 크로웰도 미국으로 후송되기 위해 로마로 갔다. 도시에서 두 번에 걸쳐 반전 시위가 열렸고 토리노에서는 더 심각한 시위가 벌어졌다.

클럽에서 만난 영국군 소령 한 명이 이탈리아군이 바인시차와 산가브리엘레 전투에서 무려 15만 명의 병력을 잃었다고 말해주었다. 카르소에서도 4만 명의 희생자가 생겼다. 우리는 함께 술을 마셨고 주로 소령이 이야기를 했다. 그는 우리가 궁지에 몰려 있으며, 중요한 것은 그 누구도 그 사실을 인정하지 않는다는 것이라고 말했다. 자신이 궁지에 몰려 있다는 것을 깨닫지 못하는 나라가 결국은 승리하게 되어 있는 법이거든, 이라고 그는 말했다. 독일군은 뭐니 뭐니 해도 철저한 군인이지만 그들도 궁지에 몰려 있는 것은 마찬가지라고 했다. 그는 러시아군도, 오스트리아군도 모두 궁지에 몰려 있다고 했다.

나는 그와 인사하려고 자리에서 일어났다. 그는 쾌활한 목소리로 "행운이 있기를 비네"라고 말했다. 그의 비관적인 세계관과 그의 개인적 쾌활함이 묘한 대조를 이루고 있었다.

나는 이발소에 들러 면도를 하고 병원으로 돌아갔다. 나의 다리는 이제 오랫동안 걸어도 괜찮을 정도로 회복되어 있었다. 검사는 사흘 전에 모두 받았다. 몇 가지 처치만 더 받으면 육군병원의 치료는 끝나게 되어 있었다. 나는 절름거리지 않는 연습을 하며 병원으로 걸어서 돌아왔다. 병원에 와보니 개인 편지 몇 통과 공용 편지 한 통이 나를 기다리고 있었다. 삼 주 동안 요양 휴가가 주어졌으니 휴가가 끝나면 전선으로 복귀하라는 내용이었다. 나는 그 편지를 주의 깊게 읽고 또 읽었다. 하지만 몇 번을 읽어도 그 내용이 그 내용이었다. 요양 휴가는 내 치료가 끝나는 10월 4일부터였다. 3주란 스무 하루이다. 10월 25일이면 휴가가 끝난다. 나는 병원을 나와 병원에서 조금 떨어진 레스토랑으로 갔다. 나는 그곳에서 저녁을 들며 나머지 편지들과 신문을 읽었다. 할아버지가 보낸 편지에는 가족들 소식, 격려의 말과 함께 200달러짜리 즉시 지불어음, 신문 스크랩 몇 장이 들어 있었다. 장교 식당 친구인 군종신부에게서 온 따분한 편지도 있었고 비행사로 프랑스군에 입대한 친구의 편지도 있었다. 리날디는 짧은 편지에서 도대체 언제까지 밀라노에서 농땡이를 부리고 있을 것인지, 새로운 소식은 없는지 물었다. 그는 복귀할 때 축음기 음반을 사오라며 목록을 적어 보냈다. 나는 식사를 하며 키안티 포도주를 작은 병으로 한 병 마신 뒤 코냑과 함께 커피를 마셨다.

나는 식당에서 나와 병원으로 돌아온 다음 잠옷으로 갈아입고 침대에 걸터앉아 신문들을 읽었다. 신문 뭉치에는 보스턴 신문도 있었다. 메이저 리그 시카고 화이트삭스팀이 아메리칸 리그에서 우승했고 뉴욕 자이언츠팀이 내셔널 리그에서 선두를 달리고 있었다. 베이브 루스는 보스턴 레드삭스의 투수로 맹활약하고 있었다. 신문은 한결같이 따분했고 케케묵은 소식뿐이었다. 읽을 만한 것은 야구 기사뿐이었지만 그마저도 흥미가 나지 않았다. 미국이 정말로 전쟁에 참여할 것인가? 메이저리그는 정말로 중단될 것인가?

캐서린은 9시까지는 비근이었다. 근무 시간이 되자 곧바로 그녀의 발소리가 들렸고 그녀가 복도를 따라 지나가는 모습도 보였다. 그녀는 다른 병실들을 모두 둘러본 다음 제일 마지막으로 내 병실에 들렀다.

"자기, 늦었어요. 할 일이 너무 많아서요. 좀 어때요?"

나는 편지들과 나의 휴가에 대해 그녀에게 이야기해주었다.

"정말 잘됐네요. 어디로 갈 거예요?"

"아무 데도 안 가. 여기 계속 있을 거야."

"바보 같은 소리 말아요. 어디 갈 만한 데를 골라보세요. 나도 함께 갈게요."

"여기 일은 어쩌려고?"

"모르겠어요. 하지만 같이 갈래요."

"당신 정말 멋진 여자야."

"그렇지 않아요. 하지만 잃을 게 아무것도 없을 때는 오히려 뭐든 어렵지 않게 해낼 수 있는 법이에요."

"무슨 뜻이지?"

"별거 아니에요. 다만 한때는 그토록 어마어마해 보이던 장애물이 어쩌면 이렇게 작게 보일까, 생각 중이에요. 필요하다면 그냥 떠나면 되지요, 뭐. 하지만 그렇게 되지는 않겠지요."

"어디로 갈까?"

"아무 데건 상관없어요. 당신이 원하는 곳 어디든 좋아요. 아는 사람이 없는 곳이라면……."

"정말 아무 곳이라도 좋아?"

"그럼요. 어디든 좋아요."

그녀는 뭔가 흥분해 있고 긴장한 것처럼 보였다.

"무슨 일이 있소, 캐서린?"

"아뇨, 아무 일도 없어요."

"안 그런 것 같은데."

"정말이에요. 정말 아무 일도 없어요."

"아니야, 분명히 뭔가 있어. 자, 어서 말해 봐요. 내게 못 할 말이 어디 있어."

"아무것도 아니라니까요."

"어서 말해 봐."

"말하기 싫어요. 당신이 걱정할까 봐 싫어요."

"아니, 그럴 리 없어. 어서 말해 봐."

"정말이요? 나는 걱정이 안 되지만 당신이 걱정할까 봐 두려워요."

"당신에게 걱정이 아닌 걸 내가 걱정할 리 있나."

"하지만 말하고 싶지 않아요."

"말해 봐."

"꼭 말해야 돼요?"

"그래."

"자기, 나 아기가 생겼어요. 벌써 거의 석 달째예요. 당신 걱정하는 거 아니지요? 제발, 제발 걱정하지 말아요. 그러면 안 돼요!"

"잘됐네."

"잘됐어요?"

"물론이지."

"별짓 다해 봤어요. 약도 먹었지만 소용이 없었어요."

"나, 걱정하지 않아."

"어쩔 수 없었어요, 자기. 하지만 나는 걱정하지 않아요. 당신이 걱정하거나 기분 나빠하면 안 돼요."

"나는 당신만 걱정될 뿐이야."

"바로 그거예요. 그러면 안 된다는 말이에요. 사람들은 누구나 아이를 갖잖아요. 그건 자연스러운 거잖아요."

"당신 정말 대단한 사람이야. 정말 멋져."

"그렇지 않아요. 하지만 당신, 정말 걱정하면 안 돼요. 당신을 귀찮게 하지 않으려고 노력할게요. 이미 당신을 성가시게 했다는 걸 잘 알아요. 하지만 나는 지금까지 좋은 여자였잖아요. 당신은 전혀 눈치채지 못했나요?"

"전혀 몰랐어."

"앞으로도 그럴 거예요. 당신은 걱정하지 않기만 하면 돼요. 당신 걱정하는 모습은 두고 볼 수가 없어요. 걱정 따위는 어서 집어치우세요. 자기, 한잔할래요? 자기는 언제나 술을 마시면 기분이 좋아지잖아요."

"괜찮아. 지금도 기분이 좋아. 당신 정말 멋진 여자야."

"아녜요, 그렇지 않아요. 어쨌든 당신이 함께 갈 곳을 정하면 함께 갈 수 있도록 준비할게요. 10월이면 계절도 좋아요. 자기, 우리 멋진 시간을 가질 거예요. 그리고 당신이 전선으로 가면 매일 편지할 거예요."

"당신은 어디에 있을 건데?"

"아직 모르겠어요. 하지만 어딘가 좋은 곳일 거예요. 그런 곳을 찾아볼래요."

한동안 우리는 말 없이 침묵을 지켰다. 캐서린은 침대에 앉았고 나는 그녀를 바라보았지만 서로의 몸에 손을 대지는 않았다. 누군가 갑자기 방으로 들어와 어색한 기분을 느꼈을 때처럼 우리는 거리를 두고 있었다. 그녀가 손을 내밀어 내 손을 잡았다.

"자기, 화난 거 아니지요?"

"아니."

"마치 덫에 걸린 것 같은 기분 아녜요?"

"약간은. 하지만 당신 때문은 아니야."

"그런 뜻으로 물어본 게 아니에요. 바보 같은 소리 하지 말아요. 어쨌든 덫에 걸린 기분이냐 아니냐를 묻는 거예요."

"인간이라면 늘 생물학적으로 덫에 걸려 있는 셈이야."

그녀가 손을 움직이거나 치우지 않았는데도 불구하고 마치 나로부터 멀어진 것 같았다.

"'늘'이라는 말은 별로 듣기에 좋지 않아요."

"미안해."

"괜찮아요. 하지만 당신도 알다시피 나는 아이를 가져본 적도, 누군가를 사랑해본 적도 없어요. 나는 당신이 원하는 대로 되려고 노력해 왔어요. 그런데 당신은 '늘'이라고 말하네요."

"내 혀를 잘라버리고 싶어." 내가 사과했다.

"어머나, 자기!" 그녀가 어딘지 모를 곳으로부터 돌아왔다. "내 말에 신경 쓰지 말아요."

우리는 다시 하나가 되었고 자의식은 사라졌다.

그녀가 다시 말했다.

"우린 정말로 하나예요. 일부러 오해해서는 안 돼요."

"그래, 오해하지 않을 거야."

"하지만 사람들은 서로 오해해요. 서로 사랑하면서도 일부러 오해를 만들고 싸워요. 그러고 나서는 갑자기 서로 다른 사람이 되어버리지요."

"우리는 싸우지 않을 거야."

"그래야 해요. 이 세상에는 오로지 우리 둘밖에 없고 나머지는 우리들 밖에 있으니까요. 만일 우리 사이에 그 무언가가 들어오면 우리는 사라지고 세상 사람들이 우리를 데려갈 거예요."

"그럴 리 없어." 내가 말했다. "당신은 너무 용감하니까. 용감한 사람에게는 아무 일도 일어나지 않아."

"용감한 사람도 물론 죽겠지요."

"하지만 단 한 번 죽을 뿐이야."

“잘 모르겠네요. 누가 한 말이지요?”

“비겁한 자는 수천 번 죽음을 맞이하지만 용감한 자는 단 한 번 죽을 뿐이다(셰익스피어의 『율리우스 카이사르』에 나오는 대사-옮긴이 주).”

“알아요. 들은 적이 있어요. 누가 한 말이지요?”

“몰라.”

“그 사람은 분명 겁쟁이였을 거예요. 그 사람은 비겁한 사람에 대해서는 잘 알지만 용감한 사람에 대해서는 아무것도 몰라요. 용감한 사람이 영리하다면 아마 2천 번도 더 죽을 거예요. 다만 그걸 입 밖에 내지 않을 뿐이지요.”

“모르겠어. 용감한 사람의 머릿속까지 들여다볼 수는 없으니까. 어쨌든 당신은 용감한 사람이야.”

“아네요, 그렇게 되기만 바랄 뿐이죠.”

“나는 용감하지 않아.” 내가 말했다. “나는 주제 파악을 잘하고 있어. 그걸 알 만큼 충분히 세상을 경험했거든. 타율이 2할 3푼이며 그 이상은 칠 수 없다는 걸 알고 있는 선수와 같아.”

“2할 3푼을 치는 선수라니요? 아주 멋진 말 같아요.”

“그런 거 아니야. 그저 평범한 타자를 말하는 거야.”

“어쨌든 타자는 타자 아니에요?”

“그래, 우린 둘 다 용감해. 나는 술이 한 잔 들어가면 더 용감해지지."

"우린 둘 다 멋진 사람들이에요." 캐서린이 말했다. 그녀는 장으로 가더니 코냑과 잔을 하나 갖고 왔다. "자, 마셔요, 자기. 당신은 너무 좋은 사람이니까."

"지금은 별로 마시고 싶지 않은데."

"마셔요."

"좋아."

나는 코냑을 잔에 삼분의 일 정도 따른 뒤 단숨에 들이켰다.

"멋져요. 브랜디는 영웅들이 마시는 술이라면서요. 하지만 과하면 안 돼요."

"우리는 전쟁이 끝난 뒤에 어디서 지내게 될까?"

"분명 예전부터 알고 지내던 사람들 집에서 살게 되겠지요. 지난 삼 년 동안 나는 마치 어린아이처럼 크리스마스 때는 전쟁이 끝나기를 기대했었어요. 하지만 이제는 우리 아들이 해군 소령이 될 때까지 기다리겠어요."

"육군 장군이 될지도 모르지."

"백년 전쟁이라도 된다면 해군에도 육군에도 복무할 수 있겠지요."

"당신은 좀 안 마시겠소?"

“아뇨. 자기는 술을 마시면 늘 기분이 좋아지지만 난 어지럽기만 해요.”

“그러면 당신, 브랜디를 마셔본 적이 없어?”

“네, 없어요. 난 아주 구식 마누라거든요.”

나는 바닥에 놓인 코냑 병을 들어 또 한 잔을 따랐다.

“당신 전우들이나 돌아보고 오는 게 좋겠어요.” 캐서린이 말했다. “내가 돌아올 때까지 신문이나 읽고 계세요.”

“꼭 가야 해?”

“지금 아니면 나중에라도 가야 해요.”

“좋아, 지금 갔다 와요.”

“나중에 돌아올게요.”

“그때까지 신문이나 마저 읽고 있겠어.” 내가 말했다.

제22장

그날 밤 날씨가 추워지더니 다음 날 비가 내렸다. 육군병원으로부터 돌아오는 길에 폭우가 쏟아져 내 병원으로 돌아왔을 때는 흠뻑 젖어 있었다. 병실로 돌아오니 바깥 발코니에 비가 세차게 쏟아져 내렸고 바람에 날린 비가 유리문을 세차게 때렸다. 옷을 갈아입고 브랜디를 조금 마셨지만 별로 맛이 없었다. 밤에 몸이 아픈 것 같더니 아침 식사를 하고 나자 속이 메스꺼웠다.

회진을 돌던 병원 담당 의사가 나를 보더니 간호사에게 말했다.

"틀림없어. 눈에 흰자위를 좀 봐."

미스 게이지가 내 눈을 들여다보았다. 그들은 내게 거울을 들여다보게 했다. 눈의 흰자위가 노란색을 띠고 있었다. 황달이었다. 나는 2주일 동안 황달을 앓았다. 그 때문에 캐서린과 나는 요양 휴가를 함께 보내지 못했다. 우리는 마조레 호수에 있는 팔란차로 갈 계획이었다. 가을 단풍이 아름다운 곳이었다. 산책로도 있고 호수에서는 송어 낚시를 할 수도 있는 곳이었다. 어부들이 살고 있는 섬까지 배를 저어 갈 수도 있으며 제일 큰 섬에는 레스토랑도 있다. 하지만 우리는 그곳에 가지 못했다.

어느 날 내가 황달로 누워있는데 미스 밴캠픈이 내 병실로 왔다. 그녀는 장문을 열고 그 안에서 빈 술병들을 발견했다. 내가 수위를 시켜 빈 술병들을 한 무더기 치우라고 했는데 치우다가 그만 밴캠픈에게 들킨 모양이었다. 그녀는 다른 술병들이 더 있으리라 짐작하고 내 병실로 올라온 것이다. 대부분은 베르무트 병이었고 마르살라, 카프리, 키안티, 코냑 병들도 있었다. 수위는 베르무트 병들과 키안티 병들은 치웠고 브랜디 병들은 아직 미처 치우지 못한 상태였다. 미스 밴캠픈은 브랜디 병들과 독주인 퀴멜주 병을 찾아낸 것이었으며 특히 곰 모양의 퀴멜주 병을 보고 그녀는 불같이 화를 냈다.

그녀가 병을 보고 화를 내는 모습을 보고 나는 웃음이 터지는 것을 참으며 말했다.

"퀴멜주입니다. 최고급 퀴멜주는 그렇게 곰 모양을 하고 있지요. 러시아 산입니다."

"이거 전부 브랜디 병이지요? 그렇지요?" 밴캠픈이 물었다.

"글쎄요, 전부 다 제 눈에 보이지가 않아서요. 하지만 아마 그럴 겁니다."

"도대체 언제부터 이런 짓을 한 거예요?"

"내가 직접 사서 갖다 놓은 겁니다. 이탈리아군 장교들이 자주 찾아오기에 그 사람들 주려고 마련해 둔 겁니다."

"당신도 마시지 않았나요?" 그녀가 말했다.

"나도 마셨지요."

"브랜디를요! 브랜디 열한 병에, 저 곰처럼 생긴 병의 술까지!"

"퀴멜주입니다."

"사람을 시켜서 전부 치우라고 하겠어요. 빈 병은 이게 전부인가요?"

"지금으로서는."

"그런 줄도 모르고 당신이 황달에 걸렸다고 불쌍하게 생각했으니…… 당신에게는 동정도 낭비로군요."

"감사합니다."

"전선으로 돌아가고 싶어 하지 않는 심정을 비난하고 싶지는 않아요. 하지만 고작 찾아낸 방법이 알코올 중독으로 황달에 걸리는 거라니…….”

나는 알코올 중독이라는 말에 어이가 없었지만 얌전히 있었다. 그러자 그녀가 말을 이었다.

“또 다른 적당한 방법을 못 찾아내는 한, 황달이 나으면 전선으로 가야겠군요. 고의로 황달에 걸린 사람에게는 요양 휴가를 줄 필요도 없어요.”

“그래요?”

“물론이지요.”

“한 가지 여쭤볼까요? 수간호사님은 황달에 걸려본 적이 없나요?”

“없어요. 하지만 황달 환자들은 많이 봤어요.”

“그러면 황달 환자들이 병에 걸렸다고 아주 기뻐하는 모습을 보셨다 이거로군요.”

“어쨌든 전선으로 가는 것보단 나으니까요.”

“수간호사님, 수간호사님은 자기 불알을 발로 차버려서 스스로 불구가 되려는 남자를 보신 적이 있습니까?”

그녀는 내 질문을 무시했다. 그녀는 그 질문을 무시하거나 병실에서 나가야만 했다. 하지만 그녀는 병실에서 나갈 생각이 없었다. 그녀는 오랫동안 나를 싫어해 왔고 지금이야말로 좋은 기회를 포착한 것이다.

"나는 자해를 해서 전선으로 가는 것을 피한 사람들은 많이 보았어요." 그녀가 말했다.

"제 질문은 그런 게 아닌데요. 나도 그런 사람들을 본 적이 있습니다. 나는 자기 불알을 차버려서 스스로 불구가 된 사람을 본 적이 있느냐고 물었습니다. 남자에게는 황달에 걸리는 것과 아주 비슷한 감각일 테니까요. 물론 여자들이야 거의 경험할 수 없는 거지만. 그래서 수간호사님에게 황달에 걸려본 적이 있느냐고 여쭤본 겁니다. 왜냐하면……."

미스 밴캠픈은 내가 말을 마치기도 전에 방에서 나가버렸다. 잠시 뒤에 미스 게이지가 병실로 들어왔다.

"대체 미스 밴캠픈에게 뭐라고 하신 거예요? 화가 단단히 났던데요."

"남자와 여자의 감각의 차이에 대해 비교 좀 했지요. 어린애 낳은 경험이 한 번도 없지 않느냐고 말해주려 했는데……."

"정말 바보 같은 짓을 했어요. 그렇지 않아도 벼르고 있었는데."

"이미 약점을 잡은 걸요, 뭘. 이미 휴가를 취소시켰고 군법회의에 회부하려 할지도 몰라요. 그러고도 남을 사람이지."

“처음부터 중위님을 좋아하지 않았어요. 대체 무슨 일이 있었던 거예요?”

“내가 전선에 돌아가기 싫어서 일부러 술을 마시고 황달에 걸린 거라더군요.”

“어머나! 내가 중위님은 한 잔도 마시지 않았다고 증언할게요. 모두 그렇게 증언해줄 거예요.”

“빈 병들을 발견했는데요.”

“빈 병들을 치우라고 수백 번도 더 말했잖아요. 그래, 지금 빈 병들이 어디 있어요?”

“장 속에 있어요.”

“가방 있나요?”

“배낭이 있어요.”

미스 게이지가 빈 병들을 배낭에 넣었다.

“내가 수위에게 갖다 줄게요.”

그녀는 배낭을 들고 문 쪽으로 나가려 했다.

“잠깐!” 미스 밴캠픈이 수위와 함께 문 앞에 서서 말했다. “그 병들은 내가 갖고 가야겠어요. 보고서를 작성할 때 군의관에게 증거로 보여줘야 하니까.”

그녀는 복도를 따라 걸어갔다. 수위가 배낭을 들고 뒤를 따랐다. 그는 그 안에 무엇이 들었는지 잘 알고 있었다.

휴가를 빼앗긴 것 외에 별다른 일은 일어나지 않았다.

제23장

전선으로 돌아가는 날 밤 나는 수위를 시켜 토리노에서 출발한 열차에 자리를 하나 잡아두라고 했다. 그 기차는 자정에 출발할 예정이었다. 밀라노에는 10시 30분에 도착해서 출발 시각까지 대기하기로 되어 있었다. 좌석을 잡으려면 미리 역에 나가서 대기해야 했다. 수위는 친구 한 명을 데리고 갔다. 기관총 사수로 근무하다가 휴가를 나온 친구였다. 둘이 함께 가면 좌석 하나쯤은 확보할 수 있으리라고 생각한 것이다. 나는 그들에게 플랫폼 입장권을 살 수 있는 돈을 주고 내 짐들을 가져가게 했다. 커다란 배낭 한 개와 두 개의 작은 가방이었다.

나는 다섯 시에 병원 사람들에게 작별인사를 고하고 병원에서 나왔다. 수위는 이미 내 짐을 자기 집으로 옮겨 놓았고 나는 그에게 자정 조금 전에 역으로 나가겠다고 말했다.

나는 거리 모퉁이에 있는 포도주 가게 안으로 들어가서 창밖을 내다보며 기다렸다. 밖은 춥고 어두웠으며 안개가 자욱했다. 캐서린이 지나가는 것이 보였다. 나는 창문을 톡톡 두드렸다. 그녀가 나를 보고 미소를 지었고 나는 얼른 밖으로 나갔다. 그녀는 짙은 푸른색 외투를 입고 부드러운 펠트 모자를 쓰고 있었다.

우리는 나란히 거리를 걸었다. 우리는 성당 앞을 지났다.

"성당 안으로 들어갈까?" 내가 캐서린에게 물었다.

"싫어요." 그녀가 대답했다. 우리는 성당을 떠나 상점 거리를 지났다. 나는 어느 총포상 앞에서 걸음을 멈추었다.

"잠깐 들어갈까. 총을 한 자루 사야 해."

"어떤 총이요?"

"권총."

가게 안으로 들어간 나는 권총집이 달린 허리띠를 풀어 카운터 위에 올려놓았다. 카운터 뒤에는 두 명의 여점원이 있었다. 여점원들은 권총을 몇 자루 꺼내 놓았다.

나는 그곳에서 권총 한 자루와 예비 클립 두 개, 실탄 한 상자를 샀다. 나는 권총을 허리에 차며 캐서린에게 말했다.

"자, 이걸로 이제 완전무장이 된 셈이야. 잊지 말고 꼭 해야 할 일이었지. 전에 갖고 있던 권총은 병원으로 가는 도중 누가 가져가 버렸어."

"좋은 총이면 좋겠어요." 캐서린이 말했다.

우리는 총기 가게 밖으로 나왔다. 캐서린이 어느 가게 안을 들여다보았다. 안에서 한 여자가 밖을 내다보며 우리에게 인사했다.

"나무에 박아 놓은 저 작은 거울은 어디에 쓰는 거예요?" 캐서린이 물었다.

"사냥할 때 새들을 유인하는 데 써. 저걸 들판에 들고 가서 빙빙 돌리면 그걸 보고 종달새들이 몰려오지. 그러면 이탈리아 사람들이 총으로 쏴서 잡는 거야."

"아주 독창적인 사람들이네요. 미국에서는 종달새를 잡지 않지요?"

"별로 안 잡지."

우리는 거리를 건너서 반대편 길을 따라 걸어 올라가기 시작했다.

캐서린이 말했다.

"이제 기분이 좀 나아졌어요. 처음에는 기분이 엉망이었거든요."

"우리 함께 있으면 늘 기분이 좋지 않았어?"

"우리는 언제나 함께 있을 거예요."

"물론이지. 내가 오늘 밤 자정에 떠나버리지만 않는다면."

"우리 그 생각은 하지 말아요."

우리는 길을 따라 올라갔다. 안개로 인해 불빛이 노랗게 보였다.

"피곤하지 않아요?" 캐서린이 물었다.

"당신은 어때?"

"난 괜찮아요. 걷는 게 좋아요."

"하지만 너무 오래 걷지는 말자고."

"그래요."

우리는 불빛이 없는 골목으로 들어갔다. 나는 걸음을 멈추고 캐서린에게 키스했다. 키스를 하는 동안 내 어깨에서 그녀의 손이 느껴졌다. 그녀가 내 망토를 끌어당겨 자기 몸에 두르는 바람에 망토가 우리 둘을 모두 덮었다. 우리는 길거리 어느 높은 벽에 기대어 서 있었다.

"어디론가 가지." 내가 말했다.

"좋아요." 캐서린이 말했다.

우리는 안개 속에서 다리 위에 서서 마차를 기다렸다. 한참을 기다린 끝에 우리는 마차를 잡을 수 있었다. 좌석 위에는 포장이 쳐있었고 마부의 외투에는 물방울이 묻어 있었다. 우리는 마차 좌석에 깊숙이 몸을 묻었다. 포장이 쳐있어 마차 안은 어두웠다.

"어디로 가자고 했어요?"

"역으로 가자고 했어. 역 건너편에 쓸 만한 호텔이 있거든."

"이대로 그냥 가도 괜찮아요? 짐은 어떻게 하고요?"

"미리 보냈어."

역까지 빗속을 가는 데는 꽤 오랜 시간이 걸렸다.

"저녁을 들지 않을래요? 배가 고플 것 같아요."

"호텔 방에서 먹지."

"입을 옷이 아무것도 없어요. 잠옷도."

"그럼 하나 사지."

나는 마부에게 큰 소리로 말했다.

"만초니 거리로 갑시다." 마부는 고개를 끄덕이더니 다음 모퉁이에서 왼쪽으로 말 머리를 돌렸다. 큰 거리로 나서자 캐서린이 상점을 찾았다.

"저기 가게가 있네요." 그녀가 말했다. 나는 마부에게 마차를 세우라고 했다. 캐서린이 마차에서 내려서 가게 안으로 들어갔고 나는 마차 안에서 기다렸다. 비는 계속 내리고 있었다. 그녀가 꾸러미 하나를 들고 마차에 오르자 우리는 다시 달리기 시작했다.

"자기, 굉장히 비싼 거예요. 하지만 아주 예쁜 잠옷이에요."

호텔에 빈방은 많았다. 우리는 지배인과 함께 엘리베이터에 올라탔다. 우리를 방까지 안내한 지배인이 물었다.

"두 분께서는 방에서 식사를 하시겠습니까?"

"그러겠소. 메뉴를 좀 올려 보내주겠소?" 내가 말했다.

"메뉴 외에 뭔가 특별 요리를 드시지 않으시겠습니까? 사냥으로 잡은 새 요리나 수플레 같은 것 말입니다."

"새 요리는 뭐가 있소?"

"꿩이 있고 도요새 요리가 있습니다."

"그럼 도요새로 하겠소."

"알겠습니다. 그럼 메뉴를 올려 보내드리겠습니다."

지배인은 허리 굽혀 인사한 후 방에서 나갔다.

나는 캐서린을 바라보았다. 왠지 표정이 안 좋아 보였다. 내가 그녀에게 물었다.

"당신 왜 그래?"

"전에는 한 번도 몸을 파는 여자 같다는 생각은 해본 적이 없어요.” 그녀가 뜻밖의 말을 했다. 나는 창가로 가서 커튼을 젖히고 바깥을 내다보았다. 사태가 이런 식으로 진행되리라고는 꿈에도 생각하지 못했던 것이다.

“아니, 무슨 소리를! 당신은 창녀가 아니잖아.”

“그건 알아요. 하지만 왠지 그런 생각이 들어서 기분이 안 좋아요.” 그녀의 목소리는 메말라 있었고 맥이 풀려 있었다.

“여긴 우리가 올 수 있는 제일 좋은 호텔이야.” 내가 말했다.

나는 창밖을 내다보았다. 광장 건너편에 역사(驛舍)의 불빛이 보였다. 거리에는 마차들이 오가고 있었고 공원의 나무들도 보였다. 호텔에서 나오는 불빛에 보도가 번쩍거렸다.

‘제길, 지금 우리가 말다툼을 할 때야?’라고 나는 생각했다.

“어서 이리로 오세요.” 캐서린이 말했다. 언제 그랬느냐 싶게 그녀의 목소리에는 생기가 돌았다. “어서 이리 와요. 난 다시 착한 여자가 됐으니까.”

나는 침대 쪽을 바라보았다. 그녀는 미소를 짓고 있었다.

나는 그녀에게 다가가 침대 위 그녀 곁에 앉아 키스를 했다.

“당신은 나의 천사야.”

“맞아요, 당신의 여자이지요.”

식사를 마치자 기분이 한결 좋아졌고 행복하다는 느낌이 들었다. 시간이 조금 흐르자 이 방이 마치 우리들의 집처럼 여겨졌다. 병원의 내 병실이 우리의 집이었던 것과 마찬가지로 이 방도 우리의 집이었다.

우리는 식사를 하면서 카프리 한 병과 프랑스 보르도 와인 한 병을 마셨다. 물론 나 혼자 거의 다 마셨지만 캐서린도 조금 마셨고 덕분에 캐서린은 아주 기분이 좋았다. 우리는 도요새 요리에 감자 수플레, 퓌레 드 마롱을 먹었고 샐러드도 먹었으며 디저트로 자바이오네를 먹었다.

"아주 좋은 방이에요." 캐서린이 말했다. "아주 예뻐요. 밀라노에 있는 동안 내내 이곳에서 지낼 걸 그랬어요."

"당신은 멋진 여자야."

"이런 방에서 아침에 눈을 뜨면 어떤 기분일지 궁금해요. 어쨌든 아주 근사한 방이에요."

나는 포도주를 한 잔 더 따랐다.

"정말 죄스러운 짓을 한 번 할 수 있다면 좋겠어요." 캐서린이 말했다. "우리가 하는 짓들은 모두 너무 순진하고 소박한 것 같아요. 뭔가 나쁜 짓은 할 수 없을 것 같아요."

"당신 정말 최고야."

"나는 그저 배가 고플 뿐이에요. 너무나 배가 고플 뿐이에요."

"당신은 멋지고도 소박한 여자요."

"그래요, 소박한 여자예요. 그걸 이해한 사람은 당신 말고 아무도 없었어요."

"당신을 처음 만났을 때 나는 오후 내내 당신을 어떻게 하면 카부르 호텔에 데려갈 수 있을까, 그다음에는 어떻게 될까 하는 생각만 했던 적이 있었소."

"정말 뻔뻔스러운 사람이었네요. 여긴 카부르 호텔 같은 곳은 아니지요?"

"물론 아니지. 그 호텔은 우리 같은 손님은 받아주지도 않을 거야."

"언젠가 받아주겠지요. 어쨌든 그래서 당신과 나는 달라요. 나는 그런 생각은 조금도 없었어요."

"정말 전혀 없었소?"

"약간은요."

"오, 귀여운 사람."

나는 다시 포도주를 한 잔 더 따랐다.

"난 처음에는 당신을 순진한 사람이라고는 생각하지 않았어. 약간 정신이 나간 여자로 생각했어." 내가 말했다."그래요. 약간 정신이 나갔었지요. 하지만 너무 복잡하지는 않았어요. 당신을 혼란스럽게 하지는 않았지요?"

"와인은 참 훌륭한 거야. 안 좋은 걸 다 잊게 해주거든."

"맞아요. 하지만 우리 아버지는 그 때문에 심한 통풍을 앓았어요."

"아버지가 살아계셔?"

"네. 통풍을 앓고 계세요. 아버지를 만나볼 필요는 없어요. 당신도 아버지가 계세요?"

"아니, 의붓아버지만 계셔."

"내가 좋아하게 될까요?"

"당신도 만날 필요 없어."

"우리 지금 멋진 시간을 보내고 있어요. 이제 다른 건 아무런 관심도 없어요. 당신과 결혼해서 정말 행복해요."

웨이터가 와서 빈 그릇들을 가져갔다. 우리는 잠시 동안 말없이 빗소리에 귀를 기울였다. 아래쪽 길에서 자동차 경적이 울렸다.

나는 시를 한 구절 읊었다.

하지만 내 등 뒤에서 언제나 들리노니
날개 달린 세월의 수레가 황급히 다가오도다.

"나도 그 시 알아요." 캐서린이 말했다. "마벌(17세기 영국 시인-옮긴이 주)의 시죠. 한 남자와 살고 싶어 하지 않는 젊은 여자에 관한 시예요."

머리가 이상하게 맑고 냉정해졌기에 나는 현실적인 이야기를 하고 싶었다.

"아이를 어디서 낳을 거야?"

"모르겠어요. 제일 적당한 곳에서 낳을 거예요."

"준비는 어떻게 하려고?"

"최선을 다할 거예요. 자기, 걱정 말아요. 전쟁이 끝나기 전에 우린 아이들을 여럿 갖게 될 거예요."

"이제 가야할 때가 거의 다 되었어."

"알아요. 원하면 지금 가도 좋아요."

"싫어."

"그렇다면 자기, 걱정 말아요. 지금까지는 좋았는데 이제 걱정을 하네요."

"안 할게. 편지 자주 할 거야?"

"매일이요. 사람들이 편지를 검열하나요?"

"영어를 잘 못해서 손댈 수도 없을걸."

"아주 난삽하게 쓸게요."

"하지만 너무 헷갈리게는 쓰지 마."

"아주 조금만 헷갈리게 쓸게요."

"이제 그만 출발해야 할 것 같아."

"그래요, 자기."

"이렇게 즐거운 집을 떠나고 싶지 않아."

"나도 그래요."

"하지만 우린 가야 해."

"맞아요. 우리는 우리 집에 오래 머문 적이 없네요."

"그렇게 될 거야."

"당신이 돌아왔을 때 당신을 위한 멋진 집을 마련해 놓겠어요."

"금방 돌아올 수 있을 거야."

"발에 살짝 부상을 입고요."

"혹은 귓불에."

"싫어요. 당신 귀는 지금 그대로 멀쩡하면 좋겠어요."

"발은 아니고?"

"당신 발은 이미 부상을 당했잖아요."

"이제 정말 가봐야겠어."

"알았어요. 당신이 먼저 앞장서요."

제24장

우리는 엘리베이터를 타는 대신 계단으로 내려왔다. 나는 계산을 마친 후 웨이터에게 마차를 한 대 잡아달라고 부탁했다. 그는 캐서린의 짐을 받아들고 우산을 펼치더니 밖으로 뛰어나갔다. 우리는 현관 옆방에서 창문을 통해 밖을 바라보았다.

"기분이 어때, 캣?"

"졸려요."

"나는 속이 텅 비고 배가 고픈 것 같아."

"뭐 먹을 것 좀 챙기셨어요?"

"응, 가방에 넣어두었어."

마차가 오는 것이 보였다. 마차가 멈춰 섰고 웨이터가 우산을 쓴 채 호텔 쪽으로 걸어왔다.

"짐은 마차 좌석에 두었습니다." 웨이터가 말했다. 그는 우리가 마차에 오를 때까지 우산을 받치고 서 있었다. 나는 그에게 팁을 주었다.

"감사합니다. 즐거운 여행 되십시오." 그가 말했다. 마차가 출발했다. 마차는 거리를 따라 내려와서 왼쪽으로 한 번, 오른쪽으로 한 번 돌더니 곧바로 역 앞에 도착했다. 헌병 두 명이 비를 간신히 피하면서 불빛 아래 서 있었다. 불빛에 그들의 모자가 번쩍거렸다. 내가 마차에서 내리자 수위가 비를 맞으며 대합실에서 나왔다.

"아니, 고맙지만 여기까지 나올 필요는 없어. 안에서 기다려요."

그가 다시 안으로 들어갔다. 나는 캐서린을 향해 몸을 돌렸다. 그녀의 얼굴은 마차 포장 그늘에 가려져 있었다.

"이제 작별인사를 해야지요."

"내가 함께 마차를 타고 가면 안 될까?"

"안 돼요."

"안녕, 캐서린."

"마부에게 병원을 일러주겠어요?"

"알았소." 나는 마부에게 목적지를 일러주었다. 그가 고개를 끄덕였다.

"안녕," 내가 말했다. "몸조심해요. 당신 뱃속의 우리 어린 캐서린도 잘 보살피고."

"잘 가요, 내 사랑."

"잘 있어."

내가 빗속으로 걸음을 옮기자 마차가 출발했다. 캐서린이 마차 밖으로 몸을 내밀자 불빛에 그녀의 얼굴이 보였다. 그녀는 미소 지으며 손을 흔들었다. 마차는 거리를 따라 올라갔고 캐서린은 안으로 들어가라며 손가락으로 역사를 가리켰다. 나는 안으로 들어가 우두커니 선 채 마차가 거리 모퉁이를 돌아가는 모습을 지켜보았다. 그런 후 나는 기차가 기다리고 있는 플랫폼으로 발걸음을 옮겼다.

수위가 플랫폼에서 나를 찾고 있었다. 나는 그를 따라 기차에 올랐다. 붐비는 사람들을 헤치며 기차에 오른 나는 사람들이 가득 들어차 있는 열차 한구석으로 갔다. 구석 자리에 수위의 친구인 기관총 사수가 앉아 있었다. 내 배낭과 가방이 그의 머리 위 선반에 얹혀 있었다. 사람들을 헤치고 그 자리로 가자 사람들이 곱지 않은 시선으로 나를 바라보았다. 기관총 사수가 자리에서 일어나 내게 자리를 내주었다.

그때였다. 누군가가 내 어깨를 툭툭 건드렸다. 나는 돌아다보았다. 키가 무척 큰 포병 대위였으며 턱에는 붉은 상처 자국이 있었다. 그는 통로 유리를 통해 안을 들여다보다가 안으로 들어온 것이었다.

"왜 그러십니까?" 내가 물었다. 객실 안의 사람들이 모두 나를 쳐다보았다. "이러면 안 되지." 그가 말했다. "사병을 시켜서 자리를 맡아놓게 하다니."

"다 끝난 일입니다."

그가 침을 꿀꺽 삼키자 그의 목울대 뼈가 오르락내리락했다. 기관총 사수는 좌석 앞에 서 있었다. 승객들은 아무도 말이 없었다.

"자네, 이런 짓을 할 권리가 없어. 나는 자네보다 두 시간이나 먼저 도착했단 말이야."

"그래서 어떻게 하라는 겁니까?"

"좌석을 내놓으라 이거야."

"나도 이 좌석이 필요합니다."

나는 그의 얼굴을 똑바로 바라보았다. 객실 안의 모든 사람들이 내게 적대적인 것을 느낄 수 있었다. 나는 그들을 비난하지 않았다. 대위의 말도 옳았다. 하지만 나도 좌석이 필요했다.

여전히 아무도 말을 하지 않았다.

이런, 제기랄!

"앉으시지요, 대위님." 나는 결국 그에게 자리를 양보했다. 나는 기관총 사수에게 짐을 들게 하고 그와 함께 통로 밖으로 나왔다. 객실은 만원이어서 자리를 잡을 가능성은 전혀 없었다.

나는 수위와 기관총 사수와 악수를 하고 그들과 헤어졌다. 나는 그들에게 각각 10리라씩 주었다. 그들은 여간 미안해하지 않으며 내 곁을 떠났다.

기차가 역을 빠져나가는 동안 나는 역 구내 조차장의 불빛이 눈앞을 스쳐 지나가는 것을 물끄러미 바라보았다. 아직 비가 내리고 있었고 창문이 빗물에 젖어 밖이 보이지 않았다. 얼마 뒤 나는 통로 바닥에서 잠이 들었다. 나는 돈과 서류가 들어 있는 가방과 지갑을 셔츠와 바지 속에 깊숙이 쑤셔 넣었다. 나는 밤새 잠을 잤다. 도중에 정차한 역에서 승객들이 더 많이 타는 바람에 잠시 잠에서 깨었지만 나는 다시 잠이 들었다. 누구든 나를 밟지 않으려면 내 위로 넘어가야만 했다. 통로 바닥 전체에 사람들이 누워 잠을 자고 있었다. 그나마 눕지도 못한 승객들은 창틀을 붙잡고 서 있거나 문에 기대어 있었다. 기차는 그렇게 언제나 만원이었다.

제 3 부

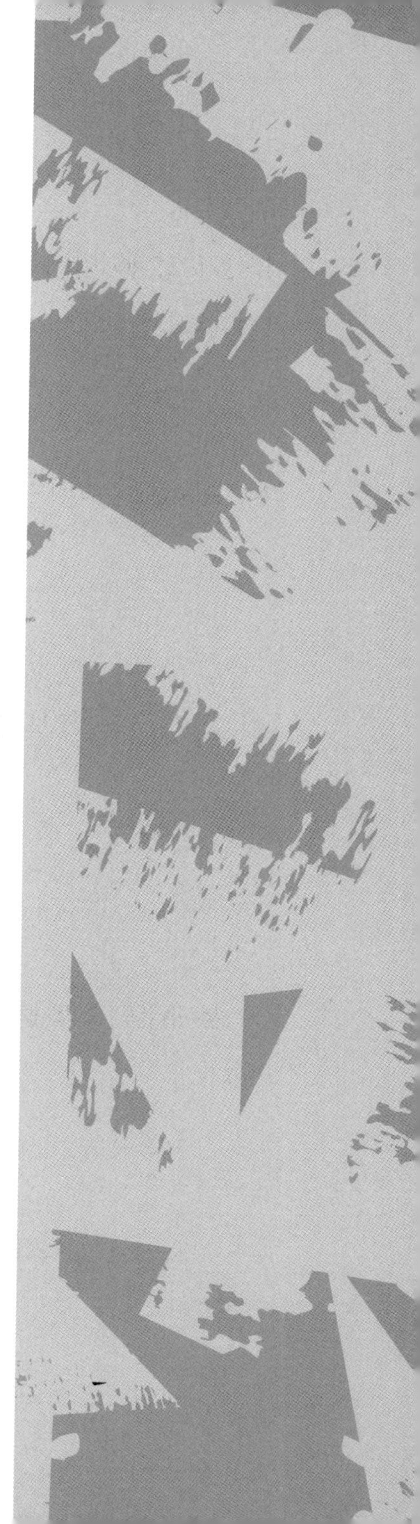

제25장

이제 가을로 접어들어 나무들은 헐벗었고 길은 진창이었다. 나는 우디네에서 군용트럭을 타고 고리치아로 갔다. 군용트럭이 달리는 동안 나는 전원 풍경을 바라보았다. 뽕나무 잎은 모두 떨어져 있었고 들판은 갈색이었다. 병사들이 부서진 돌을 주워서 바퀴에 파인 길을 보수하고 있었다. 마을은 안개에 덮여 있었고 산은 보이지 않았다. 산악지대에 비가 내렸는지 강물은 많이 불어 있었다.

트럭은 공장과 집들과 별장들을 지나 시가지로 들어섰다. 전보다 많은 집들이 폭격에 파손되어 있었다. 내가 탄 트럭은 좁은 길에서 영국 적십자사 앰뷸런스와 지나쳤다. 앰뷸런스 운전병은 모자를 쓰고 있었으며 야윈 얼굴은 햇볕에 잔뜩 그을려 있었다. 모르는 얼굴이었다. 군용트럭이 시장 사택 앞의 널찍한 광장에 이르렀을 때 나는 차에서 내렸다. 운전병이 내 배낭을 내려주었다. 나는 배낭을 메고 두 개의 가방을 어깨에 걸친 채 숙소를 향해 걸어갔다. 고향으로 돌아온다는 느낌은 전혀 없었다.

사무실 안으로 들어가니 벽에 지도와 타이핑된 서류들이 붙어 있는 빈방 책상 앞에 소령이 앉아 있었다.

"어서 오게, 잘 지냈나?" 그가 말했다. 전보다 늙고 기운이 없어 보였다.

"잘 지냈습니다. 여긴 어떤가요?"

"다 끝장났어. 배낭을 내려놓고 좀 앉게나."

나는 배낭과 가방을 바닥에 놓고 그 위에 모자를 올려놓았다. 나는 벽 쪽에서 의자를 하나 끌어다 앉았다.

"힘든 여름이었어." 소령이 말했다. "이제 건강은 괜찮은가?"

"네."

"훈장은 받았나?"

"네, 잘 받았습니다. 정말 감사합니다."

"어디 좀 보여주게나."

나는 외투를 젖히고 약장(略章) 두 개를 보여주었다.

"메달도 받았겠지?"

"아뇨, 표창장만 받았습니다."

"메달은 나중에 도착할 거야. 시간이 좀 걸리지."

"제게 무슨 임무를 맡기실 예정이신가요?"

"앰뷸런스들은 모두 멀리 가 있어. 북쪽 카포레토에 여섯 대가 나가 있지. 자네, 카포레토가 어딘지 아나?"

"압니다." 골짜기에 종루가 있는 하얀 작은 마을로 나는 기억하고 있었다. 작고 깨끗한 마을로 광장에는 분수가 있었다.

"앰뷸런스들은 그곳을 중심으로 활동하고 있네. 부상병들이 많아. 전투가 끝났거든."

"다른 차들은 어디 있습니까?"

"산에 두 대가 있고 네 대는 아직 바인시차에 있네. 다른 두 앰뷸런스 부대는 제3군에 소속되어 카르소에 있지."

"저는 어디에 근무할까요?"

"자네만 괜찮다면 바인시차의 앰뷸란스 네 대를 맡게나. 지노가 맡은 지 꽤 오래됐네. 자네 그곳에는 가본 적이 없지?"

"네, 안 가봤습니다."

"상황이 아주 안 좋아. 세 대의 앰뷸런스를 잃었다네."

"소식 들었습니다."

"맞아, 리날디가 편지했겠군."

"리날디는 어디 있습니까?"

"이곳 병원에 있어. 여름과 가을 내내 이곳에 있었어."

"알고 있었습니다."

"정말 지독한 여름이었네. 자네는 상상할 수도 없을 거야. 자네가 부상을 당해 이곳에 없는 게 다행이라는 생각도 자주 했다니까."

"저도 압니다."

"내년에는 더 나빠질 거야. 아마 지금 당장 공격을 해올지도 모르지. 하지만 다들 그런 말을 하더라도 나는 안 믿어. 이미 때가 늦었어. 그런데 자네 나라 사람들은 도대체 뭘 하는 건가? 자네 말고 다른 미국인은 안 오는 건가?"

"지금 천만 명을 훈련시키는 중입니다."

"일부라도 이곳으로 보내주면 좋겠군. 하지만 모두 프랑스 차지가 되겠지. 자, 오늘 밤은 이곳에서 지내고 내일 소형차를 타고 가서 지노를 돌려보내게. 길을 잘 아는 병사를 딸려 보낼게. 지노가 자세한 설명을 해줄 거야. 아직 폭격을 조금씩 하고 있지만 이제 다 끝난 거야. 자네 바인시차를 구경한다는 기분으로 가면 돼."

"저도 보고 싶습니다. 다시 소령님 곁으로 돌아오게 되어 기쁩니다."

"자, 어서 가서 씻고 자네 친구 리날디를 만나보게."

나는 짐을 들고 밖으로 나와 2층으로 올라갔다. 리날디는 방에 없었지만 그의 물건들은 그대로 있었다. 나는 구두를 벗고 침대에 벌렁 누워 캐서린을 생각하며 리날디가 돌아오기를 기다렸다. 밤에 잠들기 전 외에는 되도록 캐서린 생각을 하지 않을 작정이었다. 하지만 지금은 피곤한 데다 별 할 일도 없었기에 그녀의 모습을 떠올렸다. 내가 그렇게 침대에 누워 그녀 생각을 하고 있을 때 리날디가 들어왔다. 그는 전과 변함이 없는 모습이었다. 아니, 조금 야윈 것 같기도 했다.

"오, 베이비!" 그가 소리쳤다. 나는 몸을 일으켜 침대 위에 앉았다. 그는 내 곁으로 와 앉더니 나를 두 팔로 껴안았다. 그가 내 등을 철썩 때렸고 나는 그의 두 팔을 잡았다.

"우리 베이비, 어디 무릎 좀 보여줘."

"바지를 벗어야 하는데."

"벗어. 놈들이 어떻게 해놓았는지 궁금해서 그래."

나는 바지를 벗고 무릎 보호대를 풀었다. 그는 마룻바닥에 주저앉아 내 무릎을 가만히 앞뒤로 폈다가 구부렸다 했다.

"이걸로 치료가 다 됐다는 거야?"

"맞아."

"아니, 이런 상태로 전선으로 보내는 건 범죄야. 완벽하게 접합을 시켜야지."

"그래도 전보다는 많이 나아졌어. 그전에는 널빤지처럼 뻣뻣했거든."

리날디는 다시 한번 내 무릎을 구부렸다. 나는 그의 손을 바라보았다. 천생 외과 의사의 손이었다.

그가 몸을 일으켜 침대 위에 걸터앉았다.

"암튼 무릎 자체는 큰 이상이 없어. 자, 이제 전부 이야기해 봐."

"별로 이야기할 것 없어. 그저 조용히 지냈을 뿐이야." 내가 대답했다.

"마치 결혼한 남자처럼 행동하네. 도대체 어떻게 된 거야?"

"뭐가 어때서 그래? 자네야말로 어떻게 된 건가? 예전 자네와 다른 것 같아." 내가 오히려 그에게 물었다.

"이 전쟁이 나를 죽이고 있어. 우울해 죽을 지경이야." 리날디가 말했다. "여름과 가을 내내 수술만 했어. 밤낮으로 일과 씨름을 했지. 모든 일을 도맡아 한 셈이야. 힘든 일은 모두 내게 떠맡겼다니까. 이봐, 베이비, 나는 아주 훌륭한 외과 의사가 되어가고 있는 중이야, 허허."

"그건 듣기 좋은데."

"생각이라고는 전혀 안 해. 제길, 생각을 아예 안 한다니까! 그저 수술만 할 뿐이야."

"그거, 좋은 일이네."

"하지만 베이비, 이제 모두 끝났어. 이제 수술도 안 해. 마치 지옥에 있는 것 같은 느낌이야. 이건 무서운 전쟁이야, 베이비. 자, 이런 이야기 그만하세. 자네 레코드판은 사 왔겠지?"

"응."

나는 배낭을 풀어서 마분지 상자 안에 잘 싸놓은 레코드판을 꺼냈다.

그가 레코드판을 받으며 말했다.

"고마워. 자, 우리 베이비가 오랜만에 왔으니 한잔 안 할 수 없지. 그런 뒤 밖에 나가서 몸 좀 풀어보자고. 그럼 기분이 한결 나아질 거야."

"황달을 앓아서 조심해야 하지만 어쨌든 한잔 하지."

"우리 불쌍한 베이비. 황달까지 앓다니! 그러고도 용케 내 곁으로 돌아왔군. 신중한 겁쟁이가 되어서 말이야. 다시 말하지만 이 전쟁은 정말 끔찍해. 어쩌다 이 지경이 된 걸까?"

그는 세면대 쪽으로 가더니 유리컵 두 개와 코냑 한 병을 들고 왔다.

우리는 밖이 어두워질 때까지 농담을 주고받으며 술을 마셨다. 나는 창가로 가서 창문을 열었다. 비는 어느새 그쳐 있었다. 나무들은 안개에 잠겨 보이지 않았다. 나는 리날디를 다시 만나게 되어 기뻤다. 그는 2년 동안 나를 골려 먹었지만 나는 늘 그가 좋았다. 우리는 서로를 잘 이해하고 있었다.

"자네, 결혼한 거야?" 침대에 앉아 그가 물었다. 나는 벽에 기댄 채 창가에 서 있었다.

"아직."

"사랑해?"

"응."

"그 영국 여자?"

"응."

"불쌍한 베이비. 그녀가 잘 해줘?"

"물론이지."

"아니, 아주 구체적으로 쓸 만하냐 이거야."

"아가리 닥쳐!"

"그래, 그만두자. 내가 섬세한 사람이라서 그러는 건데…… 그러니까 그 여자가……."

"이봐," 내가 말했다. "제발 그만하게. 자네가 내 친구이고 싶으면 제발 그만해."

"하긴 내게는 결혼한 친구가 없지. 둘이 서로 사랑하면 나하고는 친구가 될 수 없더라고."

"그건 왜?"

"나를 좋아하지 않아."

"왜?"

"나는 뱀이거든. 이성의 뱀."

"이런, 혼동하지 마. 에덴동산의 사과가 이성이야."

"아니야, 뱀이야."

그는 한결 기분이 유쾌해진 듯했다.

"자네는 심각하지 않을 때가 좋아." 내가 말했다.

"자네가 좋아, 베이비. 자네는 내가 위대한 이탈리아 사상가가 되려고 할 때마다 김을 빼버리지. 하지만 나는 말은 하지 않아도 많은 걸 알고 있어. 자네보다 더 많이 알고 있어."

"사실이야."

"하지만 자네가 훨씬 보람된 삶을 살게 될 거야. 내가 행복하다고 느끼는 건 오직 일을 할 때뿐이야."

"언젠가 극복하겠지."

"아니야. 일 외에 내가 좋아하는 건 단 두 가지뿐이야. 하나는 내 일에 해로운 것이고 다른 하나는 삼십 분이나 십오 분이면 끝나는 것. 때로는 그보다 짧지."

"그보다 훨씬 짧게 끝날 때도 있고."

"아냐, 이제 좀 나아졌다고, 베이비! 자넨 몰라. 어쨌든 내게는 그 두 가지와 일밖에 없어."

"다른 걸 찾을 수 있을 거야."

"아니, 우리는 아무것도 새로 얻지 못해. 우리는 태어날 때 이미 다 갖고 태어나는 거야. 새로 배우는 건 없어. 우리는 완벽하게 갖춰진 채 출발하는 거야. 자, 그만하자. 이것저것 너무 생각하면 피곤해지는 법이야."

아까 그가 방으로 들어섰을 때 그는 피곤한 모습이었다.

그가 말을 이었다.

"식사 시간이 거의 다 됐군. 자네가 돌아와서 기뻐. 자네는 나의 가장 친한 친구이자 전우라네."

"전우들은 몇 시에 식사를 하나?" 내가 물었다.

"곧 할 거야. 자네 간장(肝腸)을 위해 한 잔 더 하지."

리날디는 그의 잔과 내 잔에 코냑을 따랐다. 그가 잔을 높이 치켜들며 말했다.

"자네의 여자를 위하여!"

"좋아요!"

"자네 여자에 대해서는 절대로 추잡한 말을 하지 않겠네."

"너무 신경 쓸 필요는 없어."

그가 코냑을 단숨에 들이키며 말했다.

"난 순수해. 베이비, 나도 자네와 같아. 나도 영국 여자를 얻을 거야. 실제로는 그 여자를 내가 먼저 알았지. 그런데 내게는 키가 좀 컸어. 키 큰 여자는 누이로 삼을지어다." 그가 어디선가 본 대목을 인용했다.

"자네 마음은 아름답고 순수해." 내가 말했다.

"그렇지? 그래서 나를 보고 모두 리날디 푸리시모(순결한 리날디-옮긴이 주)라고 부르는 거야."

"리날디 스포르시시모(바람둥이 리날디-옮긴이 주)는 아니고?"

"자, 베이비, 내 마음이 아직 순결할 때 내려가서 식사를 하자고."

나는 세수를 하고 머리를 빗은 다음 그와 함께 계단을 내려갔다. 리날디는 약간 취해 있었고 그의 손에는 코냑 병이 들려 있었다. 식당에는 아직 식사 준비가 되어 있지 않았다. 리날디는 큰 잔 둘에 코냑을 각각 반 잔씩 따랐다. 그는 단숨에 잔을 비웠고 나는 반만 마셨다.

잠시 후 소령이 식당으로 들어와 우리에게 고개를 끄덕이더니 자리에 앉았다. 식탁에 앉은 그의 모습은 평소보다 더 왜소해 보였다.

"이게 전부 모인 건가?" 소령이 물었다. 당번병이 수프 접시를 내려놓고 접시마다 가득 담았다.

"다 온 겁니다. 군종신부만 빼놓고요. 페데리코가 돌아온 걸 알면 올 겁니다." 리날디가 말했다.

"어디 있는데?" 내가 물었다.

"307부대에 가 있어." 소령이 수프를 입에 떠 넣으며 대답했다. "아마 곧 올 거야. 내가 전화를 걸어서 자네가 돌아왔다는 걸 알려주라고 했어."

"시끌벅적하던 식당이 그립군요." 내가 말했다.

"그래, 이제 조용해졌지." 소령이 말했다.

"내가 시끄럽게 떠들어주지." 리날디가 말했다.

소령이 내게 포도주를 따라주었다. 이윽고 스파게티가 나오자 우리는 모두 먹는 데 집중했다. 우리가 스파게티를 다 먹었을 무렵 신부가 들어왔다. 전과 조금도 다름없이 갈색 피부에 아담한 모습이었다. 나는 자리에서 일어났고 우리는 악수를 나누었다. 그가 자신의 손을 내 어깨에 얹었다.

"소식 듣고 곧바로 달려오는 길입니다."

"어서 앉아요. 늦었군요." 소령이 말했다.

당번병이 신부에게 수프를 가져왔지만 그는 스파게티부터 먹겠다고 했다.

"잘 지내셨어요?" 신부가 내게 물었다.

"그럼요. 그래 신부님은 어떻게 지냈어요?" 내가 말했다.

"자, 와인 한 잔 드십시오, 신부님" 리날디가 말했다. "신부님의 위장을 위해서 와인 한 잔 드시란 말입니다. 사도 바울이 한 말 아닙니까?"

"네, 알고 있습니다." 신부가 공손하게 말했다. 리날디가 신부의 잔을 채웠다.

"성 바울은 말입니다." 리날디가 말했다. "몸이 아직 뜨거울 때 실컷 술 퍼마시고 여자 꽁무니만 쫓아다니다가 싫증이 나니까 다 소용없다고 말했다 이겁니다. 그러고는 아직 온몸이 뜨거운 우리에게 그런 걸 하면 안 된다는 규칙을 만들었다 이겁니다. 어이, 페데리코, 내 말이 틀렸나?"

그는 상당히 취해 있었다. 소령은 웃었다. 우리는 이제 쇠고기 스튜를 먹고 있었다.

"나는 날이 어두워진 다음에는 사도 바울 이야기는 하지 않아.” 내가 말했다. 스튜를 먹고 있던 신부가 고개를 들어 나를 보며 웃었다. 그는 이제 아무리 놀려도 조금도 당황하지 않았다.

“어럽쇼, 이제 신부 편을 드시는군.” 리날디가 말했다. “신부를 골려 먹던 친구들은 다 어디로 간 거지? 카발칸티는? 브룬디는? 체사레는? 도와주는 친구 하나 없이 나 혼자 신부를 놀려야 하는 거야?”

“이분은 훌륭한 신부님이야.” 소령이 말했다.

“암, 훌륭한 신부다마다! 그래봤자 신부는 신부지 뭐! 난 이 식당을 옛날처럼 만들고 싶다고! 페데리코를 즐겁게 해주고 싶단 말이야. 신부여, 지옥에나 가시길!”

소령은 리날디를 쳐다보고 그가 취했음을 알아차렸다.

“괜찮아요, 리날디 중위님.” 신부가 말했다. “다 괜찮아요.”

“지옥에나 가라니까! 이놈의 전쟁이고 뭐고 모조리 다 지옥으로 가라고! 놈들이 매일 밤 나를 없애버리려고 해. 내가 싸워서 쫓아낼 거야. 그까짓 것 좀 걸리면 어때! 누구나 걸리는 건데. 세상 놈들이 다 걸렸는데.” 그는 마치 강의를 하듯 말을 이어나갔다. “처음에는 그저 작은 부스럼이 생긴다. 그런 후 어깻죽지 사이에 뾰루지가 돋는다. 그런 후 아무런 증상도 나타나지 않는다. 우리가 믿는 건 수은뿐이다.” 리날디가 의자 깊숙이 몸을 묻었다.

"긴장한 데다 지친 걸세." 소령이 내게 말했다. 소령은 쇠고기 요리를 먹은 후 스튜 국물을 빵 조각에 적셔서 먹었다.

당번병이 커피를 날라 왔다. 후식으로는 일종의 흑빵 푸딩이 나왔다. 리날디는 이제 잠잠했다. 우리는 잡담을 나누고 커피를 마신 뒤 복도로 나갔다.

"자네는 신부와 이야기를 나누고 싶겠지. 나는 시내에 나가 봐야 해." 리날디가 말했다. "신부님, 가보겠습니다."

"잘 가세요, 리날디." 신부가 말했다.

"프레디, 그럼 좀 있다가 보자고." 리날디가 내게 말했다.

"일찍 돌아오게." 내가 말했다.

곁에 있던 소령이 말했다.

"저 친구는 과로 때문에 몹시 지쳐있어. 게다가 자신이 매독에 걸렸다고 생각하는 거야. 나는 그럴 리가 없다고 생각하지만 혹시 모를 일이지. 그럼 잘들 가게. 엔리코(헨리), 자네는 날이 밝기 전에 떠날 거지?"

"네."

"그럼 잘 가게. 행운을 비네. 페두치가 자네를 깨워서 함께 갈 걸세."

"안녕히 계십시오, 소령님."

"잘 가게. 오스트리아군이 공격을 할 것이라고들 하지만 나는 믿지 않아. 그러지 않기를 바라기도 해. 어쨌건 여긴 괜찮을 거야. 지노가 자네에게 모든 걸 설명해줄 걸세. 이제 전화도 잘 된다네."

"정기적으로 전화를 드리겠습니다."

"그래 주게나. 리날디가 브랜디를 너무 많이 마시지 않게 해 주게."

"그렇게 하겠습니다."

"잘 가시오, 신부."

"안녕히 주무십시오, 소령님."

소령은 자신의 사무실로 들어갔다.

제26장

"2층으로 올라갈까요?" 내가 신부에게 물었다.

"잠깐밖에는 시간이 없습니다."

"자, 올라오세요."

우리는 계단을 올라가 내 방으로 들어갔다. 나는 리날디의 침대에 눕고 신부는 나의 간이침대에 앉았다. 방안은 어두웠다.

"정말 몸은 괜찮으십니까?" 신부가 물었다.

"괜찮습니다. 오늘 밤은 좀 피곤할 뿐입니다."

"나도 별 이유 없이 피곤합니다."

"전쟁은 어떤가요?"

"곧 끝날 것만 같습니다. 이유는 모르겠어요. 다만 그렇게 느낄 뿐입니다."

그는 내가 이곳을 떠날 때보다 훨씬 자신감이 있어 보였다.

그가 계속 말했다.

"정말 끔찍한 여름이었습니다. 중위님은 상상할 수도 없을 겁니다. 많은 사람들이 이번 여름 비로소 전쟁의 실상을 깨달을 수 있었습니다. 절대로 그것을 깨닫지 못할 것 같던 장교들도 이제는 깨닫고 있습니다."

"어떻게 될 것 같습니까?" 나는 손으로 담요를 쓰다듬었다.

"잘은 모르지만 오래 갈 것 같지는 않습니다."

"어떻게 될 건데요?"

"싸움을 그치겠지요."

"누가요?"

"양쪽 모두가요."

"글쎄요. 나도 그러길 바랍니다만 쌍방이 동시에 전쟁을 그만둔다는 게 믿어지지 않는군요. 지난여름 어느 쪽이 승리했나요?"

"아무 쪽도요."

"오스트리아군이 이긴 거 아닌가요? 산가브리엘레를 지켜냈으니까요. 그들이 승리한 겁니다. 그들은 전쟁을 그만두지 않을 겁니다."

"그들도 우리처럼 전쟁을 그만둬야 한다고 느낄 수도 있지 않을까요? 그들도 우리와 똑같은 경험을 했으니까요."

"이기고 있을 때 전쟁을 그만두는 경우는 없었습니다."

"그럼 중위님은 언제까지고 전쟁이 계속될 거란 말씀이신가요? 아무 일도 일어나지 않은 채 그냥 이대로 이어지리라는 겁니까?"

"모르겠습니다. 다만 오스트리아군이 이기고 있는 한 전쟁을 그만둘 리는 없다고 생각할 뿐입니다. 우리는 패배했을 때만 기독교인이 됩니다."

"오스트리아도 기독교 국가이지요. 물론 보스니아는 빼고 말입니다."

"아니, 그런 의미의 기독교도를 말하는 게 아닙니다. '우리의 주님' 같은 의미의 기독교를 말하는 겁니다."

그는 아무 말도 하지 않았다. 내가 계속 말했다.

"우리가 전투에 패배했기에 양순해졌다는 말입니다."

"중위님 말씀을 들으니 기운이 꺾이네요. 나는 그 무슨 일인가 일어나리라고 믿고 있고 그러기를 기도하고 있습니다. 그리고 그때가 가까워졌다고 믿고 있습니다."

"무슨 일이건 일어나긴 일어나겠지요. 하지만 그건 오로지 우리들에게만 일어나는 일일 겁니다. 그들도 우리처럼 느끼게 된다면 그건 아주 좋은 일이겠지요. 하지만 그들은 승리했습니다. 그들은 다르게 느끼고 있을 겁니다."

"소속이야 어떻건 많은 군인들은 모두 비슷한 걸 느끼고 있을 겁니다. 꼭 전투에 패배해야만 느끼는 게 아니지요."

"그렇긴 하네요. 대부분의 군인들은 애당초 패배한 겁니다. 농장에서 끌려와 군대로 들어올 때부터 이미 패배한 거지요. 농부들에게 지혜가 있는 건 그들이 애당초 패배한 존재들이기 때문입니다. 그들에게 권력을 주면 그들이 얼마나 슬기로운지 알게 될 텐데……."

신부는 아무 말도 없었다. 그는 생각에 잠겨 있었다.

"나도 의기소침해 있는 건 마찬가지입니다." 내가 말했다. "그래서 이런 일에 대해서는 애당초 생각을 안 하려는 겁니다. 나는 생각을 하지 않습니다. 그런데도 일단 말을 시작하면 그냥 마음에 떠오르는 것들을 아무 생각 없이 입 밖에 내게 됩니다."

"전에는 그래도 그 무언가 기대하고 있었습니다." 신부가 말했다.

"패배를요?"

"아뇨, 그 이상의 것을."

"그 이상의 것은 없습니다. 승리 말고는. 패배 아니면 승리지요. 그리고 아마 승리가 더 나쁠지도 모릅니다.”

“나는 오랫동안 승리를 바라고 있었습니다.” 신부가 말했다.

“나도 마찬가지입니다.” 내가 맞장구를 쳤다.

“하지만 이제는 모르겠어요.”

“승자건 패자건 둘 중 하나가 돼야 합니다.”

“이제 더 이상 승리를 믿을 수 없습니다.” 신부가 말했다.

“나도 믿지 않습니다. 하지만 나는 패배도 믿지 않습니다. 설혹 그것이 더 나은 것이라 할지라도.”

“그럼 중위님은 무엇을 믿습니까?”

“잠을 믿습니다.” 내가 대답했다. 신부가 몸을 일으켰다.

“이거 너무 오래 귀찮게 해드려서 죄송합니다. 중위님과 이야기를 나누면 즐거워서요.”

“신부님과 다시 이야기를 할 수 있어서 좋았습니다. 잠 이야기, 별 뜻 없이 한 말이니 괘념치 마십시오.”

우리는 일어나서 어둠 속에서 악수를 나누었다.

“나는 지금 307부대에 머물고 있습니다.” 신부가 말했다.

“나는 내일 아침 일찍 진지로 떠납니다.”

“돌아오시면 뵙지요.”

“산책하면서 이야기를 좀 더 나눌까요?” 내가 문가까지 그를 배웅하며 말했다.

"내려오지 마세요. 중위님이 돌아오셔서 너무 기쁩니다. 중위님께야 하나도 반가울 일이 아니겠지만요."

그가 내 어깨 위에 한 손을 얹었다.

"난 괜찮습니다. 자, 잘 가세요." 내가 말했다.

"그럼 안녕히. 차우!" 그가 내게 인사했다.

"차우!" 내가 말했다. 더 이상 참을 수 없을 정도로 졸음이 밀려왔다.

제27장

리날디가 돌아왔을 때 나는 잠에서 깨었지만 그가 아무 말이 없었기에 나는 다시 잠이 들었다. 아침에 나는 옷을 챙겨 입고 날이 밝기 전에 출발했다. 리날디는 내가 출발할 때까지 잠에서 깨어나지 않았다.

나는 바인시차에 한 번도 가본 적이 없었다. 내가 부상을 입었던 강 위의 진지를 지나 이전에 오스트리아군이 있었던 언덕을 오르자니 기분이 야릇했다. 도로는 어느 파괴된 마을에서 끝나 있었다. 전선은 마을 너머 위쪽에 있었다. 주변에는 포병들이 많이 있었다. 집들은 심하게 파손되어 있었지만 대체적으로 질서정연했고 도처에 표지판이 있었다. 나는 지노를 만났고 그에게 커피를 얻어 마셨다. 지노는 훌륭한 청년이었고 모두들 그를 좋아하는 것 같았다.

지노는 오스트리아군이 아군 건너편과 바로 위쪽 테르노바 능선을 따라 숲속에 커다란 야포 진지를 구축해 놓았다고 내게 알려주었다.

지노의 말에 의하면 우리들 진지 바로 건너편에 크로아티아 병사들과 헝가리 병사들이 진을 치고 있었다. 만일 오스트리아군이 공격해올 경우 방어할 철책도 없고 퇴로도 없다고 그는 말했다. 방어하기 좋은 지점에 방어 태세를 전혀 갖추고 있지 않다는 것이었다.

그는 애국자였다. 이런 식으로 해서는 전쟁에 질 수밖에 없다고 내가 말하자 그는 즉각 내게 말했다.

"진다는 이야기는 그만하시지요. 그런 이야기는 신물이 나니까요. 이번 여름에 겪은 고생이 헛수고로 끝날 수는 없어요."

나는 아무 말도 하지 않았다. 나는 신성(神聖)이니 영광이니 희생이니 하는 공허한 표현들을 들으면 늘 당혹스러웠다. 우리는 고함소리만 겨우 들릴 뿐 거의 아무 소리도 들리지 않는 빗속에 서서 그런 말들을 들었다. 또한 케케묵은 포고문 위에 덧씌워 놓은 포고문들에서 그런 표현들을 읽었다. 나는 신성한 것을 실제로 본 적이 없으며 영광스럽다고 말하는 것들에서는 조금도 영광을 느낄 수 없었다. 또한 희생이란 고깃덩어리를 땅속에 파묻는 것 외에는 할 수 있는 일이라고는 아무것도 없는 시카고의 도살장과도 같았다. 도저히 참고 들을 수 없는 단어들이 너무 많았으며 오로지 지명만이 위엄을 지니고 있을 뿐이었다. 숫자나 날짜들만이 지명과 함께 우리가 말할 수 있는 것이었으며 의미가 있는 것들이었다. 영광, 명예, 용기, 신성 따위의 추상적인 말들은 마을의 이름이나 도로 번호, 강 이름, 연대의 번호, 날짜들에 비하면 오히려 외설스러웠다. 지노는 애국자여서 나와 그를 갈라놓을 수밖에 없는 말들을 많이 했다. 하지만 어쨌든 그는 좋은 청년이었고 그가 애국자라는 사실을 나는 납득할 수 있었다. 그는 그렇게 태어났다. 그는 페두치와 함께 자동차를 타고 고리치아로 돌아갔다.

하루 종일 폭풍우가 몰아쳤다. 비바람이 휘몰아치고 있었고 가는 곳마다 물웅덩이와 진흙투성이였다. 비는 오후 늦게야 그쳤다. 해가 다시 한번 얼굴을 보이더니 산마루 너머의 헐벗은 숲을 비추었다. 산등성이 숲에는 오스트리아군 대포들이 있었지만 몇 대의 대포만 불을 뿜고 있었다. 그때였다. 갑자기 전선 근처 파괴된 농가 상공에서 둥근 유산탄 포연이 일었다. 한가운데 노랗고 하얀 섬광이 번득이고 있는 부드러운 연기 덩어리였다. 섬광이 번쩍이더니 이어서 포성이 들렸고 뒤이어 바람에 날리며 흩어지는 연기 덩어리가 보였다. 파괴된 인가의 폐허 속에서, 파손된 농가 옆 도로에서 유산탄 파편이 뒹굴었지만 그날 오후에는 아직 진지 근처에는 포격이 가해지지 않았다.

밤이 되자 바람이 일더니 새벽 3시쯤부터 비가 억수같이 쏟아졌다. 순간 포격이 시작되었고 크로아티아 부대가 산간 목초지를 가로지른 다음 숲을 통과해 제1선으로 돌격해 왔다. 그들은 폭우가 내리는 어둠 속에서 전투를 벌였고 제2선의 병사들이 놀란 가운데 반격을 가해 그들을 격퇴했다. 빗속에서 적들은 포격을 가했고 수많은 로켓탄을 발사했으며 전선을 따라 기관총과 소총을 쏘아댔다. 그들은 다시 공격해오지 않았고 사위는 다시 잠잠해졌다. 돌풍과 비 사이로 저 멀리 북쪽에서 맹렬한 포격 소리가 들려왔다.

부상병들이 들것에 실려서, 혹은 제 발로, 혹은 남의 등에 업혀서 속속 진지로 도착했다. 그들은 비에 흠뻑 젖은 채 겁에 질려 있었다. 우리는 부상병들이 진지 지하 벙커로부터 위로 올라오는 대로 두 대의 앰뷸런스에 가득 실었다. 두 번째 앰뷸런스의 문을 닫고 걸쇠를 걸 때에는 얼굴을 때리던 비가 어느덧 눈으로 바뀌어 있었다. 눈송이는 비에 섞여 펑펑 쏟아지고 있었다.

날이 밝자 폭풍은 여전했지만 눈은 그쳐 있었다. 눈은 젖은 땅에 내리자마자 녹아버렸고 다시 비가 내리기 시작했다. 날이 밝자 다시 공격이 있었지만 그들은 성공을 거두지 못했다. 우리는 하루 종일 공격에 대비했지만 해가 질 때까지 공격이 없었다. 포격은 오스트리아 포병대가 집결해 있는 길쭉한 남쪽 삼림지대 산마루에서 시작되었다. 우리에게도 포격이 있으리라 예상되었지만 아무 일도 일어나지 않았다. 날이 점점 어두워졌다. 마을 뒤쪽 들판에서 대포가 불을 뿜었고 포탄이 공중을 날아가면서 기분 좋은 소리를 냈다.

남쪽에서의 적들의 공격이 성공하지 못했다는 소식이 우리에게 들려왔다. 그날 밤 적들은 공격하지 않았다. 그런데 적들이 북쪽을 돌파했다는 소식이 들려왔다. 밤에 우리에게 후퇴 준비를 하라는 명령이 전달되었다. 진지에서 한 대위가 우리에게 그 명령을 전했다. 대위는 그 명령을 여단 사령부로부터 하달받았다고 했다. 그런데 잠시 뒤 전화를 받고 돌아오더니 잘못된 명령이라고 했다. 여단 사령부로부터 무슨 일이 있어도 바인시차 전선을 고수하라는 명령을 다시 받았다는 것이었다. 나는 대위에게 아군 전선이 돌파당한 게 사실이냐고 물었다. 대위는 오스트리아군이 카포레토 쪽 제27군단을 돌파했다는 소식을 여단으로부터 들었다고 대답했다. 북쪽에서는 하루 종일 큰 전투가 있었다는 것이었다.

"놈들이 그곳을 돌파했다면 우리는 끝장이야." 그가 말했다.

"독일군이 공격을 해왔대." 군의관 한 명이 말했다. 독일군이라는 단어는 듣기만 해도 섬뜩한 단어였다. 우리는 독일군과는 절대로 엮이고 싶지 않았다.

"독일군 열다섯 개 사단이 나섰대. 아군 전선을 돌파했다는 거야. 그렇다면 우리는 고립되는 건데." 군의관이 말을 이었다. "여단 사령부에서는 이 전선을 고수해야 한다는 거야. 아직 완전히 돌파당한 건 아니고 몬테마조레 산악지대를 가로지르는 전선을 확보하겠다는 거야."

"그런 소식을 어디서 들었습니까?"

"사단 사령부에서."

"그렇다면 아까 후퇴하라는 명령도 사단 사령부에서 하달된 건가요?" 누군가 물었다.

이번에는 내가 말했다.

"우리는 군단 사령부 밑에서 움직이고 있어요. 하지만 여기서는 대위님 밑에서 움직이고 있습니다. 대위님이 후퇴하라면 당연히 후퇴하는 겁니다. 어쨌든 명령을 정확히 전달받으십시오."

"여기 머물러 있으라는 게 내가 받은 명령이야. 자네는 부상병들을 이곳 전선으로부터 응급 치료소로 운반해 주게."

"때에 따라서는 응급 치료소로부터 야전 병원으로 옮기는 경우도 있습니다." 내가 말했다. "저는 아직 후퇴를 경험한 적이 없습니다. 그러니 말해주십시오…… 만일 후퇴하게 되면 모든 부상병들을 어떻게 후송합니까?"

"부상병들은 후송 대상이 아니야. 각자 알아서 해야 하고 그렇지 않은 자는 그냥 남는 거야."

"그렇다면 앰뷸런스에는 뭘 싣습니까?"

"병원 장비들."

"알겠습니다." 내가 대답했다.

명령이 바뀌어 다음 날 밤 퇴각이 시작되었다. 독일군과 오스트리아군이 북쪽 전선을 돌파해서 치비달레와 우디네를 향해 계곡을 타고 내려온다는 소식이 들렸다. 비가 내리는 가운데 우울한 퇴각은 질서정연하게 이루어졌다. 밤중에 혼잡한 도로에서 우리가 모는 앰뷸런스는 빗속을 행진하는 부대와 대포,

대포를 끄는 말들, 노새와 트럭들을 앞질렀다. 모두가 전선으로부터 이동하는 중이었다. 진군할 때와 마찬가지로 퇴각할 때도 혼란은 없었다.

우리는 이튿날 점심때쯤 되어 고리치아에 도착했다. 비는 그쳐 있었고 마을은 거의 텅 비어 있었다. 길을 따라 올라가다 보니 병사들이 사병들 위안소의 아가씨들을 트럭에 태우고 있었다. 모두 일곱 명이었다. 여자들은 모자를 쓰고 외투 차림에 작은 가방들을 들고 있었다. 그중 두 명의 여자가 울고 있었다. 나머지 여자들은 웃으며 우리들에게 손을 흔들었다.

나는 차를 세우고 여주인에게 말을 걸었다. 장교들 위안소의 여자들은 오늘 아침에 떠났어요, 라고 그녀가 말했다. 어디로 갔습니까? 코넬리아노로요. 트럭이 출발했고 여주인이 내게 손을 흔들었다. 두 여자는 여전히 울고 있었다. 다른 여자들은 재미있다는 표정으로 마을을 둘러보았다. 나는 다시 차에 올라탔다.

우리가 숙소로 쓰던 별장은 텅 비어 있었다. 리날디도 병원과 함께 철수하고 없었다. 소령도 병원 요원들과 함께 간부용 차를 타고 떠난 뒤였다. 창문에 내게 전하는 쪽지가 붙어 있었다. 복도에 쌓아놓은 물건들을 싣고 포르데노네로 오라는 내용이었다. 앰뷸런스 정비공들도 떠나고 없었다. 나는 차에서 내려 차고로 갔다. 내가 그곳에 있는 동안 두 대의 앰뷸런스가 도착하더니 운전병들이 차에서 내렸다. 비가 다시 내리기 시작했다.

내가 운전병들에게 말했다.

"엔진오일을 갈아 넣고 엔진에 기름칠을 하도록. 휘발유도 가득 채운 다음 현관 앞에 차를 대도록 해. 남아 있는 잡동사니들을 실어야 하니까. 그런 후 출발 전까지 세 시간 동안 잠을 자도록. 잠잘 곳은 얼마든지 있으니까."

그들은 앰뷸런스들을 별장 현관 앞에 세워놓았다. 나는 그들이 남아 있는 병원 장비 싣는 일을 도와주었다. 앰뷸런스 세 대가 비 내리는 차도에 한 줄로 나란히 섰다.

세 명의 운전병 중 보넬로와 피아니는 각자 마음에 드는 방을 찾아 잠을 자러 갔지만 아이모는 졸리지 않다며 그동안 파스타 요리를 만들겠다고 했다. 나는 세 시간 후에도 내가 일어나지 않으면 깨워달라고 아이모에게 부탁하고 계단을 올라가 나와 리날디가 쓰던 방으로 들어갔다.

밖에는 아직 비가 내리고 있었다. 나는 창가로 가서 밖을 내다보았다. 점점 어두워지고 있었다. 앰뷸런스 세 대가 나무 밑에 나란히 서 있는 모습이 보였다. 비에 젖은 나무에서 물방울이 뚝뚝 떨어지고 있었다. 날씨는 추웠으며 나뭇가지에 물방울들이 매달려 있었다. 나는 리날디가 쓰던 침대에 누워 잠을 청했다.

출발 전에 우리는 부엌에서 식사를 했다. 아이모가 양파와 잘게 썬 통조림 고기를 넣은 스파게티를 한 동이 만들었다. 우리는 식탁에 둘러앉아 그곳에 남아 있던 포도주들 중 두 병을 비웠다. 밖은 어두웠으며 여전히 비가 내리고 있었다. 피아니는 거의 졸다시피 하면서 식탁에 앉아 있었다.

"나는 진격보다 후퇴가 좋아." 보넬로가 말했다. "후퇴할 때는 바르베라를 마실 수 있거든."

"지금 마시고 있잖아. 하지만 내일은 빗물을 마시게 될지도 몰라." 아이모가 말했다.

그러자 보넬로가 그의 말을 받았다.

"내일이면 우디네에 도착하겠지. 샴페인을 마실 거야. 병역 기피자들이 살고 있는 곳이거든. 어이, 피아니, 정신 좀 차려! 내일 우디네에서 샴페인을 마실 거라니까!"

"자는 거 아냐." 피아니가 말했다. 그는 접시에 스파게티를 수북이 담았다.

"많이 드셨습니까. 중위님?" 아이모가 내게 물었다.
"응, 많이 먹었어. 아이모, 내게도 술 한 병 줘."
"차마다 한 병씩 실어놨습니다." 아이모가 말했다.
"자네, 한숨도 안 잔 거야?"
"전 본래 잠이 적습니다. 조금 눈을 붙이긴 했습니다."
"내일은 국왕의 침대에서 자게 될 거야." 보넬로가 말했다. 기분이 아주 좋아 보였다.
"내일은 어쩌면 누군가 옆에 끼고……." 피아니가 말했다.
"난 여왕이랑 잘 거야." 보넬로가 말했다. 그는 농담을 하고는 슬쩍 내 반응을 살폈다.
"너는 말이야, 여왕이 아니라……." 피아니가 아직 잠이 덜 깬 목소리로 말했다.
"중위님, 이건 반역죄이지요? 그렇지 않습니까?" 보넬로가 말했다.
"그만들 입 닥쳐. 포도주 몇 잔에 간이 잔뜩 부어 있군." 내가 말했다. 밖에는 비가 세차게 퍼붓고 있었다. 나는 시계를 보았다. 아홉 시 반이었다.
"이제 출발할 시각이야." 내가 자리에서 일어나며 말했다.
"누구 차에 타실래요, 중위님?" 보넬로가 물었다.

"번갈아 탈게. 우선 피아니 차에 탄다. 그리고 코르몬스 행 가도를 달리기로 한다."

"어디로 후퇴할 건가요, 중위님." 아이모가 물었다.

"탈리아멘토 강 너머라는군. 포르데노네에 병원과 작전 지구를 설치할 모양이야."

"여기가 포르데노네보다 좋은 곳입니다."

"나는 포르데노네에 대해서는 몰라. 그냥 지나치기만 했을 뿐이야."

"별 볼일 없는 곳입니다." 아이모가 말했다.

제28장

마을을 빠져나가면서 보니 간선도로를 지나가는 부대와 대포 행렬만 보일 뿐 비에 젖은 어두운 마을은 텅 비어 있었다. 각기 다른 방향으로부터 온 트럭들과 마차들이 간선도로로 합류하고 있었다. 우리도 피혁 공장 앞을 지나 간선도로로 들어섰다. 군부대와 트럭들, 짐 마차와 야포들이 길게 늘어선 채 천천히 움직이고 있었다. 우리는 빗속을 천천히, 하지만 쉬지 않고 앞으로 나아갔다.

그러나 어느 순간 행렬이 멈춰선 채 그 자리에서 꼼짝도 하지 않았다. 나는 차에서 내려 앞쪽으로 1.5킬로미터 정도 걸어가 보았다. 멈춰 선 행렬 저 앞에서 부대가 움직이는 모습이 보였지만 행렬은 꼼짝도 하지 않았다. 어쩌면 우디네까지 길이

꽉 막혀 있을지도 몰랐다. 다시 앰뷸런스로 돌아오니 피아니는 핸들 위에 엎드려 잠을 자고 있었다. 나도 그의 옆자리로 올라가 눈을 붙였다. 몇 시간 뒤 바로 앞의 트럭에서 시동 거는 소리가 났다. 나는 피아니를 깨웠고 우리는 출발했다. 하지만 몇 미터도 못 가서 행렬은 멈추었고, 그런 식으로 조금씩 가다서다를 반복했다. 한밤중이었고 여전히 비가 내리고 있었다. 얼마 후 행렬은 멈춰 선 채 꼼짝도 하지 않았다.

나는 차에서 내려 아이모와 보넬로를 보러 갔다. 보넬로는 공병 하사관 두 명을 차에 태우고 있었다. 내가 가까이 가자 두 명의 하사관은 긴장한 듯 굳은 표정이 되었다.

"이 두 사람은 교량 작업을 하느라 남아 있었답니다." 보넬로가 말했다. "소속 부대를 찾을 수 없다기에 태웠습니다."

"중위님, 허락해 주십시오." 하사관 한 명이 말했다.

"좋아, 허락하지." 내가 말했다.

"중위님은 미국인이셔서 아무나 태워주세요. 이탈리아 분이 아니시거든." 보넬로가 말했다. 하사관들은 미소를 지었지만 믿는 눈치는 아니었다. 나는 그들을 떠나 아이모에게로 갔다.

그의 차에는 두 명의 젊은 여자들이 타고 있었고 아이모는 느긋하게 담배를 피우고 있었다. 순진한 시골 처녀들이었고 자매간이었다. 그녀들은 잔뜩 겁에 질려 있었다. 아이모가 그중 한 여자의 무릎에 손을 슬쩍 올려놓자 그녀는 화들짝 놀라며 훌쩍거리기 시작했다. 자매 중 언니였다. 아이모는 가방에서 치즈를 꺼내 두 조각을 베어 여자들에게 주었다. 여자들은 말없이 치즈를 받아먹었다.

나는 다시 피아니의 차로 돌아왔다. 차량 대열은 꼼짝도 않고 있었지만 부대의 도보 행렬은 도로 옆으로 계속 이어지고 있었다. 여전히 폭우가 쏟아지고 있었다. 나는 앞 차량들의 배선이 비에 젖어 꼼짝하지 못하는지도 모른다고 생각했다. 혹은 마차와 자동차가 뒤엉켜 있기 때문인지도 몰랐다. 마차와 자동차는 서로에게 도움이 되는 존재가 아니다. 아이모의 차에 타고 있는 아가씨도 마찬가지이다. 저 두 처녀에게 후퇴라는 단어는 전혀 어울리지 않는다. 그래 저 여자들은 분명 숫처녀일 것이다. 분명히 신앙심도 깊겠지. 전쟁만 아니라면 우리 모두 지금쯤 침대에 들어가 있을지도 모른다. 부부처럼 함께 누워서. 캐서린은 지금 시트를 덮고 침대에 누워있겠지. 어느 쪽으로 몸을 돌리고 잠들어 있을까? 아마 잠이 들지 않았을지도 모른다. 내 생각을 하며 누워있을지도 모른다. 불어라, 불어라, 서풍아! 그래, 바람은 불고 있지만 이슬비가 아니라 장대비가 내리는구나. 밤새 내리는구나. 제길, 내 사랑이 내 품에 안겨 있고 내가 다시 침대에 누울 수 있다면 얼마나 좋을까! 내 사랑 캐서린! 내 달콤한 사랑 캐서린이 비가 되어 내릴 수 있다면! 바람이 그녀를 내게 데려다준다면!

나는 큰 소리로 외쳤다.

"잘 자, 캐서린! 편하게 잘 자야 해. 지금의 자세가 불편하면 돌아누워. 내 사랑, 냉수를 갖다 줄까. 조금 있으면 아침이 될 거고 다 괜찮아질 거야. 당신 뱃속의 녀석이 당신을 불편하게 할까 봐 걱정이야. 자, 어서 다시 자도록 해, 내 사랑."

내내 푹 잤는걸요. 그녀가 말했다. 잠꼬대를 하시더군요. 괜찮아요?

당신, 정말 내 곁에 있는 거야?

그럼요, 저 여기 있어요. 아무 데도 가지 않을 거예요. 우리 사이에 달라진 건 없어요.

오, 당신은 정말 아름답고 사랑스러워. 밤이 되어도 어디로 가지 않을 거지? 그렇지?

물론이에요. 저, 여기 있어요. 언제나 여기 있어요. 당신이 원할 때면 언제고 올 거예요.

"……저기, 다시 움직이기 시작하는데요." 피아니가 말했다.

"깜빡 정신을 놓고 있었군." 내가 말했다. 시계를 보니 새벽 3시였다. 나는 좌석 뒤로 손을 뻗어 바르베라 병을 집어 들었다.

"뭐라고 큰 소리로 말씀하시던데요." 피아니가 말했다.

"영어로 꿈을 꾸었어." 내가 말했다.

빗발이 약해지고 있었고 우리는 움직이기 시작했다. 하지만 동이 트기 전에 다시 멈춰 섰고 날이 밝았을 때는 약간 고지대에 와 있었다. 저 앞으로 길게 늘어선 퇴각행렬이 보였다. 자동차 대열 사이를 빠져나가는 보병들을 제외하고는 모든 것이 꼼짝 않고 서 있었다. 자동차는 다시 약간 움직였지만 낮 동안의 전진 상태로 보아 우디네에 도착하려면 간선도로를 벗어나 시골길을 가로지르는 수밖에 없을 것 같았다.

밤이 되자 상황은 더욱 악화되었다. 많은 농부가 시골길 여기저기서 행렬에 합류했고 세간을 실은 짐 마차들이 늘어난 것이다. 길은 진흙투성이였고 길가 양쪽 도랑은 물이 잔뜩 불어 있었다. 나는 차에서 내렸다. 시골길을 가로질러 갈 수 있는 샛길이 있는지 찾아보기 위해서였다. 샛길이 여럿 있다는 것을 나는 알고 있었지만 막다른 길은 아무 소용이 없을 터였다. 어쨌든 간선도로에서 벗어나 우회할 수 있는 샛길을 찾아야만 했다. 오스트리아군이 어디쯤 있는지, 상황이 어떻게 돌아가고 있는지 아무도 몰랐지만 비가 그친 다음 비행기라도 날아와 멈춰 선 행렬을 공격하면 모든 게 끝장이리라는 것은 너무도 분명했다. 운전병 몇 명이 트럭을 버리고 도망가거나 말 몇 마리만 죽여도 도로는 완전히 마비되고 말 것이다.

이제 빗발은 많이 약해져서 날이 갤지도 모른다는 생각이 들었다. 나는 길가를 따라 앞으로 걸어가다가 울타리 구실을 하고 있는 나무들이 양쪽에 서 있는 두 들판 사이로 북쪽을 향해 작은 길이 뻗어 있는 것을 발견했다. 나는 그 길로 가는 것이 낫겠다고 생각하고 서둘러 앰뷸런스들이 있는 곳으로 돌아왔다. 나는 피아니에게 차를 돌리라고 한 후 보넬로와 아이모에게로 갔다.

나는 보넬로에게 내 계획을 말해주었다.

"만일 막다른 길이라면 되돌려서 다시 끼어들면 돼."

"이 양반들은 어떻게 하지요?" 보넬로가 물었다. 하사관들은 그의 옆 좌석에 앉아 있었다.

"차를 밀어야 할 일이 생기면 도움이 될 거야." 내가 말했다.

나는 아이모에게로 가서 시골길을 가로질러 가자고 말했다.

"이 숫처녀들은 어떻게 할까요?" 아이모가 물었다. 두 처녀는 잠들어 있었다.

"별로 쓸모가 없겠는데. 차를 밀 수 있는 사람이어야 해."

"그래도 여기 떨궈놓고 가기 뭐하니까 그냥 데리고 가지요."

"자네 좋을 대로 하게."

내가 아이모의 차 발판 위에 서서 앞쪽을 바라보니 피아니의 차는 이미 옆길로 빠져나가 있었다. 보넬로가 방향을 바꾸어 그 뒤를 따르고 아이모의 차는 울타리들 사이의 좁은 길을 따라 앞선 앰뷸런스 두 대를 쫓아갔다. 우리가 나선 길은 어느 농가로 향하고 있었다. 피아니와 보넬로가 농가 마당에 차를 세우는 모습이 보였다.

운전병들은 우선 뜨거워진 라디에이터에 물을 채우려고 우물물을 길었다. 농가는 텅 비어 있었다. 농가는 조금 높은 곳에 위치해 있어 퇴각 대열이 지나가는 간선도로가 내려다 보였다. 하사관들은 집안을 뒤졌다. 잠에서 깨어난 처녀들은 약간 어리둥절한 표정으로 농가 앞에 세워둔 앰뷸런스 두 대와 우물가에 모여선 운전병 세 명을 바라보고 있었다. 하사관 한 명이 괘종시계를 들고 농가에서 나왔다.

"도로 갖다 놔." 하사관은 나를 물끄러미 바라보더니 집 안으로 들어갔고 잠시 후 빈손으로 나왔다.

"자네 친구는 어디 갔어?"

"변소에 갔습니다."

그는 얼른 앰뷸런스 좌석으로 기어 올라갔다. 우리가 떼어놓고 갈까 봐 걱정인 모양이었다.

"중위님, 아침 식사는 어떻게 할까요? 뭔가 먹을 게 있겠지요. 오래 걸리지는 않을 겁니다." 보넬로가 말했다.

"이 길을 따라 내려가면 어디든 길이 나올 것 같은가?"

"분명합니다."

"좋아. 그렇다면 요기를 해보지."

우리는 함께 농가로 들어갔다. 두 처녀는 안으로 들어가면 큰일이라도 날 듯 따라 들어오지 않았다.

"거참, 까다로운 처녀들이로군." 아이모가 말했다.

넓은 농가였지만 어둡고 황폐해져 있었다. 보넬로와 피아니는 부엌에서 먹을 것을 찾았다.

"먹을 게 별로 없는데요. 아예 깨끗이 치우고 갔어요."

말은 그렇게 하면서도 보넬로는 커다란 치즈를 식탁에 놓고 자르기 시작했다.

"치즈는 어디서 났어?"

"지하실에서요. 피아니가 포도주하고 사과도 찾았습니다."

"그만하면 훌륭한 아침 식사로군."

피아니는 코르크 마개를 따서 구리 냄비에다 포도주를 따랐다. 그는 어디선가 잔도 찾았다. 포도주는 맛이 좋았다. 그때 약간 초조한 표정으로 하사관들이 안으로 들어왔다.

"가야 할 것 같습니다."

"군인은 배 덕분에 행군하는 거야." 내가 말했다.

"무슨 말씀이신지?" 하사관이 물었다.

"먹어둬야 한다는 뜻이야."

"그렇긴 하지요. 하지만 시간이 더 귀중한 것 아닌가요?"

"저 자식들, 자기들끼리 뭔가 먹은 게 틀림없어." 피아니가 말했다. 하사관들이 그를 쳐다보았다. 그들은 우리를 싫어하는 것이 분명했다.

"길을 아십니까?" 그들 중 한 명이 물었다.

"몰라." 내가 대답했다. 그들은 서로의 얼굴을 쳐다보았다.

"이제 출발하는 게 좋겠습니다." 좀 전의 하사관이 다시 말했다.

"출발하려던 참이야." 내가 말했다. 나는 포도주를 한 잔 더 마셨다. 치즈와 사과를 먹은 뒤라 아주 맛이 좋았다.

"치즈를 갖고 가자." 그렇게 말한 후 나는 밖으로 나왔다. 보넬로가 커다란 포도주병을 들고 뒤따랐다.

"그건 너무 큰데."

그는 아쉬운 눈길로 병을 쳐다보았다.

"제 생각에도 그러네요." 그가 말했다.

내가 그에게 말했다.

"어서 수통들을 이리 내놔. 거기다 포도주를 채워."

그는 수통들에 포도주를 채우고 커다란 포도주병을 문 안쪽에 들여놓았다.

"자, 출발하자. 피아니와 내가 선두에 서지." 내가 말했다.

두 공병 하사관은 어느새 보넬로의 옆 좌석에 앉아 있었다. 처녀들은 치즈와 사과를 먹고 있었고 아이모는 담배를 피우고 있었다. 우리는 좁은 길을 따라 내려가기 시작했다.

제29장

정오 무렵 우리는 진흙탕에 꼼짝없이 처박히고 말았다. 우리 생각에 우디네로부터 10킬로미터는 떨어져 있는 곳이었다. 비는 오전 중에 그쳤다. 비행기 날아오는 소리가 세 번 들렸다. 비행기는 저 멀리 왼쪽으로 날아가더니 곧이어 간선도로를 폭격하는 소리가 들렸다.

그동안 우리는 그물코처럼 얽힌 샛길을 이리저리 빠져나왔었다. 가다 보면 막다른 길이어서 되돌아 나오곤 했는데 아이모의 차가 뒤돌아 나오다가 그만 진창에 빠진 것이었다. 바퀴가 헛돌면서 점점 밑으로 가라앉더니 차동장치까지 진흙에 잠기게 된 것이다. 이제 바퀴 앞쪽의 흙을 파내고 나뭇가지를 채운 다음 길까지 차를 밀어내는 수밖에 없었다. 하사관들도 차에서 내려 차와 바퀴를 살펴보았다. 순간 그들은 한마디 말도 없이 길을 따라 걸어 내려가기 시작했다. 나는 그들 뒤를 쫓았다.

"이봐, 나뭇가지를 꺾어 와." 내가 뒤에서 소리쳤다. 둘은 멈춰 섰다.

"가봐야 합니다." 한 명이 대꾸했다.

"어서 나뭇가지를 꺾어 오라니까." 내가 다시 외쳤다.

"가야 한다니까요." 다시 좀 전의 하사관이 말했다. 다른 한 명은 아무 말도 하지 않았다. 그들은 뒤돌아보지도 않았다.

"명령이다! 차로 돌아와서 나무를 꺾어라." 내가 다시 준엄하게 말했다.

한 명의 하사관이 뒤를 돌아보며 말했다.

"정말 가야 합니다. 조금 있으면 길이 차단됩니다. 중위님은 우리에게 명령할 권한이 없습니다. 중위님은 우리들의 상관이 아닙니다."

"다시 명령한다. 나무를 꺾어 와."

내 말이 끝나기 무섭게 그들은 길을 따라 내려가기 시작했다.

"멈춰라!" 내가 소리쳤다.

그들은 진흙길을 계속 내려갔다.

"명령이다. 멈춰라!"

그들은 좀 더 빨리 걸었다. 나는 권총 케이스를 열고 권총을 꺼냈다. 그리고 말이 많던 하사관을 겨냥해 권총을 발사했다. 총알은 빗나갔고 그들은 달려가기 시작했다. 나는 연이어 세 발을 발사했고 한 명을 쓰러뜨렸다. 다른 한 명은 울타리를 뚫고 시야에서 사라져버렸다. 그가 들판을 가로질러 달아나는 모습이 보이자 나는 울타리 사이로 연속해서 총을 발사했다. 총알이 떨어져 찰칵 소리가 나자 나는 탄창을 바꿔 끼웠다. 하지만 권총을 발사하기에는 거리가 너무 멀었다. 그는 고개를 숙인 채 저 멀리 들판을 죽자 하고 내달리고 있었다. 내가 빈 탄창에 총알을 끼우고 있을 때 보넬로가 내게 다가왔다.

"저놈을 처치하고 오겠습니다." 그가 말했다. 나는 그에게 권총을 건네주었다. 그는 땅바닥에 엎어져 있는 공병 하사관에게 다가갔다. 그는 하사관의 머리를 겨누고 두 번 권총을 쏘았다. 그런 후 그는 하사관의 두 다리를 질질 끌어 울타리 곁에 놓았다. 그는 돌아와서 내게 권총을 건네주었다.

"개 같은 놈 같으니! 중위님, 내가 놈에게 총알 먹이는 거 보셨죠?"

"빨리 나뭇가지를 주워 와야 해."

결론부터 말하자면 실패였다. 나뭇가지들을 채워 넣고 시동을 걸어보았지만 차는 더 깊숙이 빠져버릴 뿐이었다. 피아니와 보넬로의 차에 밧줄을 연결해서 끌어보았지만 차는 꿈쩍도 하지 않았다.

"소용없어. 포기하자." 내가 말했다.

피아니와 보넬로도 그들의 차에서 내렸다. 처녀들은 멀리 떨어진 울타리 옆 돌담 위에 앉아 있었다.

"중위님, 이제 어떻게 하지요?" 보넬로가 물었다.

모든 것이 내 잘못이었다. 내가 이들을 이곳까지 끌고 온 것이다. 해는 구름 사이로 거의 모습을 다 드러내고 있었고 하사관의 시체가 울타리 옆에서 뒹굴고 있었다. 아이모의 차를 포기하는 수밖에 없었다. 내가 말했다.

"제길……, 아이모, 차 안에 뭐 필요한 것 없나?"

아이모가 보넬로와 함께 차안으로 올라가 치즈와 포도주 두 병, 자신의 외투를 가지고 왔다. 나는 앰뷸런스 뒷문을 열고 처녀들을 그곳에 태웠다. 그녀들은 조금 전에 있었던 참극을 보지 못한 것 같았다. 나는 피아니가 모는 차에 올랐고 아이모는 보넬로가 모는 차에 올랐다.

우리는 길을 찾기보다 아예 들판을 가로지르기로 마음먹었다. 길이 끝나고 들판에 다다르자 나는 차에서 내려 앞쪽을 바라보았다. 이 들판만 가로지르면 건너편에 도로가 있었다. 하지만 결국 우리는 들판을 가로지르지 못했다. 차들이 지나가기에는 너무 무른 진흙탕이었다. 마침내 차량 두 대 모두 진창에 깊숙이 빠져 오도 가도 못 하게 되자 우리는 차를 버려둔 채 우디네를 향해 걷기 시작했다.

우리가 간선도로까지 통하는 길에 이르렀을 때 나는 두 처녀에게 간선도로를 손가락으로 가리켰다.

"저기로 가면 사람들을 만날 수 있을 거야."

처녀들은 나를 바라보았다. 나는 지갑을 꺼내 각각 10리라씩 주었다. 처녀들은 돈을 꼭 쥐고 뒤를 돌아보면서 길을 따라 내려갔다. 마치 내가 돈을 다시 빼앗을까 봐 겁을 내는 것 같았다. 세 명의 운전병은 그 모습을 보며 너털웃음을 터뜨렸다.

"제가 저 방향으로 가면 얼마를 주시겠습니까, 중위님?" 보넬로가 물었다.

"사람들을 만날 수만 있다면 처녀 둘이 있는 것보다는 사람들과 함께 있는 게 낫겠지." 나는 중얼거리듯 말했다. 그러자 보넬로가 다시 말했다.

"중위님, 제게 200리라만 주시면 저는 곧장 저 여자들처럼 오스트리아군 있는 쪽으로 가겠습니다."

“놈들이 그 돈을 빼앗아 갈걸.” 피아니가 말했다.

“전쟁이 끝날지도 몰라.” 아이모가 말했다.

우리는 될 수 있는 대로 빠르게 그 길을 따라 올라갔다. 해가 구름 사이로 모습을 보이려 하고 있었다. 길가에는 뽕나무들이 서 있었다. 뽕나무들 사이로 우리가 버리고 온 대형 앰뷸런스 두 대가 들판 한가운데 처박혀 있는 모습이 보였다. 피아니도 나와 함께 뒤를 돌아다보았다.

“저걸 빼내려면 도로를 새로 만들어야겠군.” 그가 말했다.

“저거 포격소리 아니야?” 내가 물었다. 멀리서 포성이 들리는 것 같았던 것이다.

“잘 모르겠는데요.” 아이모가 말하면서 귀를 기울였다.

“그런 것 같아.” 내가 말했다.

“우리는 아마 기병을 제일 먼저 만나게 되겠지요.” 피아니가 말했다.

“적군에게는 기병이 없을 걸.”

“제발 그러면 좋겠군.” 보넬로가 말했다. “창에 찔려 죽긴 싫단 말이야.”

“중위님, 그 하사관 확실하게 맞추신 거지요?” 피아니가 물었다. 우리는 빠른 걸음으로 걷고 있었다.

"내가 죽였어." 보넬로가 말했다. "이번 전쟁에서 아무도 죽인 적이 없었어. 평생 하사관 한 놈 죽여 보는 게 소원이었는데."

"꼼짝도 못하는 놈을 잘도 죽이더군. 도망갈 수도 없는 놈을 말이야." 피아니가 말했다.

"상관없어. 어쨌든 내가 생전 잊지 못할 일이 된 거지. 내가 죽인 거야. 그놈의 그 개 같은……"

"고해성사 때는 뭐라고 할 거야?" 아이모가 물었다.

"이렇게 말할 거야. '신부님, 축복해 주십시오. 제가 하사관을 죽였습니다'라고." 그들은 모두 웃음을 터뜨렸다.

"저놈은 무정부주의자야." 피아니가 말했다. "성당이라곤 가 본 적도 없어."

"피아니 너도 무정부주의자잖아." 보넬로가 말했다.

"우리는 모두 사회주의자이지요." 아이모가 말했다. "우리 고향에 한 번 오세요. 아주 아름다운 곳이거든요. 중위님도 그곳에 오시면 사회주의자로 만들어드리지요."

앞쪽에 있는 길이 왼쪽으로 꺾였고 작은 언덕이 보였다. 그리고 돌담 너머로 사과 과수원이 있었다. 오르막에 이르자 그들은 이야기를 멈추었다. 우리는 모두 마치 시간과 겨루듯 빠르게 걸음을 재촉했다.

제30장

얼마 뒤 우리는 강으로 통하는 도로로 나왔다. 다리로 이어지는 도로에는 버려진 트럭들과 짐 마차들이 길게 줄지어 서 있었다. 사람은 전혀 보이지 않았다. 강물은 불어 있었고 다리는 중간이 파괴되어 있었다. 우리는 강을 건널 곳을 찾기 위해 강둑으로 올라갔다. 머리 위쪽으로는 철교가 있다는 것을 나는 알고 있었고 철교를 통해 강을 건널 수 있으리라고 생각했다. 질퍽거리는 길을 통해 강둑 위로 올라가자 마침내 철교가 보였다. 군부대는 하나도 보이지 않았다.

"정말 아름다운 철교네." 아이모가 말했다. 평소에는 거의 말라있는 강 위에 세워진 기다란 철교로서 아무런 장식도 없었다.

"철교를 폭파하기 전에 서둘러 건너는 게 좋겠어. 자, 한 사람씩 건너와."

내가 말한 다음 앞장서서 철교를 건너기 시작했다. 침목 틈으로 보이는 아래쪽으로는 흙탕물이 거세게 흐르고 있었다. 비에 젖은 들판 너머로 역시 비에 젖은 우디네가 보였다. 철교를 건넌 뒤 나는 뒤를 돌아다보았다. 강 상류 쪽에는 또 다른 다리가 있었다. 누런 진흙색의 자동차 한 대가 그 다리를 건너고 있는 모습이 보였다. 다리 난간이 높아 차체는 보이지 않았지만 운전병과 그 옆에 앉은 사람, 그리고 뒤에 앉은 두 사람의 머리는 볼 수 있었다. 그들은 모두 독일군 철모를 쓰고 있었다. 이윽고 차는 다리를 건너 가로수 뒤로 사라졌다. 나는 철교를 건너고 있는 아이모와 두 명의 병사에게 어서 건너오라고 손짓했다. 그런 후 나는 다리에서 기어 내려가 철로 둑 옆에 엎드렸다. 곧이어 아이모가 내 곁으로 내려왔다.

"차를 보았나?" 내가 물었다.

"아뇨, 저희는 중위님만 주시하고 있었습니다."

"독일군 참모들이 타고 있는 차가 저 상류 쪽 다리를 건너갔어."

"독일군 참모요?"

"맞아."

"오, 맙소사."

나머지 두 명도 곧 합류했다. 우리는 철둑 뒤 진창에 웅크리고 앉아 철교와 가로수들과 도랑과 도로를 살펴보았다.

"중위님, 우리 고립된 거 아닙니까?"

"나도 몰라. 내가 아는 거라곤 독일군 참모가 타고 있는 차가 저 다리를 건너갔다는 것뿐이야."

"이거 재미있는데요. 중위님, 묘한 생각이 들지 않으세요?"

"보넬로, 농담하지 마."

"뭐 좀 마시는 게 어때요?" 파니니가 말했다. "퇴로가 차단되었다면 마시는 게 장땡 아닌가요?"

그는 허리춤에서 수통을 풀어내더니 마개를 열었다.

"저기 봐, 저기를 보라고!" 아이모가 길 쪽을 가리켰다. 돌다리 난간 위에 독일군 철모들이 움직이고 있었다. 그들은 몸을 앞으로 기울인 채 마치 유령처럼 빠르게 움직이고 있었다. 자전거 부대였다. 얼굴 모습까지 빤히 알아볼 수 있을 정도였다.

"독일군이야! 오스트리아군이 아니야." 피아니가 말했다.

"아니, 왜 저들을 저지할 부대가 한 명도 없는 거야. 왜 저 다리를 파괴하지 않은 거야? 왜 이 다리를 따라 기관총을 배치해놓지 않은 거야? 하류에서는 작은 다리까지 다 폭파해버리고 간선도로로 통하는 다리는 그냥 내버려 둬?" 내가 분통을 터뜨렸다.

"중위님, 저희에게 명령만 내리십시오." 보넬로가 말했다.

나는 입을 다물었다. 그것은 내 임무가 아니었다. 내 임무는 세 대의 앰뷸런스를 몰고 포르데노네로 가는 것이었다. 그런데 나는 임무에 실패했다. 이제 내가 할 수 있는 일은 포르데노네로 가는 것뿐이었다. 하지만 어쩌면 우디네까지도 갈 수 없을지 모른다. 제길, 그곳에도 갈 수 없을 것이다! 그저 정신 바짝 차리고 총에 맞아 죽거나 포로가 되지 않도록 애쓰는 수밖에 없었다.

"수통 열었어?" 내가 피아니에게 물었다. 그가 수통을 내게 건네주었다. 나는 한 모금 쭉 들이켰다.

"자, 이제 출발하지."

"눈에 보이지 않게 이 아래로 숨어서 걸어갈까요?"

"위에서 걷는 게 나을 거야. 놈들도 이 철교를 통해 올지 모르잖아. 우리가 놈들을 보기도 전에 위에서 우리를 먼저 보게 할 수는 없어."

"저는 이 아래쪽으로 숨어서 가고 싶은데요." 보넬로가 말했다.

"마음대로 해. 우리는 철교를 따라 걸을 테니까."

"빠져나갈 수 있을까요?" 아이모가 물었다.

"물론이지. 아직 놈들 숫자가 그리 많지 않아. 어둠을 틈타서 빠져나갈 수 있을 거야."

우리는 철로를 따라 계속 걸었다. 진흙탕 둑길을 걷던 보넬로는 금세 지쳐서 우리가 있는 곳으로 올라왔다. 이제 철로는 간선도로를 벗어나 남쪽으로 뻗어 있었기에 우리는 도로를 따라 무엇이 지나가는지 볼 수 없었다. 한참 걷다 보니 운하가 나타났다. 운하 위에 설치된 짧은 다리는 파괴되어 있었다. 우리는 겨우 한 뼘 정도 남아 있는 다리 난간을 통해 운하를 건넜다.

우리는 운하 건너편 철로에 올라섰다. 철로는 나지막한 들판을 가로질러 바로 우디네로 이어지고 있었다. 나는 들판을 가로질러 우디네를 우회해서 가는 것이 나으리라고 판단했다. 그리고 우디네를 지난 뒤에는 샛길을 통해서 간선도로를 피해갈 수 있으리라고 생각했다. 내가 알기로는 이 들판을 가로질러 가기만 하면 샛길이 많았다.

"자, 따라와." 내가 말했다. 나는 샛길을 통해 우디네 남쪽으로 우회할 작정이었다. 우리는 철길 아래쪽으로 내려가기 시작했다. 바로 그때였다. 옆길에서 우리들을 향해 총 한 발이 발사되었다. 총알은 진흙 속에 파묻혔다.

"어서 물러나!" 내가 소리쳤다. 나는 진흙에 미끄러지면서 철로 둑 위로 올라가기 시작했다. 운전병들은 내 앞에 있었다. 나는 젖 먹던 힘을 다해 위로 기어 올라갔다. 우거진 관목 숲에서 총성이 두 번 더 울렸다. 철로를 건너던 아이모가 비틀거리더니 얼굴을 바닥에 대고 고꾸라졌다. 우리는 그를 철로 반대편으로 끌고 내려와 반듯하게 눕혔다. 총알은 그의 목덜미 아래로부터 위로 관통해 오른쪽 눈 아래를 뚫고 지나갔다. 내가 지혈을 하는 동안 그는 숨을 거두었다. 피아니는 그의 머리를 똑바로 눕히고 응급용 붕대로 그의 얼굴을 닦아주었다.

"이, 이런 개……" 그가 이를 갈았다.

"독일군이 아니었어." 내가 말했다. "저쪽에는 독일군이 있을 수 없어."

"이탈리아군이었어요." 피아니가 말했다. 보넬로는 아무 말도 하지 않았다. 그는 아이모 옆에 앉아 있었지만 망자의 얼굴을 쳐다보려 하지 않았다. 피아니는 철둑 아래 굴러다니던 아이모의 철모를 주워서 그의 얼굴에 씌워주었다.

보넬로가 고개를 저으며 말했다.

"아이모는 죽었습니다. 다음에는 누구지요? 중위님? 이제 우리는 어디로 가야 하지요?"

"총을 쏜 건 이탈리아군이야. 독일군이 아니야." 내가 다시 말했다.

"만일 독일군이었다면 우리를 전부 죽였을 겁니다." 보넬로가 말했다.

"지금 우리에게는 독일군보다 이탈리아군이 더 위험해." 내가 말했다. "후방 수비대는 무턱대고 아무거나 겁을 내고 있어. 하지만 독일군은 자신들의 목표를 정확히 알고 있지."

"맞는 말씀이에요, 중위님." 보넬로가 말했다.

"이제 어디로 가지요?" 피아니가 물었다.

"어두워질 때까지 누워서 몸을 숨기고 있는 게 낫겠다. 남쪽으로 갈 수만 있다면 무사할 거야."

"놈들은 첫 번째 사격을 정당화하기 위해 우리를 모두 사살할 겁니다. 다시 모험하고 싶지는 않아요." 보넬로가 말했다.

"맞아. 그러니 우디네 가까운 곳까지 가서 몸을 숨기고 어두워질 때까지 기다리자고."

"그럼 어서 가지요." 보넬로가 말했다.

우리는 둑의 북쪽으로 내려갔다. 뒤를 돌아보니 철로 둑 한 구석에 누워있는 아이모의 모습이 보였다. 그는 두 팔을 양쪽 옆구리에 붙이고 발을 나란히 뻗은 채 얼굴에 전투모를 덮고 누워있었다. 비가 내리고 있었다. 나는 이제껏 내가 알던 사람들 중에 그 누구보다 아이모를 좋아했다. 나는 호주머니에 그의 서류들을 갖고 있었다. 그의 가족에게 편지를 쓰리라.

들판 건너 앞쪽에 농가가 한 채 있었다. 우리는 주위를 경계하며 조심스럽게 농가로 다가갔다. 내가 먼저 집안으로 들어갔고 보넬로와 피아니가 내 뒤를 따랐다. 집안은 어두컴컴했다. 우리는 부엌으로 들어갔다. 커다란 난로 위에 불을 피웠던 재가 남아 있었고 그 위에 냄비가 걸려 있었지만 냄비 안에는 아무것도 없었다. 주위를 둘러보았지만 먹을 것은 하나도 없었다. 하지만 몸을 숨기기에는 안성맞춤의 장소였다.

"헛간에 숨어 있어야겠어. 피아니, 먹을 것을 좀 찾아보겠나? 뭔가 찾으면 헛간으로 가져와."

"한번 찾아보겠습니다." 피아니가 말했다.

"저도 찾아보겠습니다." 보넬로가 따라 나섰다.

나는 헛간으로 들어가 사다리를 이용해 위 칸으로 올라갔다. 그곳에는 건초가 잔뜩 쌓여 있었다. 나는 건초 더미에 누워 생각에 잠겼다. 이탈리아군이 우리에게 사격을 가하지만 않았더라면 우리는 무사히 남쪽으로 빠져나갈 수 있었을 것이다. 그렇다, 그들은 분명 아군인 이탈리아군이었다. 그곳에 독일군이 있을 리 없었다. 독일군은 북쪽에서 출발해서 치비달레로부터 도로를 향해 남하해 왔다. 그들이 남쪽으로부터 올 수는 없었다. 독일군보다 이탈리아군이 더 위험했다. 그들은 잔뜩 겁에 질려 있었기에 눈에 띄는 것이면 그 무엇이건 사격을 했다. 게다가 독일군이 이탈리아군 군복으로 위장했다는 헛소문도 돌고 있어서 그들은 우리를 독일군으로 오인하고 사격할 수도 있었다. 이탈리아군은 그렇게 아이모를 쏴 죽였다.

건초 냄새가 구수했다. 어릴 적 우리는 건초 위에 누워서 이야기를 나누었으며 헛간 벽 위의 창틀에 앉은 참새를 공기총으로 쏘아 잡곤 했다. 하지만 이제 그런 헛간은 없어졌다. 그 시절로 돌아갈 수는 없다. 이대로 주저앉아 앞으로 나아가지 못한다면 어떻게 될까? 다시는 밀라노로 돌아갈 수 없으리라. 설사 밀라노로 돌아간다 하더라도 어떤 일들이 기다리고 있을 것인가?

잠시 후 피아니가 모습을 보였다. 그는 길쭉한 소시지 하나와 그 무언가 들어 있는 단지를 들고 있었고 포도주 두 병을 옆구리에 끼고 있었다.

"이 위로 올라와. 사다리가 있어."

그가 위로 올라왔다.

"보넬로는?" 내가 물었다.

그는 나를 잠시 빤히 쳐다보았다.

"녀석은 가버렸습니다, 중위님. 차라리 포로가 되는 게 낫겠다면서요."

나는 아무 말도 하지 않았다.

"아이모 꼴이 될까 봐 겁났던 겁니다."

나는 포도주 병을 든 채 아무 말도 하지 않았다.

"어쨌든 우리는 이 전쟁에 대해 특별한 믿음이 있던 건 아니잖습니까, 중위님."

"자네는 왜 가지 않았나?"

"중위님을 두고 갈 수 없었습니다."

"보넬로는 어디로 갔나?"

"모르겠습니다. 그냥 가버렸습니다."

"알았어. 소시지 좀 자르겠나?"

"우리가 이야기하는 동안에 벌써 잘라놓았습니다."

우리는 건초 위에 앉아 소시지를 먹고 포도주를 마셨다. 결혼식이나 무슨 행사에 쓰려고 아껴둔 포도주임에 틀림없었다. 질은 좋았지만 너무 오래되어서 색이 다 변해 있었고 맛도 없었다.

어둠은 빨리 찾아왔다. 비가 오고 있었기에 더욱 어두웠다. 피아니는 어느새 잠이 들어있었다. 망을 보던 나는 이제 출발할 때가 되었다고 생각하고 피아니를 깨웠다. 잠시 후 우리는 출발했다.

참으로 기묘한 밤이었다. 나는 내가 무엇을 기대하고 있었는지 지금도 모르겠다. 죽음이었을지도 모르고 어둠 속의 총격, 혹은 도주를 기대하고 있었는지도 모른다. 하지만 아무 일도 일어나지 않았다. 우리는 길옆 도랑에 바짝 엎드려 독일군 일개 대대가 지나갈 때까지 기다렸다가 그들이 지나가자 길을 건너 북쪽으로, 북쪽으로 걸어갔다. 빗속에서 두 번이나 독일군 가까이 접근한 적이 있었지만 그들은 우리를 보지 못했다. 우리는 이탈리아군도 만나지 못한 채 마을을 지나 북쪽으로 계속 걸어갔다. 그리고 얼마 뒤 우리는 퇴각군 주류와 합류해 그들과 함께 탈리아멘토 강을 향해 걷고 있었다. 이제껏 나는 이 퇴각이 어느 정도로 어마어마한 규모로 이루어지고 있는지 모르고 있었다. 그런데 군대뿐 아니라 이 지방 전체가 이동하고 있었다. 우리는 차량보다 빠른 속도로 밤새 걸었다. 다리가 아프고 피곤했지만 기분은 가뿐했다. 포로가 되기로 결심한 보넬로는 바보짓을 한 것 같았다. 어디에도 위험은 없었다. 우리는 아무런 사고도 없이 군부대 둘을 지나칠 수 있었다. 아이모가 사살되는 일만 없었다면 아무런 위험도 없는 수월한 일이라고 여길 만했다. 철로 위에서 몸을 훤히 드러내고 있어도 아무도 괴

롭히는 자들은 없었다. 그의 죽음은 갑자기, 그리고 우연히 벌어진 사건일 뿐이었다. 나는 보넬로가 어디 있는지 궁금했다.

"중위님, 기분이 어떠세요?" 피아니가 물었다. 우리는 차량과 군인들로 혼잡한 도로 한쪽 가를 걷고 있었다.

"괜찮아."

"저는 걷는 데 지쳤어요."

"하지만 걷는 것 외에 도리가 없잖아. 이젠 안심해도 돼."

"보넬로는 바보였어요."

"정말 바보짓을 했지."

"중위님, 녀석을 어떻게 처리하실 작정이세요?"

"모르겠어."

"포로로 잡힌 걸로 하실 수는 없으세요?"

"모르겠어."

"전쟁이 이대로 계속된다면 녀석 때문에 가족들이 곤란한 처지에 빠질 겁니다."

그때였다. 지나가던 병사가 피아니에게 말했다. 피아니의 말을 엿들은 모양이었다.

"전쟁은 계속되지 않을 거야. 우리는 집에 가는 중이야. 전쟁은 끝났어."

나는 그의 말을 무시하고 피아니에게 말했다.

"어쨌든 보넬로 가족에게 화가 될 만한 보고는 하지 않을 거야. 그나저나 자네 결혼했나?"

"했죠. 중위님도 아시잖아요."

"그래서 포로가 되고 싶지 않았던 거야?"

"그것도 이유 중 하나겠지요. 중위님은 결혼하셨습니까?"

"아니."

"보넬로도 총각입니다."

"발은 어때?"

"많이 아픕니다."

날이 밝기 전 우리는 탈리아멘토 강둑에 도착했다. 물이 많이 불어나 있었다. 우리는 사람들이 건너가고 있는 다리 쪽으로 내려갔다.

강물이 소용돌이치고 있었고 강폭은 넓었다. 나무로 된 다리의 길이는 1킬로미터가 넘었다. 평상시에는 저 아래 자갈밭 옆으로 흐르던 강물이 지금은 교각 널빤지에 닿을 정도로 불어나 있었다. 우리는 다리를 건너는 군중들을 비집고 다리에 접어들었다. 말을 하는 사람은 아무도 없었다. 모두들 한시라도 빨리 다리를 건너고 싶어 할 뿐이었다.

우리는 다리를 거의 다 건넜다. 다리 건너편에는 장교들과 헌병들이 양편에 서서 손전등을 비추고 있었다. 우리들이 그들 가까이 다가갔을 때 장교 한 명이 행렬 중의 한 사람을 손가락으로 가리켰다. 그러자 헌병 한 명이 그에게 다가가 팔을 붙들고 끌고 왔다. 헌병은 그를 도로 밖으로 끌어냈다. 우리는 그들과 얼굴을 서로 마주할 정도로 가까이 있었다. 장교들은 대열 속의 사람들을 샅샅이 살피면서 자기네들끼리 뭐라고 속삭인 다음 앞으로 걸어 나가 누군가의 얼굴에 전등불을 비추기도 했다. 우리들이 그들과 정면으로 마주치기 전에 그들은 또 누군가를 끌어냈다. 나는 끌려가는 사람을 바라보았다. 육군 중령 계급장을 달고 있는 군인이었다. 머리가 희끗희끗하고 작은 키에 뚱뚱한 남자였다. 헌병이 그를 장교들 뒤로 밀어 넣었다.

내가 그들과 마주 보게 되었을 때 장교 한두 명이 나를 유심히 바라보고 있음을 나는 알 수 있었다. 그들 중 한 명이 나를 가리키면서 헌병에게 뭐라고 말했다. 헌병이 군중들을 헤치고 내게 다가오더니 내 멱살을 잡았다.

"이게 무슨 짓이야!" 나는 고함을 치면서 그의 얼굴을 후려갈겼다. 수염이 위로 뻗어 있는 그의 뺨 위로 피가 흘러내렸다. 다른 헌병 한 명이 나를 향해 덤벼들었다.

"대체 무슨 짓이냐니까!" 나는 고함을 질렀다. 그는 대답하지 않고 나를 붙잡을 기회만 노렸다. 나는 권총을 꺼내려고 팔을 뒤로 돌렸다.

"장교에게 함부로 손을 댈 수 없다는 걸 모르나?"

다른 헌병 한 명이 등 뒤에서 나를 붙잡더니 내 팔을 들어 올렸다. 내가 그를 향해 몸을 돌리자 다른 한 명이 내 목 주위를 움켜잡았다. 나는 그의 정강이를 걷어찬 다음 왼쪽 무릎으로 그의 사타구니를 걷어찼다.

"반항하면 사살해." 누군가가 명령했다.

"도대체 왜 이러는 거야?" 나는 큰 소리로 외치고 싶었지만 목소리가 나오지 않았다. 그들은 이미 나를 도로 옆으로 끌어냈다.

"뒤로 끌고 가. 반항하면 사살해." 장교 한 명이 말했다.

"당신 누구야?"

"알게 될 거야."

"도대체 누구냐니까?"

"야전 헌병이다." 다른 장교가 대답했다.

"아니, 당신이 직접 오라고 하면 되지 왜 헌병 놈을 시켜 이렇게 끌어내는 거요?"

그는 대답하지 않았다. 대답할 필요가 없었다. 그들은 야전 헌병이었다.

"저 뒤에 다른 놈들 있는 곳으로 끌고 가." 먼젓번 장교가 말했다. "들었지? 녀석의 이탈리아어 발음이 이상해."

"네놈은 어떻고, 이놈이 정말……"

헌병들이 나를 장교들이 줄지어 서 있는 뒤쪽으로 데리고 갔다. 강둑 옆 벌판이었다. 옆에서 강물이 흐르고 있었다. 내가 그쪽으로 끌려가는 동안 총성이 들렸다. 네 명의 장교들이 서 있었고 그 앞에 양팔을 헌병에게 붙잡히고 있는 장교 한 명이 서 있었다. 한쪽에는 끌려 나온 여러 명의 장교들이 헌병들의 감시를 받으며 서 있었다. 심문하는 장교들 옆에도 네 명의 헌병이 서 있었다.

나를 끌고 온 두 명의 헌병은 심문을 기다리고 있는 장교들 틈에 나를 밀어 넣었다. 나는 심문을 받고 있는 사람을 바라보았다. 바로 조금 전에 끌려 나온 머리가 희끗희끗한 중령이었다. 심문하는 장교들은 아주 유능하고 냉정하며 절도가 있는 이탈리아인들이었다. 그들은 사격은 해 보았지만 총격을 받아 본 적이라곤 없는 자들이었다.

"소속 여단은?"

그가 대답했다.

"연대는?"

그가 대답했다.

"왜 연대에서 이탈했소?"

그가 대답했다.

"장교는 소속 부대를 떠나면 안 된다는 걸 알고 있소?"

그는 알고 있다고 대답했다.

그것으로 그만이었다. 다른 장교가 말했다.

"당신과 당신 같은 사람들 때문에 야만인들이 이 신성한 조국 땅을 짓밟은 거야."

"지금 뭐라고 했소?" 중령이 반문했다.

"우리가 승리의 결실을 얻지 못한 건 당신 같은 반역자들 때문이란 말이야."

"당신 후퇴해본 경험이 있나?" 중령이 물었다.

"이탈리아군은 절대로 후퇴하면 안 되지."

나를 비롯해 끌려 나온 장교들은 빗속에 서서 그들의 대화를 들었다. 우리는 심문하는 장교와 마주하고 있었고 수인 신세가 된 중령은 약간 옆쪽으로 비켜서 있었다.

중령이 말했다.

“나를 총살할 거라면 이런저런 것 묻지 말고 당장 집행해 주시오. 다 바보 같은 짓이니까.”

그는 성호를 그었다. 장교들이 뭐라고 의논하더니 그중 한 명이 서류 위에 뭔가 적은 다음 말했다.

“부대 이탈 죄로 총살에 처함.”

두 명의 헌병이 그를 강둑 쪽으로 끌고 갔다. 머리가 희끗희끗한 중령은 모자도 쓰지 않은 채 양쪽에서 헌병의 감시를 받으며 빗속에서 끌려갔다. 총살당하는 장면은 볼 수 없었지만 총소리는 들을 수 있었다.

헌병 장교들은 또 다른 장교의 심문을 시작했다. 그 역시 소속부대에서 이탈한 장교였다. 그들이 선고문을 읽자 그 장교는 소리 내어 울었다. 그의 총살이 집행되는 동안 또 다른 장교의 심문이 시작되었다. 먼저 심문받은 사람이 총살당하는 동안 다음 사람을 심문하는 식이었다. 옴짝달싹할 수 없는 방법이었다. 나는 심문을 기다릴 것인가, 아니면 도망갈 것인가 갈등에 빠졌다. 그들에게 나는 영락없이 이탈리아 군복을 입은 독일군 첩자였다. 나는 그들의 머리 돌아가는 방식을 익히 잘 알고 있었다. 만일 그들에게 머리라는 것이 있고 그것이 작동하고 있다면 말이다. 그들은 모두 젊었다. 그들은 나름대로 조국을 구하고 있었다. 그들은 소속부대를 이탈한 영관급 이상의 장교를 처형하고 있는 중이었으며 이탈리아군 복장을 한 독일군 선동자를 색출해 처형하는 중이었다.

지금까지 심문을 받은 사람은 한 명도 빠짐없이 총살을 당했다. 심문자들은 놀랍도록 초연했으며 정의감에 불타고 있었다. 그들은 죽음의 위협에는 처해본 적이 전혀 없으면서 죽음을 다루고 있기 때문이었다. 이제 그들은 야전 연대의 대령 한 명을 심문하고 있었다. 그사이 세 명의 장교가 우리들이 있는 곳으로 더 끌려왔다.

나는 헌병들을 쳐다보았다. 일부 헌병들은 새로 잡혀 온 장교들을 바라보고 있었고 다른 헌병들은 심문을 받고 있는 대령을 바라보고 있었다. 나는 몸을 홱 낮춘 다음 옆에 있던 두 명의 헌병을 밀어젖히고 강을 향해 돌진했다. 강가에서 무언가에 걸려 고꾸라지는 자세 그대로 나는 강물에 뛰어들었다. 물이 무척 차가웠지만 나는 참을 수 있는 한 물속에 오래 버티고 있었다. 잠시 후 숨이 막혀 물 밖으로 떠올랐다가 숨을 깊이 들이마시고 다시 잠수했다. 두 번째로 물 위로 올라왔을 때 바로 앞쪽에 나무토막 하나가 보였다. 나는 한 손으로 그것을 붙잡았다. 내가 뛰기 시작했을 때, 그리고 내가 머리를 물 밖으로 내밀었을 때 들리던 총성이 이제는 들리지 않았다.

나무토막은 물살을 따라 흘러갔다. 물은 무척이나 차가웠다. 나는 두 손으로 나무토막을 붙잡고 물살에 몸을 맡겼다. 강기슭은 이제 시야에서 사라졌다.

第31장

작은 나무토막에 의지해서 떠내려가던 나는 다행히 묵직한 재목을 발견하고 거기 매달릴 수 있었다. 나는 그 재목과 함께 강을 따라 떠내려갔다.

날이 충분히 밝았을 때 강기슭을 따라 우거진 관목 숲이 보였다. 나는 군화와 옷을 벗어버리고 강기슭까지 헤엄쳐 갈까 잠시 생각해 보았지만 곧 그 생각을 접었다. 무슨 수를 써서라도 강기슭에 오르는 것이 급선무였지만 맨발로 육지에 오른다는 것은 곤란한 일이었다.

나는 강기슭과 멀어졌다 가까워졌다 반복하며 떠내려갔다. 이윽고 재목이 소용돌이에 접어들어 천천히 맴돌면서 강기슭에 가까워지자 나는 젖 먹던 힘을 다해서 강기슭을 향해 허우

적거리며 헤엄을 쳤다. 이어서 나는 강기슭에 늘어진 버드나무 가지에 겨우 매달릴 수 있었다. 나는 버드나무 가지를 부여잡고 잠시 숨을 고른 다음 강둑으로 기어 올라갔다. 날은 어렴풋이 밝아왔지만 인기척은 없었다. 나는 강둑에 납작 엎드려 강물 소리와 빗소리를 들었다.

잠시 뒤 나는 일어나서 강둑을 따라 걷기 시작했다. 라티사나에 이르기까지는 강에 다리가 없다는 것을 나는 알고 있었다. 나는 내가 산비토의 반대쪽에 있으리라고 짐작했다. 나는 길을 걸으면서 앞으로 어떻게 할 것인지 곰곰이 생각했다. 길을 가다보니 강으로 흘러 들어가는 시냇물이 나타났다. 이제껏 아무도 만나지 않았기에 나는 마음을 놓고 시냇물 옆에 앉아 군화를 벗어서 그 안에 들어있는 물을 쏟아냈다. 나는 외투를 벗고 주머니 안에서 서류와 돈이 들어있는 지갑을 꺼냈다. 다행히 돈은 물에 젖기는 했지만 이상은 없었다. 나는 돈을 세어 보았다. 3,000리라 남짓 되었다. 나는 소매에 달린 별을 떼어내어 돈과 함께 안주머니에 넣었다. 모자는 어디론가 사라지고 없었고 권총은 도로에서 헌병들에게 이미 빼앗겼다.

나는 운하 둑 위로 걷기 시작했다. 날이 밝았지만 시골 풍경은 왠지 음산해 보였다. 들판은 황량하고 비에 젖어 있었다. 저 멀리 들판에 종루가 솟아있는 것이 보였다. 나는 도로로 나섰다. 앞쪽에 군인들이 길을 따라 걸어오고 있는 모습이 보였다. 나는 절룩거리며 길가로 걸어갔지만 그들은 나를 지나치면서도 내게 조금도 주의를 기울이지 않았다. 강을 향해 올라가는 기관총 분견대였다. 나는 길을 따라 계속 걸어 내려갔다.

그날 나는 베네치아 평원을 건넜다. 이곳 도로는 모두 강어귀를 따라 바다로 향하고 있었기에 운하 옆에 나 있는 작은 길을 따라 평원을 가로질러야 했다. 나는 북쪽으로부터 남쪽으로 평원을 가로질렀고 두 개의 철로를 건넜으며 많은 도로를 가로질렀다. 마침내 나는 소택지 옆을 달리고 있는 철로에 도착했다. 베네치아에서 트리에스테로 이어지는 간선 철로였다.

저 멀리 간이 정거장이 보였고 보초를 서고 있는 병사의 모습이 보였다. 선로 위쪽에 다리가 하나 있었고 그 다리 위에도 병사 한 명이 서 있었다. 그때 저 멀리 평원을 가로질러 이곳을 향해 달려오는 열차의 모습이 보였다. 포르토그루아르에서 오는 열차 같았다. 나는 경비병들을 살펴본 다음 철로 옆 둑에 몸을 숨기고 누웠다. 다리 위의 경비병은 내가 누워있는 곳 근처까지 왔다가 다시 몸을 돌려 가버렸다. 나는 누워서 기차가 가까이 오기를 기다렸다. 기차는 차량을 길게 매달고 있어 매우 느린 속도로 다가오고 있었기에 올라탈 자신이 있었다.

이윽고 기차가 다가왔다. 나는 유개화차들을 몇 량 보내버린 뒤에 무개화차에 올라탔다. 경비병들에게 들키지 않은 것 같았다. 화차 안에는 대포가 실려 있었고 대포에는 천막이 덮여 있었다. 나는 천막을 들치고 그 안으로 들어갔다. 나는 드러누운 채 천막을 두드리는 빗소리와 덜컹거리며 다리 위를 달리는 바퀴 소리에 귀를 기울였다. 열차가 메스트레에 도착하면 대포를 점검할 테니 그 전에 내려야겠다고 나는 생각했다. 이 세상에 잃어버리거나 잊어버려도 좋은 대포란 없는 법이다. 너무 배가 고파 죽을 지경이었다.

제32장

몸이 흠뻑 젖은 채 천막을 뒤집어쓰고 무개화차에 누워있자니 춥고 배가 고팠다. 도저히 참을 수 없게 되자 나는 배를 깔고 엎드린 후 두 팔 위에 머리를 얹었다. 무릎이 뻣뻣했지만 상태는 좋았다. 발렌티니는 썩 훌륭한 수술을 한 셈이었다. 이 무릎으로 그 머나먼 길을 걸어서 후퇴했고 강을 헤엄칠 수 있었던 것이다. 배가 너무 고파 아무 생각도 떠오르지 않았다. 이럴 경우 두뇌는 생각하라고 있는 것이 아닌 모양이었다. 생각 대신 오로지 몇 가지 기억만이 떠오를 뿐이었다.

캐서린이 떠올랐다. 그러나 그녀를 다시 볼 수 있을지 아닐지도 모르는 상황에서 그녀 생각을 한다는 것은 나를 미치게 만들 수도 있었다. 나는 그녀에 대해 많은 추억을 떠올리기보다 아주 조금만 생각하기로 했다. 이렇게 덜컹거리며 천천히 달려가는 화차 안에, 천막 틈을 통해 광선이 희미하게 새어드는 가운데 이 딱딱한 바닥에 캐서린과 함께 누워있다는 생각. 하지만 이렇게 멀리 떨어져 있는 가운데 흠뻑 젖은 옷을 입은 채 천천히 움직이는 마룻바닥에 누워 오로지 이 젖은 옷과 딱딱한 바닥을 아내 삼아 생각을 포기하고 오로지 느끼기만 한다는 것은 힘든 일이다. 제아무리 천막 안이 아늑하고 대포에서 풍기는 기름 냄새가 상쾌하다 하더라도 이 딱딱한 바닥과 천막과 대포를 사랑할 수는 없는 노릇이었다.

그런데도 너는 지금 도저히 이곳에 있을 수 없는, 그런 상상조차 할 수 없는 그 누군가를 사랑하고 있다. 그런 상상조차 불가능하다는 것을 명백하고 냉정하게, 아니 냉정하다기보다는 명확하고 공허하게 알고 있으면서. 너는 한 부대가 퇴각하고 한 부대가 전진하는 현장에 있었기에 그것이 공허하다는 것을 알고 있다. 너는 백화점 매장 감독이 화재로 상품을 모조리 날려버린 것처럼 너의 앰뷸런스와 부하들을 잃었다. 그런데 너는 보험을 들어놓지도 않았다. 이제 너는 그 모든 것으로부터 추방되었다. 너에게는 이제 아무 의무도 없다. 화재가 난 뒤 백화점 매장 감독이 평소에 쓰던 말투 때문에 총살당할 처지에 놓

이게 된다면 백화점 문이 다시 열리더라도 매장 감독이 다시 돌아오리라고 기대할 수 없다. 그는 다른 직업을 찾으려 할 것이다. 물론 다른 직업이 있고 경찰이 그를 체포하지 못한다는 조건하에서이다.

분노 역시 의무와 함께 강물에 씻겨 내려갔다. 의무는 그전에 헌병이 내 멱살을 잡는 순간에 사라졌다. 나는 겉모습은 별로 중시하는 편은 아니지만 군복을 벗어던지고 싶었다. 내가 소매의 별을 떼어낸 것은 그냥 그것이 편해서일 뿐이다. 이것은 결코 명예의 문제가 아니다. 나는 그들에게 맞서고 있는 게 아니다. 그들과의 관계가 끊어졌을 뿐이다. 나는 그들 모두에게 행운을 빌었다. 그들 중에는 착한 사람도 있고 용감한 사람도 있으며 침착한 사람도, 현명한 사람도 있다. 그들은 모두 그런 대접을 받을 만하다. 하지만 그런 건 이제 나와 상관없는 일이다. 나는 오로지 이놈의 빌어먹을 열차가 메스트르에 도착하면 뭔가 먹으면서 제발 아무 생각조차 않을 수 있게 되기를 바랄 뿐이다.

피아니는 그들이 나를 총살했다고 보고할 것이다. 놈들은 총살한 사람들의 서류들을 호주머니에서 모두 빼냈다. 하지만 내 서류는 손에 넣지 못했다. 어쩌면 나를 익사자로 처리할지도 모른다. 미국의 가족들은 무슨 소식을 듣게 될까? 부상이나 다른 이유로 죽은 줄 알겠지. 정말 배고파 죽겠다. 식당 동료인 신부가 어떻게 되었을지 궁금하다. 그리고 리날디는? 아마 포르데노네에 있을 것이다. 더 이상 후방으로 후퇴하지만 않았다면 말이다. 그래, 이제 더 이상 그를 만날 수도 없을 것이다. 둘 다 만날 수 없을 것이다. 그런 생활은 이제 끝났다. 나는 리날디가 매독에 걸렸다고는 생각하지 않는다. 설사 걸렸다 하더라도 일찍 손을 쓴다면 그다지 심각한 병은 아니다. 하지만 그가 걱정하는 것은 당연하다. 내가 그 병에 걸렸다면 나도 걱정했을 것이다. 그 누구든 마찬가지일 것이다.

나는 생각 체질이 아니다. 나는 먹는 체질이다. 정말 그렇다. 나는 먹고 마시고 캐서린과 잠을 자기 위해 태어났다. 오늘 밤은 가능하겠지. 아니다 그건 불가능하다. 하지만 내일 밤은? 좋은 식사와 잠자리. 그녀와 함께가 아니라면 그 어디도 가지 않으리. 어쩌면 후다닥 떠나버려야 할지도 모른다. 그녀는 함께 갈 것이다. 나는 그녀가 함께 갈 것임을 안다. 언제쯤 떠날까? 그건 생각해볼 만한 문제다. 점점 어두워지고 있었다. 나는 누운 채 어디로 갈 것인가 생각했다. 갈 곳은 얼마든지 있었다.

제 4 부

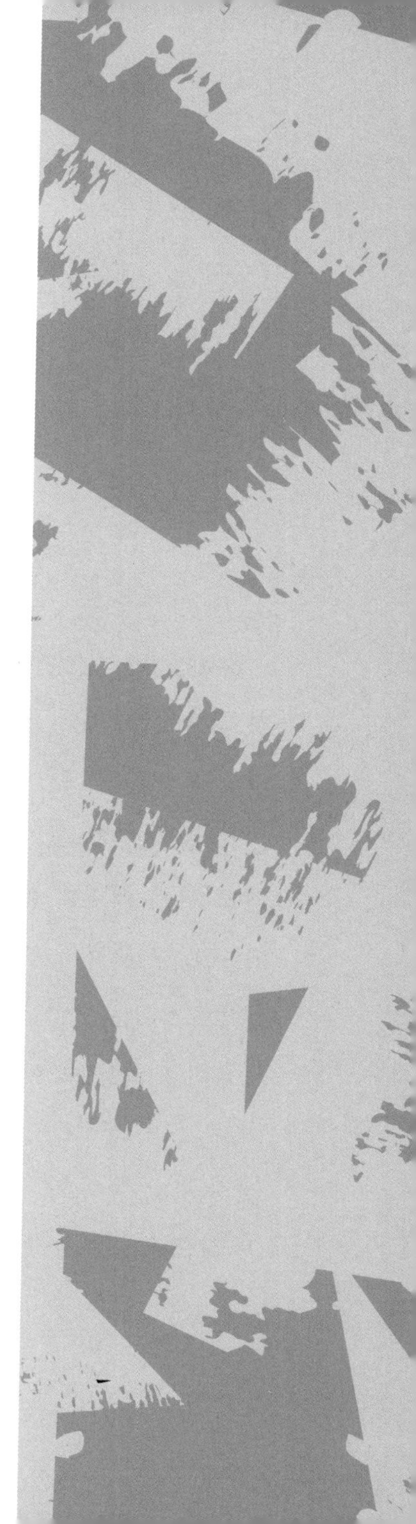

제33장

동이 트기 전 새벽에 기차가 밀라노로 들어서며 속력을 늦추자 나는 기차에서 내렸다. 선로를 건넌 뒤 몇 개의 건물을 지나쳐 나는 거리로 들어섰다. 포도주 가게가 한 군데 열려있어 나는 커피라도 마실 요량으로 그곳으로 들어갔다. 나는 카운터 앞에 서서 커피를 마시고 빵을 한 조각 먹었다. 따끈한 커피를 마시고 빵을 먹자 기운이 났다.

밖으로 나온 나는 마차를 잡아타고 병원으로 갔다. 병원에 도착한 나는 마차를 대기시키고 수위의 숙소로 갔다. 그의 아내가 나를 껴안으며 반겼다. 수위 역시 나를 반기며 말했다.

"무사히 돌아오셨군요."

"잘 지냈소?"

"아침은 드셨습니까?"

"먹었소."

나는 서둘러 캐서린의 소식을 물었다.

"미스 바클리는 아직 병원에 있소?"

"미스 바클리요?"

"영국인 간호사 말이오."

"중위님 애인이요?" 수위의 아내가 웃으면서 내 팔을 가볍게 두드렸다.

"여기 없습니다." 수위가 말했다. "다른 곳으로 갔습니다."

가슴이 철렁 내려앉았다.

"분명한 거요? 큰 키에 금발을 한 영국 아가씨를 말하는 건데."

"확실합니다. 스트레사로 갔습니다."

스트레사는 스위스로 통하는 길목에 자리 잡고 있는 밀라노 북서부의 작은 마을이었다.

"언제 그곳으로 갔소?"

"이틀 전에 다른 영국 아가씨와 함께 갔습니다."

"알았소. 두 분에게 부탁할 게 있소. 나를 봤다는 이야기를 아무에게도 하지 말아 주시오. 아주 중요한 일이요."

"염려 마십시오."

나는 수위에게 10리라를 주었지만 그는 한사코 거절했다.

"아무에게도 말하지 않겠다고 약속드립니다. 하지만 돈은 넣어 두십시오."

"뭐든 도와드릴 일이 없을까요?" 그의 아내가 물었다."고맙지만 그게 전부입니다."

나는 다시 마차에 올라 마부에게 시먼스의 집 주소를 일러주며 그곳으로 가자고 했다. 전부터 잘 알고 지내던 친구로서 성악을 전공하고 있었다. 시먼스는 포르타마겐타 쪽 교외에 살고 있었다. 내가 그를 찾아갔을 때 그는 아직 침대에서 잠을 자고 있었다.

"어지간히 일찍 일어났군, 헨리." 그가 말했다.

"야간 열차를 타고 왔네."

"도대체 어찌 된 거야? 이렇게 후퇴를 하다니. 자네, 전선에 있었나? 담배 한 대 태우겠나? 저 탁자 위 상자에 있어."

나는 침대 옆 의자에 앉았다. 시먼스는 베개에 기댄 채 담배를 피웠다.

"내가 좀 곤란한 처지에 빠졌다네, 심."

"나는 늘 곤란한 처지에 빠져 있지. 담배 안 피우려나?"

"됐네. 스위스로 가려면 어떻게 해야 하지?"

"자네가 가려고? 이탈리아에서 자네 출국을 허락하지 않을걸."

"물론이지. 나도 그건 알고 있어. 하지만 스위스 측에서는 어떻게 나올까?"

"자네를 구금할 걸세."

"그건 알고 있어. 하지만 어떤 절차를 밟으면 그렇게 되냐, 이걸 묻는 거야."

"간단해. 그냥 스위스 아무 곳이나 가면 돼. 신고 같은 걸 하면 되겠지. 그런데 왜 그런 걸 묻는 건가? 자네 경찰에 쫓기고 있나?"

"아직 확실한 건 몰라."

"말하기 곤란하면 안 해도 돼. 하지만 꽤나 재미있는 이야기일 것 같군. 여긴 별일 없어. 그런데 그 살벌한 전장에서 어떻게 빠져나왔나?"

"이제 전쟁과는 손을 끊은 셈이야."

"잘했어. 난 자네가 분별력 있는 친구라고 늘 생각했었지. 그래, 뭘 어떻게 도와줄까? 뭐든 내가 할 수 있는 한 도와줄게."

"자네가 내 체격과 비슷하잖아. 밖으로 나가서 사복을 한 벌 사다 줄 수 있겠나? 내게도 사복이 있지만 로마에 있거든."

"그래, 자네 로마에 살았지. 지저분한 곳이야. 어쩌다 거기 살게 됐나?"

"건축가가 되고 싶었거든."

"거긴 건축가가 되기에 적당한 곳이 아닌데. 암튼 옷을 살 필요 없어. 자네가 필요로 하는 옷을 몽땅 주겠네. 자, 옷장이 있는 방으로 가세. 아무 옷이나 골라잡아. 이 친구야, 옷을 살 필요가 없다니까."

"그래도 사는 게 마음이 편한데."

"이봐, 옷을 사러 나가는 것보다 그냥 주는 게 편해서 그래. 여권은 있나? 여권 없이는 멀리 갈 수 없어."

"응, 있어."

"자, 그러면 어서 옷을 갈아입고 정겨운 헬베티아(스위스)로 떠나게."

"그렇게 간단하지가 않아. 우선 스트레사로 가야 하거든. 마차를 보내고 와야겠네."

"어서 보내고 올라오게나."

나는 아래층으로 내려가 마부에게 삯을 지불하고 마차를 보냈다.

제34장

사복으로 갈아입으니 마치 변장을 한 것 같은 기분이었다. 오랫동안 군복을 입고 지냈기에 영 내 옷 같지가 않았다. 바지가 헐렁한 듯 느껴졌다.

나는 밀라노에서 스트레사 행 기차표를 샀다. 모자도 하나 새로 샀다. 시먼스의 모자는 내가 쓰기에 곤란한 것들이었지만 옷들은 썩 훌륭했다. 양복에서는 담배 냄새가 났다. 자리에 앉아 창밖을 내다보자니 비에 젖은 롬바르디아의 시골 풍경처럼 나 자신이 서글프게 느껴졌다. 객실에는 조종사 군복을 입은 사내들이 몇 명 앉아 있었지만 나를 거들떠보지도 않았다. 내 나이에 민간인 복장을 하고 있는 꼴을 경멸하는 듯했다. 모욕당한다는 느낌은 들지 않았다. 전 같았으면 모욕감을 느끼고 그들에게 욕을 하며 싸웠을지도 모른다. 그들이 도중에 내리고 홀로 있게 되자 기분이 한결 나아졌다. 내 손에는 신문이 들려 있었지만 나는 읽지 않았다. 전쟁 소식을 보고 싶지 않았기 때문이다. 나는 전쟁에 대해서는 잊으려 애썼다. 나는 단독으로 평화조약을 맺은 셈이었다. 지독하게 외로웠지만 얼마 뒤 기차가 스트레사에 도착하자 기뻤다.

나는 가방을 들고 기차에서 내렸다. 실은 내 가방이 아니라 시먼스의 가방이었다. 안에 셔츠 몇 벌만 들어있었기에 가방은 무척 가벼웠다. 나는 열차가 다시 떠날 때까지 비가 내리는 역에 서 있었다. 나는 정거장에서 한 사내를 붙잡고 혹시 문을 연 호텔이 있는지 물었다. 그는 그랜드 호텔이 영업 중이며 일 년 내내 열려있는 작은 호텔들도 여럿 있다고 알려주었다. 나는 가방을 들고 그랜드 호텔을 향해 비를 맞으며 걸어갔다. 가는 도중 마차가 눈에 띄어서 나는 마차를 잡고 호텔로 갔다.

호텔에 도착한 나는 좋은 방을 하나 잡았다. 방은 매우 넓고 밝았으며 호수가 내려다보였다. 나는 가볍게 세수를 한 뒤 아래층으로 바로 내려갔다. 바텐더와는 전부터 알고 지내던 사이였다. 나를 보자 그가 내게 물었다.

"사복 차림으로 여기서 뭘 하고 계신 겁니까?"

"휴가 중이야. 요양 휴가."

"호텔에는 손님이 한 명도 없습니다. 왜 호텔을 열어놓는지 모르겠습니다."

나는 그에게 단도직입적으로 물었다.

"혹시 시내에서 영국 여자 두 명을 보지 못했나? 그저께 이곳에 왔을 텐데."

"이 호텔에는 없습니다."

"간호사들이야."

"간호사요? 봤습니다. 잠깐만 기다리십시오. 어디에 묵고 있는지 알아보고 오겠습니다."

"그중 한 명은 내 아내야. 아내를 만나려고 이곳에 온 거라네."

"다른 한 명은 제 아내이지요."

"농담하는 게 아니야."

"죄송합니다. 실없는 농담을 해서."

그는 밖으로 나가더니 잠시 후 돌아왔다. 나는 올리브와 소금 간을 한 아몬드, 감자 칩 등을 씹으며 안쪽 거울에 비친 사복 차림의 내 모습을 바라보았다. 바텐더가 돌아왔다.

"역 근처 작은 호텔에 머물고 있답니다."

나는 그에게 샌드위치와 마티니를 주문했다. 나는 샌드위치를 세 쪽 먹고 마티니를 세 잔 마셨다. 이처럼 시원하고 맛있는 술은 처음 마셔보는 것 같았다. 마치 문명인이 된 것 같은 기분이었다. 그동안 나는 적포도주, 빵, 치즈와 질이 나쁜 커피, 그리파만 먹고 마셔 왔다.

샌드위치를 먹으며 내가 바텐더에게 물었다.

"이 호텔에 정말 손님이 하나도 없는 거야?"

"물론 몇 분 계시긴 하지요." 이어서 바텐더가 내게 전쟁에 대해 뭔가 물었다.

"전쟁 이야기는 집어치워." 내가 말했다. 내게 전쟁은 이제 아득히 멀어졌다. 아마 전쟁 같은 것은 없었는지도 모른다. 이제 전쟁은 없다. 그제야 비로소 전쟁이 내게는 끝이라는 실감이 났다. 하지만 전쟁이 정말로 끝났다는 느낌은 들지 않았다. 나는 학교를 땡땡이치고 지금쯤 학교에서 무슨 일이 벌어지고 있는지 궁금해하는 학생이 된 듯한 기분이었다.

캐서린과 헬렌 퍼거슨이 묵고 있는 호텔로 찾아갔을 때 그녀들은 저녁 식사를 하고 있었다. 호텔 복도에 서서 바라보니 식탁에 앉아 있는 그녀들의 모습이 보였다. 캐서린은 나를 등지고 앉아 있었기에 그녀의 머리카락과 아름다운 목덜미, 어깨만

이 보였다. 뭔가 이야기를 하고 있던 퍼거슨이 내 모습을 보자 말을 멈췄다. "어머나!" 그녀가 외쳤다.

"안녕하세요." 내가 말했다.

"어머, 자기!" 캐서린이 큰 소리로 외쳤다. 그녀의 얼굴이 환하게 밝아졌다. 도저히 믿을 수 없다는 표정도 볼 수 있었다. 나는 그녀에게 키스했다. 캐서린은 얼굴을 붉혔고 나는 식탁에 앉았다.

"정말 못 말리는 양반이네. 그래, 여기서 뭘 하고 있는 거예요? 식사는 했어요?" 퍼거슨이 내게 말했다.

"아직 못했습니다." 식당 여종업원들이 식탁으로 오자 나는 음식을 주문했다. 캐서린은 기쁨에 겨운 눈길을 내게서 떼지 못하고 있었다.

"도대체 사복을 입고 뭘 하는 거예요?" 퍼거슨이 물었다.

"내각에 입각했습니다."

"정말 궁지에 빠졌군요." 퍼거슨이 빈정거리는 투로 말했다.

"기운 내요, 미스 퍼거슨. 기운 좀 내라고요." 내가 그녀에게 말했다.

"당신을 봤다고 해서 기운이 나지는 않는군요. 캐서린을 이런 식으로 궁지에 몰아넣다니…… 어떻게 당신을 보고 기운이

나겠어요."

캐서린이 나를 향해 미소 지으며 식탁 밑으로 내 발을 툭 건드리며 말했다.

"아무도 나를 난처하게 만든 사람은 없어, 퍼기. 내가 스스로 택한 길이야."

"나는 저 사람을 더 이상 참을 수 없어." 퍼거슨이 말했다. "그놈의 교활한 이탈리아식 사기로 너를 망쳐놓은 것 외에 한 게 뭐 있어? 미국인이 이탈리아인보다 더 나빠."

"스코틀랜드인은 도덕적이고?" 캐서린이 말했다.

"그런 뜻이 아니야. 이탈리아식으로 비열한 짓을 했다는 말이야."

"퍼기, 내가 비열한 사람입니까?"

"물론이지요. 비열한 것 이상이에요. 뱀 같아요. 이탈리아 군복을 입은 뱀. 목에 망토를 두른 뱀."

"지금은 군복을 입고 있지 않은데요."

"그러니까 당신이 정말 교활하다는 거예요. 여름 내내 연애질을 해서 애를 임신시켜 놓고는 슬쩍 빠져나가려는 거잖아요."

내가 캐서린에게 미소를 던지자 그녀도 내게 미소를 보냈다.

"얘, 퍼기, 우리는 함께 도망칠 거야."

그러자 퍼거슨이 이번에는 공격의 화살을 캐서린 쪽으로 바꾸었다. 그녀의 얼굴이 분노로 벌겋게 달아올라 있었다.

"너도 똑같아. 정말로 네가 부끄러워. 너는 수치심도 없고 명예심도 없니? 네게 그런 게 조금이라도 있었다면 이렇게 되지는 않았을 거야. 임신을 해놓고도 그 사실을 농담처럼 여기고 너를 유혹했던 남자가 돌아오니까 좋아서 싱글벙글해? 부끄러움도 없고 감정도 없는 거니?"

퍼거슨이 흐느껴 울기 시작했다. 캐서린이 그녀를 달래면서 우리는 정말로 서로 사랑하고 있다고, 지금 정말로 행복하다고 말했다. 그러자 미스 퍼거슨이 울먹이며 말했다.

"나도 알아. 내 말에 너무 신경 쓰지 마. 그냥 너무 속이 상해서 그래. 너 행복하다고 그랬지? 하지만 나는 네가 이런 식으로 행복하기는 바라지 않아. 왜 둘이 결혼하지 않는 거니?"

이어서 그녀가 나를 보고 말했다.

"당신, 다른 곳에 마누라가 있는 건 아니지요?"

"물론입니다." 내가 즉각 대답했다.

"퍼기, 우린 결혼할 거야. 그러니 마음 풀어." 캐서린이 미스 퍼거슨에게 말했다.

미스 퍼거슨은 겨우 진정되었다.

그날 밤 호텔의 우리들 방에서 나는 너무나 행복했다. 부드러운 시트를 덮고 안락한 침대에 누워있자니 마치 고향에 돌아온 것 같은 느낌이었다. 이제는 더 이상 혼자가 아니라는 느낌, 밤에 잠에서 깨어나도 곁에 누군가 있으며 결코 어디로 가지 않으리라는 느낌에 나는 젖어 있었다. 그 외의 다른 것들은 모두 비현실적이었다. 우리는 피곤하면 잠을 잤으며 누군가가 잠에서 깨면 상대방도 잠에서 깨어났다. 우리는 외롭지 않았다. 남자건 여자건 때로는 홀로 있고 싶어지는 법이고 둘이 사랑하는 사이라면 상대방의 그런 기분을 질투하는 법이다. 하지만 나는 그런 기분을 전혀 느끼지 않았다고 자신 있게 말할 수 있다. 우리는 함께 있으면서 그런 고독을 만끽하고 있었다. 우리 둘은 세상 다른 사람들로부터 고립되어 있었다. 바로 그렇기에 우리는 오히려 외롭지 않았고 둘이 함께 있으면 그 무엇도 두렵지 않았다.

나는 밤이 낮과 같지 않다는 것을 잘 안다. 밤이냐 낮이냐에 따라 모든 것이 달라진다는 것을 안다. 밤에 존재하는 것들에 대해 낮에는 설명이 불가능하다. 낮에는 더 이상 그것들이 존재하지 않기 때문이다. 고독한 사람에게는 밤이 두렵다. 고독이 시작되는 때이기 때문이다. 하지만 캐서린과 함께 있으면 낮과 밤은 다를 것이 없었다. 단지 차이가 있다면 밤이 조금 더 즐겁다는 사실 뿐이다. 어떤 사람들이 이 세상에서 지나치게 용기 있는 행동을 한다면 세상은 그들을 꺾기 위해 그들을 죽여야 한다. 그리고 결국 그들을 죽여 버리고 만다. 세상은 한 명도 빼놓지 않고 그들을 꺾어버리고 많은 사람들은 꺾인 바로 그 자리에서 더욱 강해진다. 그러나 꺾이지 않는 자들은 죽여 버리고 만다. 세상은 선량한 사람이건 점잖은 사람이건 용감한 사람이건 가리지 않고 죽인다. 당신이 그 어디에도 해당되지 않더라도 세상은 틀림없이 당신을 죽일 것이다. 하지만 그렇다고 해서 특별히 서두를 것은 없다.

이튿날 아침, 잠에서 깨었을 때의 일을 나는 지금도 생생하게 기억하고 있다. 캐서린은 잠들어 있었고 햇살이 창문을 통해 들어오고 있었다. 비는 그쳐 있었다. 나는 침대에서 나와 방을 가로질러 창가로 갔다. 아래쪽에 비록 헐벗긴 했어도 멋지게 정돈된 정원이 있었고 자갈 깔린 오솔길, 나무들, 호숫가의 돌담이 있었고 햇빛에 반짝이는 호수 뒤로는 산들이 있었다. 나는 창밖을 바라보다가 고개를 돌렸다. 캐서린이 잠에서 깨어나 나를 유심히 바라보고 있었다.

"자기, 잘 잤어요? 날씨가 정말 좋지요?" 그녀가 말했다.

"당신 기분은 어때?"

"너무 좋아요. 정말 사랑스러운 밤이었어요."

"아침 식사할까?"

그녀는 아침을 먹고 싶어 했다. 나도 마찬가지였다. 우리는 창문을 통해 들어오는 11월의 햇살을 받으며 침대에서 식사를 했다.

"신문 보고 싶지 않아요? 병원에 있을 때는 늘 신문을 봤잖아요." 캐서린이 물었다.

"보고 싶지 않아. 전쟁 소식을 보고 싶지 않아."

"그런데 당신이 군복을 벗어버린 걸 알면 당신을 체포하지 않을까요?"

"총살할지도 몰라."

"그렇다면 여기 머물러 있으면 안 돼요. 이 나라에서 도망쳐요. 당신이 체포된다는 건 생각하기도 싫어요. 어디로 가면 되지요?"

"저 호수 건너편이 스위스니까 그곳으로 갈 수 있을 거야."

"좋은 생각이에요."

"그런데 아무래도 범죄자가 된 기분을 떨쳐버릴 수 없어. 군대에서 탈영한 셈이니까. 우리들이 범죄자처럼 살고 싶지는 않은데……"

"자기, 그런 바보 같은 소리 하지 말아요. 당신은 군대에서 탈영한 게 아니에요. 단지 이탈리아 군대에서 벗어났을 뿐이지요."

나는 웃었다.

"당신 정말 멋진 여자야. 자, 다시 침대에 눕자. 침대에 누워 있으면 기분이 좋아."

잠시 뒤 캐서린이 말했다.

"이제 범죄자 같은 기분에서 벗어났지요?"

"맞아. 당신과 함께 있을 때는."

"에이, 바보 같은 사람. 하지만 걱정 말아요. 내가 당신을 잘 돌봐줄 테니. 그런데 정말 신기해요. 이제는 입덧도 하지 않으니 말이에요."

"정말 신기하네."

"이렇게 멋진 아내를 두고 고마운 줄도 모르면 안 돼요. 하지만 상관없어요. 우리, 당신이 체포당하지 않을 곳으로 가서 행복하게 지내요."

"지금 당장 갑시다."

"그래요. 당신만 좋다면 언제든, 어디든 가겠어요."

"아무것도 생각하지 말고."

"좋아요."

제35장

캐서린이 미스 퍼거슨을 만나기 위해 그녀가 묵고 있는 작은 호텔에 가 있는 동안 나는 별로 읽고 싶지 않은 신문을 펼치고 바에 앉아 있었다. 바텐더는 어디로 갔는지 보이지 않았다. 이탈리아군은 탈리아멘토강에서도 적을 막지 못하고 지금은 피아베강까지 후퇴해 있었다.

내가 건성으로 신문을 훑어보고 있는데 바텐더가 들어왔다.

"그레피 백작님께서 중위님을 찾으십니다."

"누구?"

"그레피 백작님 말입니다. 전에 이곳에 오셨을 때 만나셨던 노신사분 기억나지 않으세요?"

"맞아, 기억나. 그분이 이 호텔에 묵고 계신가?"

"네, 조카 따님과 함께 와 계십니다. 그분께 중위님이 와 계신다고 말씀드렸더니 당구나 한 게임 하자고 하십니다."

"지금 어디 계셔?"

"산책하고 계십니다."

"건강하셔?"

"전보다 더 젊어지신 것 같습니다. 어제 저녁 식사 전에 샴페인 칵테일을 세 잔이나 드시더라고요. 중위님이 이곳에 와 계시다고 하니까 무척 반가워하셨습니다. 당구 칠 상대가 없었으니까요."

그레피 백작은 아흔네 살로서 머리카락과 수염이 하얗게 센 예의 바른 노인이었다. 그는 오스트리아와 이탈리아 양국에서 외교활동을 했으며 그의 생일 파티는 밀라노 사교계의 큰 행사였다. 그는 아흔넷이라는 나이에 걸맞지 않게 당구를 잘 쳤으며 내게 핸디캡을 주고도 나를 쉽게 이겼다.

백작이 산책 중이었기에 나는 시간을 죽이기 위해 바텐더와 낚시를 갔다. 우리는 호숫가로 내려가 보트를 탔다. 내가 노를 젓는 동안 바텐더는 송어를 낚기 위해 낚시를 드리웠다. 우리는 11시쯤 다시 호텔로 돌아왔다. 돌아올 때는 바텐더가 노를 저었고 내가 낚시를 했다. 한번인가 묵직한 송어가 낚시에 걸렸지만 끌어들이는 동안 놓쳐버리고 말았다.

호텔로 돌아와 침대에 누워있는 사이 캐서린이 미스 퍼거슨과 함께 돌아왔다. 우리는 함께 식사를 했다. 퍼거슨은 호화로운 호텔과 식당에 감탄했다. 우리는 흰 카프리 두어 병을 비우며 맛있게 점심 식사를 했다. 퍼거슨은 어제보다 훨씬 진정이 되어 있었다.

그레피 백작이 질녀와 함께 식당으로 들어서며 인사했다. 그의 질녀는 어딘가 나의 할머니와 닮은 데가 있었다. 식사는 즐거웠다. 포도주를 몇 잔 마시자 퍼거슨은 명랑해졌고 나도 기분이 좋았다. 점심 식사를 마친 뒤 미스 퍼거슨은 잠시 누워있고 싶다며 자신이 묵고 있는 호텔로 돌아갔다.

오후 늦게 누군가 우리 방문을 두드렸다.

"누구요?"

호텔 보이의 목소리가 들렸다.

"그레피 백작께서 당구 한 게임 함께 치실 수 있는지 물어보시라고 해서요."

나는 시계를 보았다. 4시 15분이었다.

"가야 돼요, 자기?" 캐서린이 속삭이듯 물었다.

"가는 게 좋겠어."

나는 큰 소리로 밖을 향해 외쳤다.

"백작님께 5시까지 당구장에 가겠다고 전해주게."

4시 45분에 나는 침대에서 일어나 욕실로 들어가 옷을 갈아입었다. 사복을 입은 내 모습은 여전히 어색했다.

"오래 걸릴까요?" 캐서린이 물었다.

"실은 가고 싶지 않아. 금세 다녀올게."

"어서 다녀오세요."

당구장으로 가니 그레피 백작이 있었다. 그는 스트로크 연습을 하고 있었다. 당구대 위의 불빛에서 보니 전보다 좀 허약해 보였다.

"와줘서 고맙네. 당구 상대를 해주다니 정말 고마운 일이야."

"오히려 저를 불러주셔서 감사합니다."

"몸은 좋아졌나? 이손초강에서 부상을 입었다는 소식을 들었네. 어서 쾌유하기를 바라네."

"이제 무척 좋아졌습니다. 백작님도 건강하시지요?"

"아, 나야 늘 싱싱하지. 하지만 나이는 어쩔 수 없나 보네. 나이 들어가는 징후가 여기저기서 보여."

"공연한 말씀이십니다."

우리는 당구를 쳤다. 그의 당구 솜씨는 여전했다. 늘 그렇듯이 그가 핸디캡을 접어주었는데도 불구하고 나는 게임에서 졌다. 게임이 끝나자 그가 벽에 붙은 초인종을 눌러 바텐더를 불렀다.

바텐더가 오자 그는 포도주를 주문했다. 우리는 포도주를 마셨다. 상당히 독한 것이 맛이 좋았다.

"자, 한 병 더 마시며 전쟁 이야기를 좀 해보세." 그가 의자에 앉으며 말했다.

"전쟁 말고 다른 이야기를 하시지요." 내가 말했다.

"전쟁 이야기가 싫은가 보지? 좋아. 지금 자네 무슨 책을 읽고 있나?"

"읽고 있는 책이 없습니다. 따분한 건 질색이거든요."

"그럴 리가. 책은 읽어야 하네."

"전쟁 중에 어떤 책이 나왔습니까?"

"프랑스인 바르뷔스가 쓴 『포화』라는 소설이 나왔어. 그리고 영국인 H. G. 웰스가 쓴 『브리틀링 씨가 그것을 통해 보았다.』라는 소설도 나왔고."

"아니, 그 사람은 보지 못했습니다."

"무슨 소리인가?"

"브리틀링은 그것을 통해 본 것이 없다는 뜻입니다. 그 책들이 병원에 있었습니다."

"그렇다면 그 책들을 읽었다는 말이로군."

"네. 하지만 별로 마음에 들지 않더군요."

"나는 웰스의 소설이 영국 중산층의 영혼을 아주 잘 보여준 것 같던데."

"저는 영혼에 대해서는 잘 모릅니다."

"이보게, 영혼에 대해 아는 사람은 아무도 없어. 자네 신을 믿나?"

"밤에는요."

백작은 미소를 띠더니 손가락으로 잔을 돌렸다.

"나는 나이가 들면 신앙심이 깊어지리라 기대했었지. 그런데 그렇지 않더군. 정말 딱한 일이야."

"죽음 이후에도 계속 살고 싶으신가요?" 내가 백작에게 물었다. 순간 노인 앞에서 죽음 이야기를 꺼내다니 정말 바보 같은 짓을 했다는 생각이 들었다. 하지만 백작은 개의치 않았다.

"어떤 삶이냐에 달려 있겠지. 나는 지금의 삶이 좋아. 이런 식으로 영원히 살고 싶어." 그가 미소를 지었다. "살 만큼 살았으면서도 말일세."

우리는 가죽 의자에 깊숙이 몸을 묻고 앉아 있었다. 얼음을 채운 그릇 속에 샴페인이 들어있었고 우리들 사이에 잔이 놓여 있었다.

"자네가 내 나이쯤 된다면 많은 일이 낯설게 여겨질 걸세."

"백작님은 아직 젊어 보이시는데요."

"늙는 건 육체야. 이따금 백묵이 부러지듯 내 손가락이 부러지지나 않을까 겁날 때도 있다네. 하지만 영혼은 늙지도 않고 현명해지지도 않아."

"백작님은 현명하십니다."

"아니, 잘못된 생각이야. 노인이 지혜로우리라는 생각 말일세. 나이를 먹는다고 현명해지지 않아. 다만 조심스러워질 뿐이야."

"그런 게 지혜 아닐까요?"

"그런 게 지혜라면 아주 멋대가리 없는 지혜이지. 자네에게는 가장 소중한 게 무엇인가?"

"제가 사랑하는 사람입니다."

"나도 마찬가지라네. 그건 지혜가 아니야. 자네, 삶을 소중하게 생각하나?"

"그렇습니다."

"나도 그렇다네. 내가 가진 것은 그것뿐이니까. 그래야 생일 파티도 열 수 있는 것 아닌가?" 그가 웃었다. "자네는 분명히 나보다 현명해. 생일 파티 같은 건 열지 않으니까."

우리는 함께 포도주를 마셨다.

"백작님은 전쟁에 대해 정말로 어떻게 생각하십니까?" 내가 물었다.

"어리석은 짓이라고 생각하네."

"누가 이길까요?"

"이탈리아."

"왜 그렇지요?"

"젊은 나라니까."

"젊은 나라가 늘 전쟁에서 이기나요?"

"당분간은 그럴 거야."

"그런 다음에는요?"

"그 나라도 늙어가겠지."

"백작님, 현명하지 않으시다는 좀 전 말씀이 곧이들리지 않는데요."

"이보게, 이런 건 지혜가 아니야. 냉소적인 거지."

"제게는 매우 현명하게 들리는 데요."

"별로 그렇지 않아. 다른 식으로 이야기를 할 수도 있지. 하지만 이런 이야기도 나쁘지 않아. 샴페인은 다 마셨나?"

"네, 거의 다 마셨습니다."

"더 마실까?"

"아뇨, 이제 된 것 같습니다."

그러자 그는 자리에서 일어났다.

"자네에게 행운이 함께 하길 빌겠네. 행복하고 건강하게 지내게."

"감사합니다. 백작님께서 영원히 삶을 누리시기를 빕니다."

"고맙네. 지금도 오래 산 셈이야. 자네 신앙심이 깊어지면 내가 죽은 뒤 나를 위해 기도해주게나. 주변 사람들에게도 같은 부탁을 해놓았어. 나 스스로 신앙심이 깊어지기를 기대했는데 그렇게 되지 못했어."

그가 왠지 쓸쓸한 미소를 지은 것 같았지만 확실하지는 않았다.

"제가 신앙심이 깊어질 수도 있겠지요. 어쨌든 백작님을 위해 기도하겠습니다."

"나는 늘 신앙심이 깊어지기를 기대했다네. 내 가족들은 모두 경건한 신앙심을 갖고 죽음을 맞이했어. 하지만 나는 그렇게 되지 않더군."

"아직 때가 되지 않았나 봅니다."

"너무 늦었는지도 몰라. 종교심을 갖기에는 너무 오래 살았어."

“그렇게 생각하십니까?”

“물론이지. 당구 상대 해주어서 정말 고마웠네.”

“저도 아주 즐거웠습니다.”

“2층까지 함께 올라갈까.”

제36장

그날 밤 폭풍우가 몰아쳤다. 나는 세찬 빗줄기가 창문을 두드리는 소리에 잠에서 깨어났다. 열린 창문을 통해 비가 들어오고 있었다. 누군가 문을 두드렸다. 나는 캐서린을 깨우지 않으려고 조용히 문가로 다가가 문을 열었다. 바텐더가 그곳에 서 있었다.

"중위님, 잠깐 말씀 좀 드려도 될까요?"

"무슨 일인데?"

"아주 중요한 일입니다."

"들어와."

나는 그를 데리고 욕실로 가서 문을 잠그고 불을 켰다. 나는 욕조 가장자리에 걸터앉았다.

"에밀리오, 무슨 일이야? 자네에게 무슨 곤란한 일이라도 생겼나?"

"아뇨. 중위님 일입니다."

"그래?"

"아침에 그들이 중위님을 체포하러 올 겁니다."

"그래?"

"오늘 시내에 갔다가 카페에서 그들이 나누는 이야기를 들었습니다."

"알겠어."

그의 윗도리는 비에 젖어 있었고 손에는 젖은 모자를 들고 있었다.

"나를 왜 체포하려는 거지?"

"저도 잘 모르지요. 중위님이 전에는 군복을 입고 오셨었는데 지금은 군복을 벗고 오신 걸 알게 된 겁니다. 이번 퇴각 이후로 아무나 닥치는 대로 체포하고 있습니다."

나는 잠시 생각에 잠겼다.

"언제쯤 나를 체포하러 올 것 같은가?"

"아침일 겁니다. 정확한 시간은 모르겠습니다."

"자네 생각에 어떻게 했으면 좋겠나?"

그는 세면기 위에 모자를 올려놓았다. 흠뻑 젖어 있었기에 바닥에 물방울이 뚝뚝 떨어졌다.

"두려워할 일이 없다면 체포되어도 상관이 없겠지요. 하지만 체포된다는 건 좋은 일이 아니잖습니까……. 특히 요즘 같은 상황에서는."

"나는 체포되고 싶지 않아."

"그렇다면 스위스로 가십시오."

"어떻게?"

"제게 보트가 있잖습니까."

"이렇게 폭풍우가 불어오는데." 내가 말했다.

"폭풍우는 멎었습니다. 물결이 거칠게 일지만 괜찮을 겁니다."

"언제 출발해야 하지?"

"지금 당장이요. 새벽 일찍 그들이 올지도 모릅니다. 어서 짐을 싸십시오. 부인께도 어서 옷을 입으라고 하시고요. 짐은 제가 들어다 드리겠습니다."

"어디서 기다리겠나?"

"여기서 이대로 기다리겠습니다. 복도에 있다가 들키면 안 되니까요."

나는 욕실 밖으로 나가서 침실로 들어갔다. 캐서린은 깨어 있었다.

"자기, 무슨 일이에요?"

"별일 아니야, 캣. 빨리 옷을 입을래? 바로 스위스로 가야 해."

"무슨 일인데요?"

"바텐더 말이 아침에 나를 체포하러 온대."

그녀가 옷을 입고 짐을 꾸리는 사이 나는 열린 창문을 통해 어둠이 깔린 바깥을 바라보았다. 어둠과 비만 보일 뿐 호수는 보이지 않았다. 바람은 훨씬 잠잠해져 있었다.

"준비 다 됐어요." 캐서린이 말했다.

"자, 준비가 됐네." 내가 욕실 문을 열고 말했다. "여기 가방이 있네, 에밀리오."

바텐더가 가방 두 개를 들었다.

호텔을 나설 때 수위가 의아한 눈으로 쳐다보았다. 나는 호수로 폭풍우 구경을 간다고 둘러댔다. 수위는 안으로 들어가더니 커다란 우산을 갖고 나왔다. 나는 그에게 10리라짜리 지폐를 한 장 주었다. 밖으로 나선 우리는 빗속을 걸어갔다. 바텐더는 캐서린에게 미소를 지었고 그녀도 그에게 생긋 미소를 보냈다.

우리는 엄청나게 큰 우산을 받쳐 들고 비에 젖은 정원을 지나 거리로 나섰다. 이어서 우리는 도로를 가로질러 격자 울타리가 쳐져 있는 호숫가에 도착했다. 차갑고 눅눅한 11월의 바람이 호수 위에서 불어오고 있었다. 지금쯤 산간에는 눈이 내리고 있을 것이다. 우리는 부두에 매어 놓은 보트들을 지나쳐 바텐더의 보트가 있는 곳으로 갔다.

바텐더가 가방들을 보트 안에 넣었다. 내가 그에게 말했다.

"보트 값을 주겠네."

"돈은 충분히 있으세요?"

"별로 많지는 않아."

"그러면 나중에 보내주세요. 그게 나을 겁니다."

"얼마인데?"

"알아서 부쳐 주세요."

"얼마인지 말하라니까."

"무사히 빠져나가신다면 스위스 돈으로 500프랑을 부쳐 주세요. 무사히 빠져나가신다면 그 정도는 주실 수 있겠지요."

"알았네."

"여기 샌드위치가 있습니다." 그가 내게 꾸러미를 하나 건네주었다. "바에 있는 건 다 들고 나왔습니다. 이게 전부입니다. 여기 브랜디가 있고 포도주도 한 병 있습니다."

나는 그것들을 가방에 넣었다.

"이것들 값은 지금 치르고 싶은데."

"좋습니다. 50리라만 주십시오."

나는 그에게 돈을 주었다.

"좋은 브랜디입니다. 부인께 드려도 될 겁니다. 자, 부인을 보트에 태우십시오."

나는 캐서린을 보트에 태웠다. 그녀는 고물에 앉아 케이프로 몸을 감쌌다.

"어디로 가야 할지는 아십니까?"

"호수 위쪽으로 가면 되는 것 아닌가?"

"얼마나 먼지는 아십니까?"

"루이노를 지나면 되겠지."

"루이노 뿐 아니라 칸네로, 칸노비오, 타란차노를 지나야 합니다. 브리사고에 도착해야 비로소 스위스에 가신 겁니다. 몬테타마라도 지나야 합니다."

나는 시계를 보았다. 11시였다. 바텐더가 다시 말했다.

"노를 열심히 저으면 아침 7시에는 도착할 수 있을 겁니다."

"그렇게 멀어?"

"35킬로미터입니다."

"이 빗속에 나침반도 없이 어떻게 가지?"

"괜찮습니다. 우선 이솔라벨라를 향해 노를 저으십시오. 거기서 이솔라마드레 반대쪽으로 바람을 따라가세요. 바람이 팔란차로 데려다 줄 겁니다. 거기에 가면 불빛이 보일 겁니다. 그런 후 호반을 따라 위로 계속 가면 됩니다."

"바람이 바뀌면?"

"아니, 사흘 동안 바람은 계속 같은 방향으로 불어올 겁니다. 물을 퍼낼 통도 하나 넣어두었습니다. 참, 호텔 숙박비는 놓고 오셨나요?"

"응, 봉투에 넣어서 방에 놓고 왔어."

"좋습니다. 행운을 빕니다, 중위님."

"자네에게도 행운이 있기를. 정말 여러 가지로 고맙네."

"물에라도 빠지시면 고맙다는 생각이 싹 가실 텐데요."

그가 허리를 굽혀 보트를 밀어주었다. 나는 노를 물 속에 박고 손을 흔들었다. 바텐더가 어서 노를 저으라고 손짓을 했다. 나는 호텔 불빛을 바라보며 불빛이 보이지 않을 때까지 열심히 노를 저었다. 파도가 꽤 높게 출렁였지만 우리는 바람을 타고 앞으로, 앞으로 나아갔다.

제37장

나는 얼굴에 바람을 맞으며 어둠 속에서 노를 저었다. 비는 그쳐 있었고 가끔 일진광풍이 불어올 뿐이었다. 어두웠고 바람은 차가웠다. 고물에 앉아 있는 캐서린의 모습은 보였지만 노가 잠겨 있는 수면은 보이지 않았다. 바람이 뒤에서 불고 있었고 보트가 가벼워 노를 젓기가 그다지 힘들지는 않았다. 오로지 어서 팔란차에라도 닿았으면 하는 마음뿐이었다.

바텐더가 팔란차 불빛을 보게 될 것이라고 했지만 우리는 그 불빛을 보지 못했다. 바람이 호수 위쪽에서 불어오는 바람에 어둠 속에서 팔란차를 가리고 있는 곶을 지나쳤기에 불빛을 보지 못한 것이다. 마침내 호수 위쪽에서 불빛이 깜빡였다. 기슭 가까이 가보니 인트라였다. 나는 계속해서 노를 저었다.

"우리는 지금 호수를 가로지르고 있어." 내가 캐서린에게 말했다.

"팔란차 불빛을 보게 될 거라고 하지 않았나요?"

"거길 지나쳤어."

"괜찮아요, 자기?"

"괜찮아."

"내가 잠깐 노를 저어도 되는데."

"아냐, 난 정말 괜찮아."

"퍼거슨이 안 됐어요. 아침에 호텔에 찾아왔다가 우리가 사라진 걸 알게 되겠지요."

"나는 그런 건 걱정도 안 해. 날이 밝아서 경비들에게 들키기 전에 스위스령 호수로 들어가야 한다는 생각뿐이야."

"아직도 멀었나요?"

"여기서 30킬로미터쯤 돼."

나는 밤새도록 노를 저었다. 손바닥이 너무 아파 노를 잡기도 힘들 정도였다. 보트가 기슭에 부딪칠 뻔한 적도 여러 번 있었다. 호수 위에서 길을 잃거나 시간을 낭비할까 봐 기슭에 가깝게 보트를 몰았기 때문이었다.

호수의 폭이 넓어지면서 건너편 산기슭에 불빛이 몇 개 보였다. 산과 산 사이에 쐐기 모양의 협곡이 보이는 것으로 보아 루이노가 틀림없었다. 루이노가 맞는다면 우리는 순조롭게 전진하고 있는 셈이었다. 나는 노를 보트 안으로 끌어들이고 등을 바닥에 대고 누웠다. 노를 젓느라 녹초가 되었던 것이다. 팔과 어깨와 등이 쑤셨고 손이 쓰려왔다.

"내가 우산을 펴고 앉아 있을게요." 캐서린이 말했다. "우산이 돛 역할을 해줄 수 있을 거예요."

"배를 조종할 수 있겠어?"

"그럼요."

"그러면 당신이 이 노를 잡고 옆구리에 꼭 낀 채 배 옆에 내려놓고 배를 조종해봐. 우산은 내가 들고 있을게."

나는 고물로 가서 그녀에게 키 잡는 법을 가르쳐주었다. 이어서 나는 큰 우산을 받아들고 이물을 마주 보고 앉아서 활짝 폈다. 우산은 곧 바람을 듬뿍 머금었다. 우산을 힘껏 붙잡고 있자 보트가 바람의 힘으로 앞으로 나아갔다. 노를 저으며 앞으로 나아갈 때보다 훨씬 빨랐다.

"정말 멋지게 달리네요." 캐서린이 감탄했다. 내 눈에는 오로지 우산만 보였다. 마치 우산이 달리고 있는 듯한 기분이었다. 두 다리로 버티면서 우산을 들고 있는데 갑자기 우산이 휘어졌다. 나는 우산 끝을 잡으려고 애썼지만 우산은 순식간에 확 뒤집혔다. 바람을 잔뜩 품은 돛을 들고 있다가 거꾸로 뒤집힌 우산을 들고 있는 꼴이 되고 만 것이다. 나는 우산을 바닥에 내려놓고 노를 잡으려고 고물로 갔다. 그녀는 깔깔거리고 웃었다. 내가 가까이 가자 그녀는 내 손을 잡고 계속 웃었다.

"왜 웃는 거야?" 내가 노를 잡으며 말했다.

"우산을 잡고 있는 모습이 너무 재미있어서요."

"그랬겠지."

"화내지 말아요, 자기. 정말 재미있었어요. 당신이 거인처럼 보이는 데다 우산 끝을 붙잡고 있는 모습이 너무 귀여워서……" 그녀는 숨이 막히는 듯 말을 잇지 못했다.

"내가 노를 저을게."

"잠깐 쉬면서 한잔 해요. 굉장히 멋진 밤인데다 꽤 멀리 왔잖아요."

나는 노를 높이 세웠고 노에 부딪치는 바람을 이용해 앞으로 나아갔다. 캐서린은 가방을 열고 내게 브랜디 병을 건네주었다. 나는 주머니칼로 코르크 마개를 따고 한 모금 죽 들이켰다. 부드럽고 독한 술이었다. 온몸이 후끈해지며 기분이 좋아졌다.

"좋은 브랜디인데." 내가 말했다. "당신도 한 모금 마셔."

달은 구름 속으로 들어갔지만 호숫가가 보였다.

"이제 좀 훈훈해졌어, 캣?"

"아주 좋아요. 다리가 좀 뻣뻣할 뿐이에요."

"물을 좀 퍼내. 그러면 다리를 뻗을 수 있을 거야."

나는 노를 저었다. 고물에서 깡통으로 물을 퍼내는 소리가 들렸다. 어느새 호수는 폭이 상당히 좁아져 있었다. 다시 달이 얼굴을 내밀었다. 만약 세관 감시원이 있었다면 물 위에 시커멓게 떠 있는 우리 보트의 모습을 보았을 것이다.

"당신 기분이 어때?" 내가 물었다.

"좋아요. 지금 어디쯤 온 거예요?"

"12킬로미터 정도밖에 남지 않은 것 같아."

"그럼 앞으로도 한참 노를 저어야 하네요. 당신 지쳤지요?"

"아냐, 괜찮아, 손이 조금 쑤실 뿐이야."

우리는 호수 위쪽으로 나아갔다. 나는 완전히 녹초가 되어 있었다. 아직 최소한 8킬로미터 정도는 더 노를 저어가야 했다. 나는 잠시 노 젓는 것을 멈추고 바람이 날에 부딪치도록 노를 붙잡고 있었다.

"내가 잠깐 노를 저을게요." 캐서린이 말했다.

"당신, 그 몸으로 노를 저으면 안 될 텐데."

"무슨 소리를 하는 거예요. 오히려 몸에 좋을 거예요. 몸이 뻣뻣해지는 것도 막을 수 있고 적당한 운동은 임산부에게 아주 좋아요."

"좋아, 그러면 아주 천천히 저어봐. 내가 뒤쪽으로 갈 테니까 당신이 이쪽으로 와. 올 때 배 양편을 꼭 잡고 와."

나는 고물에 앉아 캐서린이 노 젓는 모습을 바라보았다. 노가 너무 길어서 조금 걸리적거렸을 뿐 그녀는 아주 능숙하게 노를 저었다. 나는 가방을 열어 샌드위치를 두어 조각 먹고 브랜디를 마셨다. 기운이 났고 기분도 좋아졌다. 나는 브랜디를 한 모금 더 마셨다.

"지치면 말해. 노가 당신 배에 부딪치지 않게 조심하고." 내가 캐서린에게 말했다.

"만일 그렇게 된다면…… 삶이 훨씬 간단해지겠지요."

나는 브랜디를 한 모금 더 마셨다.

나는 캐서린을 고물로 보내고 다시 노를 잡았다. 브랜디 기운에 더 쉽게 꾸준히 노를 저을 수 있었다.

동이 트기 전에 이슬비가 내리기 시작했다. 바람은 잔잔했다. 호수를 둘러싸고 있는 산들이 바람을 막아주는 것 같았다. 잠시 쉬었던 나는 날이 밝기 시작하자 다시 몸을 추스르고 열심히 노를 저었다. 어디쯤 와 있는지 알 수 없었지만 한시라도 빨리 스위스 영토로 접어들고 싶은 마음뿐이었다.

이제 날이 훤하게 밝았다. 이슬비는 여전히 내리고 있었다. 스위스령으로 들어온 것이 틀림없었다.

"스위스 영토로 들어온 것 같아." 내가 캐서린에게 말했다.

"정말이요? 스위스로 들어가면 우리 푸짐하게 아침을 먹어요. 스위스에는 롤빵과 버터와 잼이 아주 유명해요."

기슭의 나무들 뒤로 집이 여러 채 보였다. 호반에서 조금 올라간 곳에 석조 건물들과 언덕 위의 빌라들과 교회가 있는 마을 모습이 보였다. 나는 노 젓는 속도를 늦추었다. 우리는 마을의 선창가를 지나고 있는 셈이었다.

"국경선에서 꽤 멀리 들어온 것 같아." 내가 말했다.

"그렇다면 정말 좋겠어요. 우리를 국경으로 되돌려 보내지 말아야 할 텐데."

"국경은 아주 멀어. 아마 세관 마을인 것 같아. 틀림없이 브리사고일 거야."

"이곳에도 이탈리아 사람들이 있을까요? 세관 마을에는 양국 사람들이 다 있는 법이잖아요."

"전쟁 중에는 아니야. 이탈리아 사람들이 국경을 넘어오는 게 차단되어 있거든."

아주 작고 아담한 마을이었다. 부두에는 낚싯배가 여럿 있었고 시렁에는 그물이 걸려 있었다. 11월의 보슬비가 내리고 있었지만 비가 내리는데도 불구하고 밝고 깨끗했다.

"우리 보트에서 내려서 아침 식사를 할까?"

"좋아요."

나는 노를 힘껏 저어 보트를 기슭에 가까이 한 뒤 부두에 나란히 갖다 댔다. 그런 후 노를 끌어올린 뒤 쇠고리를 붙잡고 젖은 돌 위에 올라섰다. 스위스 땅에 발을 디딘 것이다. 나는 보트를 묶은 뒤 캐서린에게 손을 내밀었다.

"자, 어서 올라오시라. 기분이 상쾌해."

"가방은 어쩌지요?"

"그냥 보트에 두지."

캐서린이 육지로 올라왔다. 마침내 우리 두 사람이 함께 스위스 땅에 들어선 것이다.

"정말 아름다운 곳이에요."

"대단하지?"

"어서 아침 식사를 하러 가요."

"정말 멋진 곳이지? 발밑에 느껴지는 감촉도 좋아."

"몸이 너무 뻣뻣해서 그건 못 느끼겠어요. 하지만 정말 굉장한 나라 같아요. 자기, 우리가 그 살벌한 곳을 빠져나와 이곳에 있다는 게 실감 나요?"

"그럼 실감 나지. 정말 실감 나. 전에는 전혀 느껴보지 못한 기분이야."

"저 집들 좀 봐요. 광장도 참 예쁘지요? 저기 아침 먹을 데가 있네요."

"이 비도 멋진 것 같지 않아? 이탈리아에서는 이런 비를 볼 수가 없어. 정말 상쾌한 비야."

"정말 우리가 여기 왔네요. 우리가 이곳에 있다는 게 실감 나요?"

우리는 카페로 들어가 깨끗한 나무 식탁에 앉았다. 우리는 정신이 나간 듯 흥분해 있었다. 앞치마를 두른 아주 깨끗한 여자가 다가와서 무엇을 들겠느냐고 물었다.

"롤빵과 잼과 커피를 주세요." 캐서린이 말했다.

"죄송합니다만 롤빵은 없네요. 전시(戰時)라서요."

"그럼 그냥 빵을 주세요."

"토스트를 해다 드릴까요?"

"좋아요."

"계란 프라이도 갖다 주시겠습니까?" 내가 말했다.

"몇 개를 해다 드릴까요?"

"세 개요."

"자기, 네 개를 들어요." 캐서린이 말했다.

"네 개요." 내가 말했다.

여자가 자리를 떠나자 나는 캐서린에게 키스를 하고 손을 꼭 쥐었다. 우리는 서로의 얼굴을 바라보고 카페를 둘러보았다.

"롤빵이 없어도 상관없어요. 밤새 롤빵 생각만 했지만 괜찮아요. 아무래도 좋아요."

"내 생각에 우리는 곧 체포될 거야."

"자기, 걱정하지 말아요. 우선 아침이나 들어요. 아침을 먹은 뒤에는 체포가 되더라도 상관없어요. 그리고 우리를 체포해도 어쩌지 못할걸요. 우리는 당당한 영국인과 미국인이잖아요."

"당신 여권을 갖고 있소?"

"그럼요. 우리 그런 이야기는 하지 말아요. 그냥 행복하면 돼요."

"이보다 더 행복할 수는 없어." 내가 말했다.

"저기 커피가 나오네요." 캐서린이 행복한 목소리로 말했다.

아침 식사 후 우리는 체포되었다. 식사 후 우리는 마을을 잠시 돌아보고 가방을 가지러 부두로 내려갔다. 병사 한 명이 보트를 감시하고 있었다.

"당신들 보트입니까?" 그가 물었다.

"그렇습니다."

"어디서 왔습니까?"

"호수 위쪽에서 왔습니다."

"그렇다면 함께 가주셔야겠습니다."

"가방은 어떻게 할까요?"

"가지고 가십시오."

나는 가방들을 들고 캐서린과 나란히 걸었다. 우리 뒤에서 따라오던 병사는 낡은 세관 건물로 들어갔다. 세관 안에는 야위었지만 군인다운 모습의 중위 한 명이 있었다. 그가 우리를 심문했다.

"국적이 어디입니까?"

"미국과 영국입니다."

"여권 좀 보여주십시오."

나는 그에게 내 여권을 주었고 캐서린은 핸드백에서 여권을 꺼냈다.

그는 여권을 한참 들여다보았다.

"왜 이런 식으로 보트를 타고 스위스에 온 겁니까?"

"나는 스포츠맨입니다. 보트레이스를 아주 좋아합니다. 기회만 있으면 보트를 탑니다."

"그런데 이곳에는 왜 왔습니까?"

"겨울 스포츠를 즐기기 위해서입니다. 우리는 관광객이고 겨울 스포츠를 즐기고 싶습니다."

"이곳에는 겨울 스포츠를 즐길만한 곳이 없습니다."

"알고 있습니다. 이곳에서 겨울 스포츠를 즐길 수 있는 곳으로 갈 예정입니다."

"이탈리아에서는 무엇을 했습니까?"

"건축을 공부하고 있었습니다. 여기 내 사촌 누이는 미술을 공부하고 있었고요."

"왜 그곳을 떠났습니까?"

"겨울 스포츠를 즐기기 위해서라고 말씀드렸지요? 전쟁 중이라서 건축 공부를 계속할 수 없었습니다."

"여기서 잠시 기다리십시오." 중위는 그렇게 말한 후 우리 여권을 가지고 안으로 들어갔다.

"당신 정말 대단해요." 캐서린이 말했다. "계속 그렇게 나가요. 겨울 스포츠를 즐기러 왔다고 계속 밀고 나가요."

"당신 미술에 대해서는 좀 알아?"

"루벤스는 알아요. 티치아노도 알고요."
"그 정도면 됐어."
잠시 후 그 깡마른 중위가 우리 여권을 들고 복도를 걸어왔다.
"당신들을 로카르노로 보내야겠습니다." 그가 말했다. "마차를 타고 가십시오. 병사 한 명이 동행할 겁니다."
"좋습니다. 보트는 어떻게 하지요?" 내가 물었다.
"보트는 몰수입니다. 가방에는 뭐가 들었습니까?"
그는 가방을 샅샅이 뒤져 1리터 들이 브랜디 병을 꺼냈다.
"한잔 하시겠습니까?" 내가 물었다.
"아니, 사양하겠습니다." 그가 몸을 일으키며 말했다. "돈은 얼마나 갖고 계십니까?"
"2,500리라입니다."
그 대답에 그는 호감을 느낀 것 같았다.
"당신 사촌은 얼마나 갖고 있습니까?"
캐서린은 1,200리라 남짓 갖고 있었다. 중위는 만족스런 표정을 지었다. 우리를 대하는 태도가 훨씬 부드러워졌다. 그가 말했다.
"겨울 스포츠를 즐기시려면 벵겐이 좋습니다. 우리 아버지가 벵겐에서 아주 좋은 호텔을 경영하고 계십니다. 일 년 내내 문을 엽니다."

"그거 잘 됐군요. 혹시 명함 좀 갖고 계십니까?"

"내가 내 명함에 적어드리지요." 그가 아주 정중하게 명함을 건네주었다.

"병사가 당신들을 로카르노로 모셔다 드릴 겁니다. 여권은 그 병사가 갖고 있을 겁니다. 죄송하지만 나로서도 어쩔 수가 없군요. 로카르노에서 비자나 경찰 허가증을 받으실 수 있다면 좋겠습니다."

우리는 마차를 부르려고 시내로 출발했다. 출발 전에 중위가 병사를 불러 독일어로 뭐라고 말했다. 병사는 소총을 등에 메고 우리들 가방을 들었다.

"아주 훌륭한 나라야." 내가 캐서린에게 말했다.

"아주 실용적이네요." 그녀가 대답했다.

잠시 후 우리는 병사와 함께 마차에 올라타고 로카르노를 향해 달렸다. 로카르노에서도 별로 힘든 일은 없었다. 그곳에서도 심문을 받았지만 우리에게 여권과 돈이 있었기에 사람들은 친절했다. 나는 그들이 우리가 한 말을 믿었다고는 생각하지 않는다. 그리고 그런 말을 하면서 스스로도 정말 웃기는 소리라고 생각했다. 하지만 그들의 심문은 일종의 법정 심문 같은 것이었다. 뭔가 이치에 맞는 대답을 원하는 것이 아니라 그저 형식에만 들어맞으면 그만이었고 별 설명 없이 형식적인 것만 내세우면 되었다. 무엇보다 우리에게는 여권이 있었고 이곳에서 쓸 돈이 있었다. 그들은 우리에게 임시 비자를 내주었다. 물론 언제고 무효화될 수 있는 비자였다. 우리는 가는 곳마다 경찰에 신고해야만 했다.

이제 가고 싶은 곳이라면 아무 곳이나 가면 되나요? 그렇습니다. 어디로 가고 싶으신가요?

"캣, 어디로 가고 싶어?"

"몽트뢰요."

"참 좋은 곳이지요. 그곳이라면 마음에 드실 겁니다." 담당 공무원이 말했다.

"이곳 로카르노도 좋은 곳이지요. 아마 마음에 드실 겁니다." 옆에 있던 다른 공무원이 말했다. "아주 매력적인 곳입니다."

"우리는 겨울 스포츠를 할 수 있는 곳으로 가고 싶습니다."

이어서 두 공무원 사이에서 설왕설래가 오갔다. 그들의 설왕설래를 끝까지 듣고 있을 이유는 없었다. 내가 나서서 말했다.

"두 분 말씀 모두 감사합니다. 하지만 이제 그만 가봐야겠습니다. 제 사촌 누이가 너무 피곤해해서요. 우선은 시험 삼아 몽트뢰로 가봐야겠습니다."

몽트뢰를 적극 추천했던 공무원이 내게 악수하며 말했다.

"훌륭한 선택입니다. 축하드립니다."

그러자 로카르노를 주장하던 공무원이 말했다.

"로카르노를 떠나면 후회하실 겁니다. 어쨌든 몽트뢰에 가시면 경찰에 신고해야 합니다."

"경찰도 불쾌하게 대하지는 않을 겁니다." 첫 번째 관리가 말했다. "주민들도 모두 친절하고 상냥하다는 걸 아시게 될 겁니다."

우리는 그들에게 인사하고 밖으로 나왔다. 그들은 문간까지 나와 우리를 배웅했다. 로카르노를 권하던 관리가 조금 쌀쌀맞게 인사한 것 같았지만 괜히 그렇게 보이는지도 몰랐다. 우리는 계단을 내려와 마차에 올랐다. 나는 마차 옆에 서 있는 병사에게 10리라짜리 지폐를 주며 말했다.

"이거, 아직 스위스 돈이 없어서 미안하오."

그는 거수경례를 하고 자리를 떠났다. 마차가 거리를 달리기 시작했다. 내가 캐서린에게 말했다.

"당신 어떻게 몽트뢰 생각을 해낸 거야? 정말 그곳에 가고 싶어?"

"제일 먼저 생각이 난 곳이에요. 괜찮은 데예요. 산에서 그럴

듯 한 곳을 찾을 수 있을 거예요."

"졸립지 않아?"

"지금 거의 잠들어 있어요."

캐서린과 나는 다시 이런저런 농담을 주고받았지만 사실은 정말로 피곤했다. 어서 호텔로 가서 쉬고 싶었다. 마차는 거리를 달리고 있었다. 내가 마부에게 물었다.

"그런데 마부 양반, 지금 우리가 어디로 가고 있는 거요?"

마부가 마차를 멈추었다.

"메트로폴 호텔로 가고 있습니다. 그곳으로 가시려던 게 아닌가요?"

"아, 맞아요. 그곳이라면 괜찮겠지, 캣?"

"좋아요. 당신, 조금 흥분해 있는 것 같아요. 잠을 푹 자고 나면 내일은 기분이 한결 좋아질 거예요."

"지금은 정말 그로기가 됐어. 오늘 정말 희극 오페라 같은 하루를 보냈어. 배도 고픈 것 같아."

"자기, 피곤해서 그래요. 이제 곧 좋아질 거예요."

잠시 후 마차가 호텔 앞에서 멈춰 섰다. 누군가 나와서 우리의 가방을 들어주었다.

"이제 기분이 좋아." 내가 말했다. 우리는 호텔로 통하는 포도(鋪道)에 내려섰다.

"그럴 줄 알았어요. 정말로 그냥 피곤해서 그랬을 거예요. 오랫동안 긴장해 있었잖아요."

"그래, 아무튼 우리가 정말로 이곳에 왔어."

우리는 가방을 든 보이를 따라 호텔 안으로 들어갔다.

제 5 부

제38장

그해 가을에는 눈이 무척 늦게야 내렸다. 우리는 산비탈 소나무 숲 한가운데, 나무로 지은 산장에서 지내고 있었다. 밤이면 서리가 내렸고 아침에 눈을 뜨면 화장대 위에 올려놓은 두 개의 물그릇에 얇게 얼음이 덮여 있었다. 아침 일찍 구팅겐 부인이 와서 창문을 닫고 큼직한 자기(磁器) 난로에 불을 피워주었다. 방이 따뜻해지면 부인은 아침 식사를 가지고 들어왔다. 우리는 침대에 앉아 아침 식사를 하면서 호수를 내려다보았고 호수 건너편 프랑스 영토 쪽 산들을 바라보았다. 산 정상에는 눈이 덮여 있었고 호수는 흐릿한 푸른색을 띠고 있었다.

산장 앞으로는 산 위까지 도로가 뻗어 있었다. 서리가 내려 있는 도로 위 수레바퀴 자국은 강철처럼 단단하게 다져져 있었다. 길은 숲을 가로질러 죽 올라가다가 산을 휘감으면서 목장이 있는 곳까지 계속 이어졌다. 숲 가장자리에 있는 목장의 헛간과 오두막들은 계곡을 내려다보고 있었다. 계곡은 깊었으며 바닥에 시냇물 한 줄기가 호수까지 흘러들고 있었다. 계곡을 가로질러 바람이 불어올 때면 시냇물이 바위에 부딪치는 소리가 들렸다.

우리는 가끔 도로를 벗어나 소나무 숲 사이로 난 오솔길을 걸었다. 숲속 길은 폭신폭신해서 걷기에 좋았다. 우리는 징이 박힌 구두를 신고 있었기에 딱딱한 도로를 걷는 데도 문제가 없었다. 하지만 도로보다는 숲속을 걷는 것이 훨씬 기분이 좋았다.

우리가 살고 있는 집 앞에서 산은 호수를 따라 작은 평원까지 가파르게 내리뻗어 있었다. 우리는 집 앞 양지바른 곳에 앉아 산허리를 감으며 구불구불 내려가고 있는 도로를 바라보곤 했다. 산 아래쪽으로는 양편으로 층층이 포도밭이 보였다. 돌담으로 구획을 지어놓은 포도밭의 작물들은 겨울철이라 모두 바짝 말라 있었다. 포도밭 아래로는 호반을 따라 좁은 들판 위에서 있는 마을 집들이 보였다. 호수에는 나무 두 그루가 서 있는 섬이 하나 있었다. 두 그루의 나무들은 마치 어선의 쌍돛대 같았다. 호수 건너편의 산들은 날카롭고 가팔랐으며 호수 끝에는 두 줄기 산맥 사이로 론 계곡의 평평한 들판이 있었다. 그리고 계곡 위쪽으로는 당뒤미디산이 있었지만 다른 산들에 가려져 보이지 않았다.

해가 밝게 내리쪼일 때면 우리는 현관에서 점심 식사를 했다. 하지만 대개는 나무 벽으로 둘러싸인 2층의 작은 방에서 식사를 했다. 방에는 구석에 커다란 난로가 놓여 있었다. 우리는 시내에서 책과 잡지들을 구입했으며 여러 카드놀이 방식과 규칙을 설명해 놓은 책을 사서 둘이 할 수 있는 게임을 익혔다. 난로가 있는 작은 방이 우리의 거처였다. 식사를 하고 나면 우리는 식탁에 앉아 게임을 했다.

구팅겐 부부는 아래층에 살고 있었다. 저녁이면 그들이 낮은 목소리로 소곤거리는 소리가 들리곤 했는데 무척 행복해 보였다. 남편은 전에 호텔에서 급사장(給仕長)으로 일했고 구팅겐 부인은 같은 곳에서 하녀로 일했다. 그들은 돈을 모아 이 산장을 구입해서 살고 있었다. 그들에게는 아들이 한 명 있었는데 취리히의 한 호텔에서 급사장 공부를 하고 있었다. 아래층에는 매점이 있어 부부는 그곳에서 포도주와 맥주를 팔았다. 저녁이면 이따금 사람들이 바깥에 짐 마차를 세워놓고 포도주를 마시러 계단을 올라오는 소리가 들리곤 했다.

밤이면 난로를 따뜻하게 피워놓고 우리는 포근한 잠을 잤다. 나는 가끔 잠에서 깨어 캐서린이 깨지 않도록 조심스럽게 이불을 덮어주고는 다시 잠을 이루었다. 전쟁은 이제 어딘가 다른 대학에서 벌어지는 축구 경기처럼 아득하게만 여겨졌다. 하지만 아직 눈이 내리고 있지 않았기 때문에 산간지역에서는 전투가 벌어지고 있다는 소식을 신문을 통해서 나는 듣고 있었다.

우리는 가끔 전동차를 타고 산을 내려가 몽트뢰로 갔다. 몽트뢰에는 아는 사람이 아무도 없었다. 우리는 호반을 산책하면서 백조들과 갈매기들을 바라보았고 사람이 가까이 가면 공중으로 날아올라 호수를 내려다보며 끽끽거리는 제비갈매기들을 바라보았다. 호수 한가운데는 작고 검은 논병아리들이 꼬리에 긴 파문을 일으키며 헤엄을 치고 있었다.

우리는 시내 큰 거리를 걸으며 상점 진열창들을 들여다보았다. 큰 호텔들은 대개 문이 닫혀 있었지만 대부분의 상점은 열려있었고 우리를 반겼다. 마을에는 캐서린이 자주 들르는 깨끗한 미용실이 있었다. 미용실 주인은 매우 명랑한 사람이었고 몽트뢰에서 우리가 유일하게 알고 지내는 사람이었다. 캐서린이 미용실에서 머리 손질을 하는 동안 나는 맥줏집으로 가서 뮌헨 산 흑맥주를 마시며 신문을 읽었다. 나는 이탈리아 신문과 영국 신문, 미국 신문을 모두 읽었다. 적과 내통하는 것을 방지하겠다는 목적으로 모든 광고는 시커멓게 먹물 처리가 되어 있었다. 신문에 유쾌한 내용이라고는 없었다. 도처에서 전황은 불리하게 돌아가고 있었다.

캐서린이 머리 손질을 마칠 정도의 시간이 되면 나는 맥줏집에서 나와 미용실로 갔다. 우리는 밖으로 나와 함께 거리를 걸었다. 춥고 음산했으며 바람이 불고 있었다.

"나, 정말 당신을 너무 사랑하나봐." 내가 말했다.

"우리 정말 잘 지내고 있지요? 저기, 우리 어디론가 가서 차 대신 맥주를 마셔요. 꼬맹이 캐서린에게도 좋을걸요. 몸을 작게 만들어줄 거예요."

"꼬맹이 캐서린? 그 게으름뱅이 녀석 말이지?"

"정말 착해요. 아무런 말썽도 피우지 않고요. 의사 말이 맥주는 내 몸에도 좋고 태아도 작게 해준댔어요."

"몸이 작은 사내아이라면 기수가 되면 좋겠군."

"아기가 태어나면 우리 결혼해야지요."

우리는 맥줏집에 들어가 구석에 앉았다. 바깥은 점점 어두워지고 있었다. 이른 시간이었지만 음산한 날씨여서 황혼이 일찍 찾아왔다.

"지금 당장 결혼합시다." 내가 말했다.

"안 돼요. 지금은 곤란해요. 내 꼴이 말이 아니에요. 이런 꼴로는 사람들 앞에 나서기 싫어요."

"진작 결혼했어야 하는데."

"어쨌든 이런 꼴로는 안 돼요."

"그럼 우리 언제 결혼할까?"

"내가 다시 날씬해지면 언제고 좋아요. 모두들 정말 멋진 한 쌍이라고 감탄하게 만들고 싶어요."

"그래, 당신은 아무 걱정도 안 돼?"

"걱정을 왜 해요? 내가 기분이 상했을 때는 딱 한 번뿐이에요. 밀라노에서 마치 몸 파는 여자 같은 기분이 들었을 때 말이에요. 그것도 아주 잠깐뿐이었어요. 한 7분 정도였던가? 게다가 그것도 그 방의 가구들 때문이었어요. 나, 지금 좋은 아내 노릇 하고 있는 거지요?"

"당신은 사랑스러운 아내야."

"그러니까 자기, 형식적인 건 생각하지 말아요. 내가 날씬해지자마자 결혼할 테니까요."

"알았어."

“맥주 한 잔 더 해도 괜찮아요? 의사가 골반이 좀 작을 뿐 아무 문제도 없다고 했어요. 우리 꼬맹이를 작게만 만들면 된다고 했어요.”

“그 말밖에 없었어?”

“없었어요. 혈압도 아주 좋대요. 막 칭찬했어요.”

“골반이 작아서 특별히 조심할 건 없대?”

“별 이야기 없었어요. 스키만 타지 않으면 된대요. 당신과 결혼해서 미국에 한번 가보고 싶어요. 나이아가라 폭포랑, 골든게이트를 꼭 보고 싶어요.”

우리는 역으로 가서 전동차를 타고 다시 산으로 올라갔다.

크리스마스 사흘 전까지도 눈은 내리지 않았다. 그러던 어느 날 아침에 눈을 뜨니 눈이 내리고 있었다. 난로에 불이 훨훨 타오르는 가운데 우리는 눈이 내리는 것을 바라보았다. 구팅겐 부인이 아침상을 치운 뒤 난로에 불을 더 지펴주었다. 그녀는 자정부터 눈이 내리기 시작했다고 말했다. 나는 창가로 가서 밖을 내다보았다. 하지만 도로 건너편은 보이지 않았다. 바람이 불면서 거세게 눈보라가 휘날리고 있었다. 나는 침대로 돌아와 누워서 캐서린과 이야기를 나누었다.

"스키를 탈 줄 알면 얼마나 좋을까? 스키를 못 타니까 우울해요." 그녀가 말했다.

"그 대신 우리 눈 속을 걸어볼까?"

"그래요. 점심 먹기 전에요. 식욕이 날 거예요."

우리는 밖으로 나갔지만 그다지 멀리 갈 수 없었다. 눈보라가 심했기 때문이었다. 우리는 역 앞까지만 가서 작은 술집에 들어가 베르무트를 마시고 돌아왔다. 지독한 눈보라였다.

집으로 돌아와 점심을 먹고 난 후 난롯가에 앉아 창밖에 눈이 내리는 것을 바라보고 있는데 캐서린이 먼저 말을 꺼냈다.

"당신, 혼자 어디론가 여행을 가서 남자들과 어울리며 스키를 타고 싶지 않아요?"

"전혀. 왜 그래야 하지?"

"당신이 가끔 나 아닌 다른 사람들을 만나고 싶어 할 거라는 생각이 들어요."

"당신은 다른 사람들을 만나고 싶어?"

"아뇨."

"나도 마찬가지야."

"알아요. 하지만 당신은 달라요. 내게는 아이가 있으니까 아무것도 하지 않아도 상관없어요. 난 요새 내가 정말로 바보 같아져서 너무 말이 많다는 걸 알아요. 그래서 당신이 내게 질리기 전에 어디론가 갔으면 하는 거예요."

"정말 내가 멀리 가기를 원해?"

"아뇨. 당신이 내 곁에 머무는 게 좋아요."

"나도 그럴 생각이야."

"자기, 혹시 턱수염 기르고 싶지 않아요?"

"기르면 좋겠어?"

"재미있을 것 같아요. 당신이 턱수염 기른 모습을 보고 싶어요."

"좋아, 기르지 뭐. 지금 당장 기르기 시작할 거야. 아주 좋은 생각이야. 뭔가 할 일이 생긴 셈이니까."

"할 일이 없는 게 걱정되세요?"

"아니. 할 일 없는 게 좋아. 당신은 안 그래?"

"저는 지금 정말 행복해요. 하지만 이렇게 배가 불러오니까 당신이 싫증낼까 봐 겁나요."

"오, 캣, 당신은 내가 당신을 얼마나 미칠 듯이 사랑하는지 몰라?"

"알아요. 하지만 당신이 불안해할지도 몰라서……"

"절대로 그렇지 않아. 가끔 전선 생각도 나고 그곳에서 알고 지내던 사람이 어떻게 지내는지 궁금하긴 하지만 걱정하지는 않아. 나는 그 어떤 일이건 깊이 생각하면서 고민하지 않아."

"누가 제일 궁금해요?"

"리날디와 신부가 주로 생각 나. 그 외에도 여러 사람이 생각나기도 하고. 하지만 그다지 많이 생각하는 건 아니야. 전쟁에 대해서는 깊이 생각하지 않기로 했거든. 나는 전쟁과는 연을 끊었어."

"지금은 무슨 생각을 하세요?"

"아무 생각도 안 해."

"아녜요. 뭔가 생각하고 있었어요. 말해줘요."

"리날디가 정말 매독에 걸렸을까 하는 생각."

"그뿐이에요?"

"응."

"그분 정말 매독에 걸렸나요?"

"몰라."

"당신이 매독에 걸리지 않아서 기뻐요. 당신은 비슷한 병 걸린 적 없어요?"

"임질에 한 번 걸렸었지."

"그런 이야기는 듣고 싶지 않네요. 자기, 많이 힘들었어요?"

"무척 힘들었지"

"나도 걸렸으면 좋았을걸."

"그런 소리 하지 마. 저, 눈 내리는 것 좀 보라고."

"당신을 바라보고 있는 게 더 좋아요. 나는 우리가 아주 하나로 섞여버렸으면 좋겠어요."

"나도 그래. 당신이 없으면 나는 아무짝에도 쓸모없는 인간이야. 더 이상 사는 것 같지도 않을 거고."

"나는 당신이 멋진 삶을 살기를 원해요. 하지만 당신 혼자가 아니라 우리 둘이 함께 그런 삶을 살아야 하지요? 그렇지요?"

"그건 그렇고 턱수염을 정말 기를까, 말까?"

"길러요. 재미있을 거야. 새해가 되면 번듯한 모양을 잡을 거예요."

"우리 체스 한판 둘까?"

"그냥 당신이랑 놀고 싶은데."

"아니, 체스 한판 둡시다."

"그 다음에 놀 거예요?"

"응."

"좋아요."

나는 체스 판을 꺼내어 말들을 판 위에 늘어놓았다. 밖에는 여전히 눈이 내리고 있었다.

밤중에 잠에서 깨었다. 캐서린도 깨어 있었다. 달빛이 창을 통해 훤히 들어오면서 침대에 창살 그림자를 드리웠다.

"깼어요, 당신?"

"응. 잠이 안 와?"

"방금 잠에서 깨어 생각하고 있었어요. 당신을 만났을 때 내가 얼마나 제정신이 아니었나 하는 생각. 당신 기억나요?"

"당신 조금 이상하긴 했지."

"지금은 그렇지 않아요. 지금은 아주 당당해요. 당신 당당하다고 부드럽게 말해 봐요. '당당해'라고 말해 봐요."

"당당해."

"당신은 정말 상냥한 사람이에요. 난 온전히 제정신이에요. 나는 정말로, 너무너무 행복해요."

"자, 어서 잡시다."

"좋아요. 우리 동시에 잠들어요."

"좋아."

하지만 우리는 그러지 못했다. 나는 꽤 오랫동안 깨어서 이런저런 생각에 잠겨 있었다. 나는 캐서린이 잠들어 있는 모습을 지켜보았다. 그러다가 나도 잠이 들었다.

제39장

1월 중순이 되자 턱수염이 덥수룩하게 자랐고 겨울도 자리를 잡아 낮에는 상쾌하게 추웠으며 밤에는 매섭게 추웠다. 우리는 다시 도로를 산책할 수 있었다. 건초를 실은 썰매와 장작을 실어 나르는 썰매, 산에서 아래로 끌어내리는 통나무들 때문에 눈이 단단하게 굳고 번들번들해졌다. 눈은 몽트뢰까지 이 지역 전체를 거의 다 덮고 있었다. 호수 건너편에 있는 산들은 온통 흰색이었고 론 계곡의 평원도 눈에 덮여 있었다. 우리는 산 뒤쪽으로 멀리 뱅드랄리아까지 산책을 했다. 캐서린은 징이 박힌 부츠를 신고 케이프를 두른 채 끝에 뾰족한 강철이 달린 지팡이를 들고 다녔다. 케이프 덕분에 배는 불러 보이지 않았다. 우리는 아주 천천히 걸음을 옮겼으며 그녀가 지치면 걸음을 멈추고 통나무에 걸터앉았다.

뱅드랄리아 숲속에는 선술집이 하나 있었다. 벌목꾼들이 가끔 들러서 술을 마시는 곳이었다. 우리는 그 안으로 들어가 난롯불을 쬐며 향신료와 레몬을 넣은 따끈한 포도주를 마시곤 했다. '글뤼바인'이라 불리는 그 음료는 몸을 따뜻하게 해주었으며 축배를 들기에도 좋은 음료였다. 밖을 내다보면 말들이 다리를 구르고 머리를 흔들어대는 모습이 보였다. 말의 콧잔등 털에 서리가 덮여 있었으며 숨을 내쉴 때마다 하얀 김을 내뿜었다. 집을 향해 올라가는 도로는 미끄러웠다. 우리는 돌아오는 길에 두 번이나 여우를 만났다.

경치가 너무 좋은 고장이어서 외출할 때마다 우리는 즐거웠다.

"이제 턱수염이 너무 보기 좋아요." 캐서린이 말했다. "벌목꾼들 턱수염 같아요. 금귀고리를 단 사람 봤죠?"

"그 사람은 영양 사냥꾼이야. 그걸 달아야 영양 소리를 더 잘 들을 수 있대."

"정말이요? 에이, 그럴 리가. 자기네들이 영양 사냥꾼이라는 걸 표시하는 거 아녜요? 그런데 이 근처에 영양들이 있어요?"

"당드자망 건너에 살고 있어."

"여우를 보니까 재미있었어요."

"여우는 잘 때 꼬리로 몸을 감아서 추위를 막는대."

"기분이 좋겠네요."

"나도 늘 그런 꼬리가 있었으면 했어. 우리에게도 여우 꼬리 같은 게 있으면 재미있을 거야."

"옷 입을 때 불편하겠죠."

"거기 맞는 옷을 만들면 되지. 아니면 옷 같은 건 아무래도 좋은 데서 살거나."

"지금 우리는 아무래도 상관없는 곳에서 살고 있잖아요. 아는 사람을 한 명도 만나지 않는다는 게 대단하지 않아요? 자기, 사람들 만나고 싶지 않지요? 그렇지요?"

"그럼."

"우리 여기 좀 앉았다 가요. 좀 피곤해요."

우리는 통나무 위에 바짝 붙어 앉았다. 앞쪽에 숲을 통과하는 길이 이어져 있었다.

"얘가 우리들 사이에 끼어들지 않겠지요? 우리들의 작은 개구쟁이 말이에요."

"그러도록 내버려두지 않겠어."

"돈은 얼마나 있어요?"

"충분해. 지난번에 은행에서 어음을 돈으로 바꿨어."

"당신이 스위스에 있는 걸 당신 가족들이 알면 데려가려 하지 않을까요?"

"아마 그럴지도 몰라. 편지를 좀 해야겠어."

"편지를 안 했어요?"

"응. 그냥 어음만 보내달라고 했어."

"맙소사, 내가 당신 가족이 아니라서 천만다행이에요."

"전보를 칠 생각이야."

"가족 걱정은 조금도 안 해요?"

"걱정하지. 하지만 하도 많이 다퉈서 관심이 사라졌어."

"난 당신 가족을 좋아할 것 같아요. 정말, 많이 좋아할 거예요."

"가족 이야기는 하지 맙시다. 이야기하다 보면 걱정이 시작되니까."

잠시 후 내가 말했다.

"자, 충분히 쉬었으면 이제 그만 갑시다."

우리는 도로를 따라 내려왔다. 밤은 건조했으며 추웠지만 꽤나 청명했다.

"당신 턱수염 참 마음에 들어요. 나도 머리를 자르면 우리 둘이 어울릴 텐데. 하지만 꼬맹이 캐서린이 나오기 전에는 자르지 않을래요. 아기를 낳고 날씬해지면 그때 자를래요. 그러면 당신에게 새롭고 멋진 다른 여자가 되겠죠. 나 혼자 가서 자른 뒤 당신을 깜짝 놀라게 해줄래요."

나는 아무 대꾸도 하지 않았다.

"그러면 안 된다고 말할 건 아니지요? 그렇지요?"

"아니. 재미있을 것 같은데."

"오, 당신 정말 멋진 사람이에요. 머리를 자르면 더 예뻐 보이겠지요? 그리고 훨씬 날씬해져서 당신을 설레게 만들면 당신은 다시 한번 내게 빠지겠지요?"

"무슨 소리를! 지금도 당신을 이렇게 사랑하고 있는데. 내게서 뭘 원하는 거야? 아예 나를 망치고 싶은 거야?"

"그래요. 당신을 망치고 싶어요."

"좋아요, 나도 바라는 바랍니다." 내가 그녀를 껴안으며 말했다.

제40장

우리는 아주 잘 지내고 있었다. 1월에 이어 2월도 어느덧 지나가고 있었고 쾌적한 겨울 날씨였으며 우리는 행복했다. 따스한 바람이 불어와 잠시 눈이 녹고 봄기운을 느끼게 해주었지만 언제나 다시 쨍하는 추위가 찾아와 겨울로 되돌아가곤 했다. 3월이 되자 처음으로 겨울 기운이 꺾였다. 밤에 비가 내리기 시작했다. 아침 내내 비가 내리자 눈이 진창으로 변했고 산 중턱의 풍경은 볼품이 없어졌다.

점심 전에 캐서린과 나는 역 앞 술집에 들러 베르무트를 마시고 있었다. 밖에는 여전히 비가 내리고 있었다.

"우리 이제 마을로 내려가야 하지 않을까?"

"당신 생각은 어때요?" 캐서린이 물었다.

"겨울이 끝나고 비가 계속 내린다면 여긴 재미가 없을 거야. 꼬마 캐서린이 태어나려면 얼마나 남았지?"

"한 달 정도요. 조금 더 있어야 할지도 몰라요."

"몽트뢰로 내려가서 지내는 게 좋겠어."

"로잔은 어때요? 거기 병원이 있거든요."

"좋지. 하지만 너무 큰 도시 아닌가?"

"아무리 큰 도시라도 둘만 따로 지낼 수 있어요. 그리고 로잔은 멋진 곳일 거예요."

"언제 갈까?"

"자기가 좋을 때면 언제라도 좋아요."

"날씨가 어떤지 보고 결정하지."

사흘 동안 비가 내렸다. 역 아래쪽 산허리의 눈은 완전히 녹았다. 도로에는 눈 녹은 흙탕물이 콸콸 흘렀다. 길이 너무 질퍽질퍽해서 밖으로 나갈 수가 없었다. 비가 내린 지 사흘째 되던 날 우리는 마을로 내려가기로 결정했다.

"집사람 때문에 병원 가까운 곳으로 가야 할 것 같아서요." 내가 구팅겐 씨에게 말했다.

"잘 알고 있습니다. 아이가 태어나면 다시 오셔서 머무르시겠지요? 봄이 되어 날씨가 좋아지면 오십시오. 아이랑 유모는 닫아 놓았던 방을 쓰고 두 분은 지금 쓰시던 방을 쓰시면 됩니다."

"오게 되면 미리 편지를 하겠습니다." 내가 말했다.

우리는 점심을 먹은 뒤 전동차를 타고 마을로 갔다. 구팅겐 부부는 역까지 배웅해주었다. 그들은 비를 맞으며 역 한 모퉁이에 서서 손을 흔들었다.

"참 좋은 분들이에요." 캐서린이 말했다.

"우리에게 정말 잘 해줬어."

우리는 몽트뢰에서 로잔행 기차를 탔다. 차창을 통해 우리가 살던 곳을 바라보았지만 구름에 가려 산은 보이지 않았다. 기차는 브베에서 정차했다가 한쪽으로는 호수를 끼고 다른 한쪽으로는 비에 젖은 갈색 들판과 헐벗은 나무들, 집들을 끼고 달렸다.

로잔에 도착한 우리는 중간 크기의 호텔에 여장을 풀었다. 역에서 내려 마차를 타고 호텔에 도착할 때까지 비는 계속 내리고 있었다. 구팅겐 부부의 소박한 집에서 살다 와서 그런지 제복을 입은 수위부터 세면기, 침대 등이 모두 호화롭게 보였다. 나는 창문을 통해 비가 내리고 있는 정원 분수를 바라보고 있었다.

캐서린은 방 안의 전등을 켜고 짐을 정리하고 있었으며 나는 위스키 소다를 주문한 뒤 침대에 누워 역에서 산 신문을 읽고 있었다. 1918년 3월이었고 독일군의 프랑스 공격이 시작되었다. 캐서린이 짐을 풀면서 방안을 왔다 갔다 하는 동안 나는 위스키 소다를 마셨다.

"자기, 내가 이제 뭘 준비해야 하는지 알아요?" 그녀가 물었다.

"뭔데?"

"아기 옷이요. 이제껏 아기 옷을 준비해 놓지 않는 사람은 우리밖에 없을 거예요."

"그거야 사면 되지."

"알아요. 내일 살 거예요. 필요한 게 어떤 건지 알아봐야겠어요."

"당신이 잘 알겠지. 간호사였으니까."

"하지만 병원에서 아이를 낳는 군인은 거의 없잖아요."

"내가 있잖아."

그녀가 베개로 나를 때리는 바람에 위스키 소다가 엎질러졌다.

"미안해요. 한 잔 더 주문해 줄게요."

"별로 남은 것도 없었어. 자, 침대로 와."

"싫어요. 이 방을 멋지게 꾸며야겠어요."

"어떻게?"

"우리 집처럼요."

"연합국 국기들이라도 걸어놓을까."

"입 다물어요."

"다시 말해 봐."

"입 다물라고요."

"말투가 아주 조심스러우시군. 기분 상할 사람 아무도 없겠어. 자, 어서 침대로 오셔."

"싫어요. 이렇게 뚱뚱한데."

"아니, 당신 아직도 날씬해."

"당신 취했나 봐."

"겨우 위스키 소다 한 잔 마셨는데."

"나도 포도주를 좀 마셔야겠어요. 몸에 해롭지 않겠지요?"

우리는 저녁 식사와 위스키 소다 한 잔, 카프리 두 잔을 시켰다. 웨이터는 얼음을 넣은 위스키와 소다수 한 병을 비롯해 주문한 것을 모두 가져왔다. 나는 소다수를 천천히 위스키에 따르면서 다음부터는 얼음을 따로 가져오게 해야겠다고 생각했다. 그래, 위스키를 한 병 구한 다음 얼음과 소다만 갖다 달라고 해야겠어. 그게 현명한 방법이야. 위스키는 참으로 좋은 거야. 인생의 즐거움 중의 하나야.

"자기, 무슨 생각해요?" 캐서린이 물었다.

"위스키 생각."

"위스키요? 위스키에 대해 무슨 생각을?"

"위스키가 얼마나 좋은가 하는 생각."

캐서린이 묘한 표정을 지었다.

"알았어요." 그녀가 말했다.

우리는 그 호텔에 3주 동안 머물렀다. 괜찮은 호텔이었다. 식당은 거의 비어 있었고 우리는 저녁 식사를 대개 방에서 했다. 우리는 시내를 산책하기도 했으며 톱니바퀴 열차를 타고 우시까지 가서 호수 주변을 거닐기도 했다. 날씨는 꽤 포근해서 마치 봄 같았다.

캐서린은 시내로 나가 아기용품들을 샀다. 그동안 나는 상가 안에 있는 체육관에 가서 운동 삼아 권투를 했다. 캐서린이 아침에 늦게까지 누워있는 동안 나는 자주 체육관에 가서 운동을 했다. 운동 후 샤워를 하고 봄 냄새를 맡으며 거리를 걷다가 카페에 앉아 사람들 구경을 하고 신문을 읽으며 베르무트를 마시는 일은 정말로 즐거웠다. 권투를 시작하면서 턱수염을 깎고 싶었지만 캐서린이 반대했다.

캐서린과 나는 이따금 마차를 타고 교외로 나가기도 했다.

날씨가 좋은 날 마차를 타고 가면 기분이 좋았다. 우리는 마차를 타고 가서 식사하기에 좋은 곳 두 군데를 찾아냈다. 캐서린이 이제 오래 걸을 수 없었기에 나는 그녀와 함께 마차를 타고 시골길을 즐겨 돌아다녔다. 우리는 늘 유쾌했으며 기분이 언짢은 적은 한 번도 없었다. 이제 아이가 태어날 날이 가까워지고 있었다. 우리는 마치 그 무엇엔가 쫓기는 것 같은 기분이었고 더 이상 한 시라도 허투루 보내고 싶지 않았다.

제41장

어느 날 새벽 3시, 나는 캐서린이 침대에서 뒤척이는 기색에 잠에서 깨었다.

"괜찮은 거야, 캣?"

"진통이 오는 것 같아요, 자기."

나는 일어나서 의사에게 전화를 걸었다.

"진통이 얼마나 자주 옵니까?" 의사가 물었다.

"진통이 얼마나 자주 와, 캣?" 내가 캐서린에게 물었다.

"15분마다 오는 것 같아요." 캐서린이 대답했다.

"그렇다면 병원에 가야 합니다. 나도 옷을 입고 바로 가겠습니다." 의사가 말했다.

나는 전화로 택시를 부른 다음 캐서린을 엘리베이터에 태우고 호텔 밖으로 나가 택시를 기다렸다. 캐서린은 매우 흥분해 있었다.

"진통이 시작되어서 너무 기뻐요. 이제 조금만 있으면 모든 게 끝나겠지요."

"당신은 정말 용감한 여자야."

"무섭지 않아요. 그래도 택시가 빨리 왔으면 좋겠네요."

택시 오는 소리가 들리더니 헤드라이트 불빛이 보였다. 택시가 호텔 앞에 이르자 나는 캐서린을 부축해 택시에 태웠고 운전사는 가방을 앞 좌석에 놓았다.

"병원으로 갑시다." 내가 말했다.

병원에 도착하자 나는 가방을 들고 캐서린과 함께 안으로 들어갔다. 안내 데스크에 앉아 있던 간호사가 캐서린의 인적사항을 적은 뒤 "병실로 안내해 드릴게요"라고 말했다.

우리는 엘리베이터를 타고 위층으로 올라갔다. 간호사가 병실 앞에서 말했다.

"이 방이에요. 옷을 벗고 침대에 누워 계세요. 여기 환자복이 있으니 갈아입으시고요."

나는 밖으로 나가 복도에 있는 의자에 앉았다.

"이제 들어오셔도 됩니다." 여자가 병실 문을 열고 말했다.

캐서린은 환자복을 입고 좁은 침대 위에 누워있었다. 그녀는 나를 향해 미소 지었다.

"지금 꽤 진통이 와요." 캐서린이 말했다. 간호사는 캐서린의 손목을 잡고 진통 주기를 재고 있었다.

"이번 진통은 컸어요." 캐서린이 말했다. 그녀의 얼굴만 보아도 진통이 크다는 것을 알 수 있었다.

"의사 선생님은 어디 계십니까?" 내가 간호사에게 물었다.

"지금 취침 중이십니다. 필요하면 오실 겁니다. 초산은 진통이 오래 계속되는 법이에요." 간호사가 말했다.

"자기, 나가서 뭣 좀 먹고 와요." 캐서린이 말했다. "나는 정말 괜찮아요."

"아냐, 잠시 이대로 있을게."

진통은 규칙적으로 찾아왔다가 금세 가라앉곤 했다. 캐서린은 내가 곁에 있는 게 오히려 불편한 것 같았다. 그녀가 말했다.

"자기, 밖에 나갔다 와요. 당신이 있으니까 오히려 신경이 쓰여요. 나가서 아침 식사를 하고 오세요. 당신이 곁에 없어도 괜찮아요. 간호사님이 잘 돌봐주시니까요."

"식사를 드실 시간은 충분해요." 간호사가 내게 말했다.

"그럼 나갔다 올게."

"내 몫까지 맛있게 들고 오세요." 캐서린이 말했다.

"어디 아침 먹을 만한 곳이 있습니까?" 내가 간호사에게 물었다.

"이 길로 죽 따라 내려가면 광장에 카페가 있어요. 지금쯤은 열었을 거예요." 간호사가 말했다.

밖으로 나오니 이미 날은 훤히 밝아 있었다. 나는 인적이 없는 거리를 걸어 카페로 갔다. 나는 안으로 들어가 빵과 백포도주 한 잔을 마시고 밖으로 나와 병원으로 황급히 걸어갔다. 그녀가 누워있던 병실 문을 두드렸지만 아무 응답이 없었다. 안으로 들어가니 병실은 텅 빈 채 의자 위에 캐서린의 가방이 놓여 있었고 벽에 캐서린의 옷이 걸려 있었다. 나는 복도로 나와 지나가는 간호사에게 물었다.

"헨리 부인이 어디로 갔습니까?"

"부인은 방금 분만실로 갔습니다."

"분만실이 어디죠?"

"안내해드릴 게요."

간호사는 나를 복도 끝으로 데리고 갔다. 분만실 문은 살짝 열려있었다. 캐서린이 시트를 덮은 채 수술대 위에 누워있는 모습이 보였다.

"가운을 드릴 테니 입고 들어가세요." 간호사가 내게 말했다.

나는 가운을 걸치고 안으로 들어갔다.

내 모습을 보고 캐서린이 긴장한 목소리로 말했다.

"자기 왔어요? 생각만큼 잘 안 돼요."

"헨리 씨이십니까?" 의사가 내게 물었다.

"그렇습니다. 좀 어떻습니까, 선생님."

"아주 순조롭습니다. 진통이 오면 마취 가스를 쉽게 주입하기 위해 이곳으로 옮겼습니다."

"지금 해주세요." 캐서린이 말했다.

의사는 그녀의 얼굴에 고무 마스크를 씌우더니 다이얼을 돌렸다. 나는 캐서린이 깊고 빠르게 숨을 들이키는 것을 바라보았다. 그런 후 그녀는 마스크를 걷어냈다. 의사가 마개를 비틀어 잠갔다.

"지금 진통은 그다지 크지 않았어요. 좀 전에는 정말 컸어요. 선생님이 그 진통을 없애주셨어요." 캐서린이 말했다. 그녀의 목소리가 왠지 낯설었다.

우리가 병원에 도착한 것은 새벽 3시경이었다. 캐서린은 정오가 될 때까지도 분만실에 있었다. 진통은 가라앉아 있었다.

그녀는 피곤한 기색에 기진맥진해 있었지만 여전히 명랑했다.

"잘 안 되네요, 자기. 미안해요. 쉽게 될 줄 알았는데. 아, 또 진통이……"

그녀는 손을 뻗어 마스크를 잡더니 얼굴에 갖다 댔다. 의사가 다이얼을 돌리며 그녀를 바라보았다. 잠시 뒤에 진통이 가라앉았다.

"대단하지는 않았어요." 캐서린이 말했다. "마취 가스에 반했어요. 정말 신통해요."

다시 진통이 시작되었다. 나는 의사에게 다이얼을 내가 돌리면 안 되겠느냐고 물었고 의사가 허락했다. 캐서린이 마스크를 쓰자 나는 다이얼을 2까지 돌렸다. 이윽고 캐서린이 마스크를 떼자 나는 스위치를 껐다. 내게 뭔가 할 일을 준 의사가 고마웠다.

"내가 아이를 낳을 수 있을까요?" 캐서린이 물었다.

"물론이지."

"나도 힘껏 애쓰고 있어요. 하지만 밀어내려 해도 힘이 빠져 버리네요. 아, 또 진통이 오네요. 어서 마스크를 대줘요."

오후 2시에 나는 밖으로 나가 점심을 들었다. 나는 카페로 가서 슈크르트를 먹고 맥주를 마셨다. 병원으로 돌아가니 캐서린은 여전히 주기적으로 진통을 앓고 있었다. 가스를 마시고 진통이 가라앉자 캐서린이 말했다. 그녀의 목소리가 여전히 낯설었다.

"이번 진통은 정말 컸어요. 나 이렇게 죽지는 않을 거예요. 이제 죽을 고비는 넘긴 거예요. 자기, 기쁘지요?"

"다시는 그런 고비를 맞지 마." 내가 어정쩡하게 말했다.

"그럴게요. 하지만 무섭지 않아요. 난 죽지 않을 거예요."

"부인, 그런 바보 같은 소리 하지 말아요." 의사가 말했다. "남편을 두고 죽는 일은 없을 겁니다."

"그럼요. 난 안 죽어요. 안 죽을 거라고요. 죽는 건 바보 같은 짓이에요. 아, 또 와요. 어서 대 주세요."

잠시 후 의사가 내게 말했다.

"헨리 씨, 잠깐 나가 계시는 게 좋겠습니다. 진찰을 좀 해봐야겠습니다."

나는 복도로 나왔다. 나는 캐서린이 분만 후에 와서 누워있게 될 병실로 갔다. 나는 의자에 앉아 점심을 먹으러 갔을 때 산 신문을 꺼내어 읽었다. 이미 어둑어둑해지고 있었기에 불을 켰다. 얼마 뒤 나는 신문을 접고 불을 끈 뒤에 어두워져 가는 바깥을 바라보았다. 왜 의사가 나를 부르지 않는지 궁금했다.

내가 없는 편이 더 나아서이리라. 나는 손목시계를 들여다보았다. 십 분 후에도 부르지 않으면 가봐야지.

오, 불쌍하고 불쌍한 나의 캐서린. 그래, 이것이 함께 잠을 잔 대가로구나. 이것이 그 덫의 결과로구나. 이것이 사람들이 서로 사랑한 결과 얻는 것이로구나. 어쨌든 마취 가스는 감사할 만하다. 마취제가 있기 전에는 어땠을까? 진통이란 한 번 시작되면 물레방아의 물처럼 계속 돌아간다. 캐서린은 임신 중에는 정말 잘 지냈다. 입덧도 거의 하지 않고 건강했다. 마지막까지도 전혀 힘들어하지 않았다. 그런데 이제 그녀가 덜컥 붙잡힌 거다. 그 누구든 벗어날 수 없다. 벗어나다니! 그런 일은 절대로 있을 수 없다! 우리가 50번을 결혼한다 해도 마찬가지이다. 그런데 만일 그녀가 죽는다면? 요즘 출산하다 죽는 사람은 없다. 모든 남편들은 그렇게 생각한다. 하지만 만일 그녀가 죽는다면? 아니, 분명히 죽지 않는다. 분명히 말할 수 있다. 바보같이 굴지 말자. 지금 잠시 힘들어하고 있을 뿐이다. 그건 자연스러운 일이다. 초산은 원래 오래 걸린다지 않는가. 하지만 만일 그녀가 죽는다면? 그럴 리 없다. 왜 그녀가 죽어야 한단 말인가? 죽어야 할 이유가 도대체 어디 있단 말인가? 밀라노에서 즐겁게 보낸 밤들의 산물로 지금 아기가 태어나려 하고 있을 뿐이다. 지금은 저렇게 속을 썩이지만 곧 태어날 것이고 나는 그놈을 돌보면서 아마도 예뻐할지도 모른다. 하지만 그녀가 죽는다면? 죽지 않을 것이다. 하지만 그녀가 죽는다면? 죽을 리 없다. 그녀 말이 옳을 것이다. 하지만 만일 그녀가 죽는다면? 그럴 리 없다. 하지만 만일 그녀가 죽는다면? 이봐, 그러면 어떻게 할 거야? 그녀가 죽으면 어떻게 할 거야?

의사가 방으로 들어왔다.

"어떻습니까, 선생님?"

"별로 좋지 않은데요."

"무슨 말씀이신지?"

"말씀드린 그대로입니다. 진찰을 해보니……" 그는 진찰 결과를 상세히 설명했다.

"무슨 방법이 없겠습니까?"

"방법은 두 가지입니다. 핀셋 분만법이 있고 제왕절개가 있습니다. 하지만 제왕절개술이 더 안전합니다. 저는 그 방법을 권합니다."

"제왕절개술에는 어떤 위험이 있나요?"

"정상 분만 이상의 위험은 없습니다."

"선생님께서 직접 시술하십니까?"

"그렇습니다. 수술준비를 하는 데 약 한 시간 정도 걸릴 겁니다. 흉터만 남을 뿐 수술 뒤의 부작용도 없습니다."

"그렇다면 최대한 빨리 시술해주십시오." 내가 말했다.

"그렇다면 가서 준비하라고 지시를 하고 오겠습니다."

나는 분만실로 들어갔다. 캐서린이 볼록한 배에 시트를 덮고 있었고 곁에 간호사가 서 있었다. 창백한 얼굴의 캐서린은 몹시 지친 모습이었다.

"의사 선생님께 수술해도 좋다고 했어요?" 그녀가 물었다.

"응."

"잘 됐어요. 이제 한 시간이면 끝날 거예요. 나는 이제 완전히 지쳤어요. 온몸이 조각나는 것 같아요. 마취 가스를 대 줘요. 아, 듣지를 않아요. 이젠 안 들어요. 아, 내가 얼마나 아기를 갖고 싶어 했는데…… 이 통증만 멈춘다면 죽어도 좋아요. 오, 자기, 제발 진통을 멈추게 해줘요. 아, 또 시작이야. 아, 아, 아!"

나는 마스크 다이얼을 끝까지 돌렸다. 그러자 그녀가 숨을 몰아쉬며 겨우 진정이 되었다.

내가 그녀에게 말했다.

"자기, 이제 한 시간만 있으면 끝날 거야."

"정말 그럴까요? 자기, 나 죽지 않겠지요?"

“그럼. 내가 약속할게.”

“당신 혼자 두고 죽기 싫어요. 하지만 이제 너무 지쳐서 죽을 것 같아.”

“말도 안 되는 소리 하지 마. 누구나 그렇게 느끼는 거야.”

“가끔 이제 내가 죽는다는 느낌이 들어요.”

“그렇지 않아. 당신은 죽지 않아.”

“하지만 만일 내가 죽는다면요?”

“내가 그렇게 되도록 내버려두지 않겠어.”

그녀는 다시 진통이 왔는지 마취 마스크를 씌워달라고 했다. 잠시 후 그녀가 말했다.

“난 죽지 않아요. 절대로 죽을 수 없어요.”

“물론이야. 당신은 안 죽어.”

“당신 내 곁에 있을 거지요?”

“수술을 지켜보지는 않을래.”

“그래요, 그냥 거기 있기만 해요.”

마침내 다른 의사가 간호사 두 명과 함께 분만실로 왔다. 그들은 캐서린을 바퀴 달린 들것으로 옮기고 복도를 내려갔다. 그들은 엘리베이터를 타고 위층으로 올라가 수술실로 들어갔다.

수술실에는 아까 그 의사와 간호사 몇 명이 대기하고 있었다.

나는 수술실 밖으로 나와 서성였다. 나는 창밖을 내다보았다. 날은 어두웠지만 창을 통해 나온 불빛에 비가 내리는 것이 보였다. 나는 텅 빈 복도에 우두커니 서서 수술실 문을 지켜보고 있었다.

얼마나 시간이 흘렀을까, 의사와 간호사가 수술실에서 나왔다. 의사는 뭔가 갓 껍질을 벗긴 토끼 같은 것을 두 손으로 들고 서둘러 복도를 가로지르더니 다른 문으로 들어갔다. 나는 그쪽으로 다가가서 안으로 들어갔다. 가만히 보니 그가 신생아에게 무언가를 하고 있었다. 의사는 내가 잘 볼 수 있도록 아이를 치켜들었다. 그는 갓난아기의 두 다리를 잡고 아기를 철썩 때렸다.

"괜찮은 건가요?" 내가 물었다.

"굉장합니다. 5킬로그램이나 됩니다."

나는 아기에 대해 아무런 감정도 느낄 수 없었다. 나와는 아무런 관련이 없는 존재 같았다. 아버지 같은 느낌도 전혀 들지 않았다.

"아드님이 자랑스럽지 않으세요?" 간호사가 내게 물었다. 그들은 갓난아기를 씻긴 다음 무언가로 쌌다. 검은 얼굴과 검은 손이 보였지만 움직이는 모습을 볼 수 없었으며 울음소리도 들리지 않았다. 의사가 또다시 갓난아기에게 무언가를 했다. 뭔가 당황한 것 같았다.

내가 간호사에게 대답했다.

"아뇨. 하마터면 엄마 목숨을 앗아갈 뻔한 놈인데요."

의사는 갓난아기에게 정신이 팔려있었다. 그는 갓난아기의 두 다리를 붙잡고 들어 올린 다음 다시 찰싹 때렸다. 나는 끝까지 보지 않고 밖으로 나왔다. 이제는 수술실로 가 봐도 될 것 같았다. 나는 수술실 안으로 들어갔다. 나를 본 간호사들이 안으로 들어오라고 손짓했지만 나는 수술대를 들여다볼 수 있는 회랑 비슷한 곳으로 갔다. 그곳에서도 충분히 안이 보였다.

나는 캐서린이 죽은 줄 알았다. 그녀는 죽은 것 같았다. 얼굴은 창백했다. 침대 아래쪽 불빛 밑에서 의사가 핀셋으로 벌려놓은 큼직한 상처를 꿰매고 있었고 마스크를 쓴 또 다른 의사가 마취제 주사를 놓고 있었다. 역시 마스크를 쓴 두 명의 간호사가 필요한 물건들을 건네주고 있었다. 마치 종교재판 그림을 보는 것 같았다. 그곳에서 나는 내가 수술 과정을 모두 지켜볼 수도 있었다는 것을 알 수 있었다. 하지만 나는 그러지 않기를 잘했다고 생각했다. 나는 절개하는 모습을 절대로 지켜볼 수 없었을 것이다. 하지만 깊은 상처를 구두 수선공처럼 익숙한 솜씨로 꿰매고 있는 모습을 바라보니 기뻤다. 상처 봉합이 끝나자 나는 다시 복도로 나와 서성거렸다. 얼마 뒤 의사가 복도로 나왔다.

"산모는 어떻습니까?"

"좋습니다. 보셨습니까?"

그는 피곤해 보였다.

얼마 뒤 사람들은 캐서린을 다시 들것에 싣고 병실로 옮겼다. 나는 그 뒤를 따랐다. 캐서린은 신음 소리를 내고 있었다.

나는 침대 발치에 앉았다. 병실에는 간호사도 한 명 함께 있었다. 나는 일어나서 침대 곁으로 갔다. 방안은 어두웠다. 캐서린이 힘없이 손을 내밀며 "안녕, 자기"라고 말했다. 기운 없이 지친 목소리였다.

"어때, 자기?" 내가 물었다.

"계집애예요, 사내애예요?"

"쉬…… 말하지 말아요." 간호사가 말했다.

"사내아이야. 키도 크고 몸통도 넓고 까무잡잡해."

"아기는 괜찮아요?"

"응, 괜찮아."

간호사가 이상한 눈길로 나를 쳐다보는 것을 느낄 수 있었다.

"너무 피곤해요." 캐서린이 말했다. "지독하게 아파요. 자기는 괜찮아요?"

"난 괜찮아. 말하지 마."

"당신은 내게 정말 잘해주셨어요. 아, 정말 너무 아파요. 아기는 어떻게 생겼어요?"

"노인처럼 주름 잡힌 얼굴에 껍질을 벗겨 놓은 토끼 같아."

"좀 나가주셔야겠어요." 간호사가 말했다. "부인께서 말을 하시면 안 되거든요."

"밖에 나가 있겠어." 내가 말했다.

"뭘 좀 먹고 오세요." 캐서린이 말했다.

"아냐, 그냥 밖에 있겠어." 나는 캐서린에게 키스했다. 몹시 창백한 얼굴이었으며 지치고 약해 보였다.

"잠깐 얘기 좀 할 수 있을까요?" 내가 간호사에게 말했다. 간호사는 나를 따라 복도로 나왔다. 나는 복도 아래쪽으로 얼마간 걸어갔다.

"아기가 어떻게 됐습니까?" 내가 물었다. "모르셨어요?"

"뭘 말입니까?"

"살아있지 않아요."

"죽었습니까?"

"숨을 쉬게 할 수 없었어요. 탯줄이 목에 감긴 건지…… 저는 잘 모르겠어요."

"그래요, 죽었군요."

"네. 정말 안 됐어요. 정말 건장하고 큰 아기였는데. 나는 선생님이 아시는 줄 알았어요."

"몰랐습니다. 이제 아내에게 돌아가 보시지요."

나는 간호사들의 보고서가 놓여 있는 책상 앞 의자에 앉아 창밖을 내다보았다. 밖은 어두웠고 창밖으로 새어나가는 불빛에 빗줄기만 보일 뿐이었다. 그래, 그렇게 됐구나. 아이는 죽어 있었어. 그래서 의사가 그토록 지쳐 보이던 거였군. 그런데 무엇 때문에 방에서 아이에게 그런 짓을 했던 걸까? 아이가 다시 살아나 숨을 쉴 수 있기를 기대한 거로군. 나는 종교가 없었다. 하지만 아이에게 세례를 주어야 한다는 정도는 알고 있었다. 그런데 아이가 전혀 숨을 쉬지 않았다면? 그래, 그 애는 숨을 쉬지 않았어. 그 애는 살았던 적이 없었어. 캐서린의 뱃속에서만 살아있었던 거야. 그놈이 가끔 엄마 배를 발로 차는 것을 나는 느꼈었다. 그런데 일주일 동안 그런 움직임이 없었다. 어쩌면 그때부터 이미 질식해 있었는지도 모른다. 불쌍한 어린 것.

제길, 나도 그렇게 질식했더라면 좋았을 것을. 나는 그러지 않았다. 그랬더라면 이런 죽음들을 겪지는 않았을 것을. 이제 캐서린도 죽을지 모른다. 바로 내가 저지른 짓이다. 나도 죽는다. 나는 죽음이 무엇인지 모른다. 배울 시간이 없었기 때문이다. 우리는 경기장 안에 내던져진 채 경기 규칙에 대해 듣는다. 그리고 마치 야구에서처럼 정해진 베이스를 벗어나는 순간 아웃시켜 버린다. 혹은 아이모처럼 아무 까닭 없이 죽인다. 혹은 리날디처럼 매독에 걸리게 만든다. 어쨌든 결국에는 우리를 죽인다. 그것만은 분명하다. 살아남는다 하더라도 결국에는 죽임을 당한다.

언젠가 야영을 할 때의 일이다. 나는 모닥불 위에 통나무를 올려놓았다. 그런데 통나무 안에는 개미집이 있었다. 통나무에 불이 붙기 시작하자 개미들이 우글우글 밖으로 기어 나왔다. 개미들은 처음에는 불이 붙어 있는 한 가운데로 기어갔다. 곧이어 개미들은 방향을 돌려 뜨겁지 않은 통나무 끝으로 기어갔다. 하지만 나무 끄트머리에서 개미들은 불 속으로 뚝뚝 떨어졌을 뿐이었다. 당시 그 모습을 보면서 이것이야 말로 세계의 종말과 같은 것이라고 생각했던 것, 또한 내가 메시아가 될 수 있는 기막힌 기회라고 생각했던 것이 지금도 기억난다. 나는 통나무를 불 속에서 끄집어내어 개미들이 땅바닥으로 도망가게 해줄 수 있었다. 하지만 내가 취한 행동은 물 한 컵을 통나무 위에 끼얹은 것뿐이었다. 컵을 비우고 위스키를 따르기 위해서였다. 불타고 있는 통나무에 끼얹은 한 컵의 물은 개미들을 삶아 죽이는 짓에 불과했다고 나는 생각한다.

나는 그렇게 복도에 앉아 캐서린의 안부를 듣기 위해 기다리고 있었다. 아무리 기다려도 간호사가 나타나지 않아 나는 아주 조용히 문을 열고 병실 안을 들여다보았다. 복도는 불이 훤하게 밝혀져 있었지만 병실은 어두웠기에 처음에는 아무것도 보이지 않았다. 잠시 후 침대 곁에 앉아 있는 간호사의 모습과 베개에 얹혀 있는 캐서린의 머리가 보였다. 캐서린은 시트를 덮은 채 몸을 쭉 뻗고 길게 누워있었다. 간호사가 손가락을 입술에 대면서 몸을 일으켜 문가로 다가왔다.

"어떻습니까?" 내가 물었다.

"괜찮아요. 가서 저녁을 들고 오세요." 간호사가 대답했다.

나는 병원 밖으로 나와 비 내리는 어두운 거리를 걸어 카페로 갔다. 카페 안은 불이 환하게 켜져 있었고 손님들이 많았다. 얼핏 앉을 자리가 눈에 띄지 않았다. 웨이터가 내게 다가오더니 젖은 외투와 모자를 받아들면서 한 자리를 내게 가리켰다.

맥주를 마시면서 석간신문을 읽고 있는 어떤 노인의 맞은편 자리였다. 나는 자리를 잡고 앉으며 이 카페의 '오늘의 요리'가 뭐냐고 물었다.

"송아지 스튜입니다만, 다 떨어졌습니다."

"그렇다면 달리 뭐 먹을 게 있을까요?"

"햄에그나 치즈에그가 있고 아니면 슈크루트가 있습니다."

"슈크루트는 점심 때 먹었는데…… 햄에그를 갖다 줘요. 맥주하고요."

나는 햄에그를 먹으며 맥주를 마셨다. 배가 무척 고팠기에 햄에그 한 접시를 비운 후 한 접시를 더 주문했고 맥주는 몇 잔 더 마셨다. 나는 아무런 생각도 하지 않았다. 나는 맞은편에 앉은 사람이 읽고 있는 신문을 읽었다. 영국군 전선이 돌파되었다는 기사였다. 그 사람은 내가 자신의 신문 뒷면을 읽고 있다는 것을 눈치채고 신문을 접었다. 웨이터에게 신문을 갖다 달랠까 생각했지만 그만두었다.

카페 안은 더웠고 공기는 탁했다. 테이블에 앉은 대부분의 사람들은 서로 아는 사이였다. 여러 곳에서 카드 게임을 하고 있었다. 웨이터들은 카운터에서 테이블로 바삐 음료들을 나르고 있었다. 남자 두 사람이 카페에 들어왔지만 빈자리가 없었다. 그들은 내가 앉아 있는 테이블 건너편에 서 있었다. 나는 맥주를 한 잔 더 주문했다. 아직 자리를 뜰 때가 되지 않은 것 같았다. 병원으로 돌아가기에는 너무 이른 것 같았다. 나는 될 수 있는 대로 아무 생각도 않으려 했고 마음을 가라앉히려 했다. 서 있던 두 사람은 계속 자리를 둘러보다가 일어나는 사람이 아무도 없자 밖으로 나가버렸다. 나는 맥주를 또 한 잔 마셨다. 내 앞의 남자는 안경을 벗어 안경집에 넣더니 신문을 접어 주머니에 넣은 뒤 카페 안을 둘러보았다. 갑자기 이제 돌아가 봐야 할 때가 되었다는 생각이 들었다. 나는 웨이터를 불러 계산을 한 뒤 윗도리를 입고 모자를 쓴 뒤 밖으로 나왔다. 나는 빗속을 걸어 병원으로 향했다.

병원 위층에서 나는 복도를 걸어오는 간호사와 만났다.

"방금 막 호텔에 전화했어요." 그녀가 말했다. 내 안에서 뭔가 쿵 하고 떨어지는 것 같았다.

"뭔가 좋지 않은 일이라도?"

"부인께서 출혈을 했습니다."

"들어가 봐도 됩니까?"

"아뇨, 아직은 안 돼요. 의사 선생님이 옆에 계세요."

"위독한가요?"

"아주 위험해요."

간호사가 안으로 들어가더니 문을 닫았다. 나는 복도에 앉았다. 내 몸속의 모든 것이 빠져나가는 것 같았다. 아무 생각도 없었다. 생각할 수가 없었다. 나는 그녀가 죽어간다는 것을 알고 있었고 그녀가 죽지 않게 해달라고 기도했다. 그녀가 죽지 않게 해주소서. 오, 하느님, 제발 그녀가 죽지 않게 해주소서. 만약 그녀를 죽지 않게 해주신다면 하느님을 위해 무슨 일이든 하겠습니다. 오. 하느님, 제발, 제발, 제발 그녀가 죽지 않게 해주소서. 사랑하는 하느님, 그녀가 죽지 않게 해주소서. 제발, 제발, 제발, 죽지 않게 해주소서. 하느님, 제발 그녀가 죽지 않게 해주소서. 그녀를 죽지 않게 해주신다면 하느님이 시키시는 일은 무엇이든 다 하겠습니다. 하느님, 당신은 내 아이를 데려가셨습니다. 하지만 그녀는 데려가지 마옵소서. 내 아이는 괜찮지만 그녀는 죽지 않게 해주옵소서. 사랑하는 하느님, 제발, 제발, 그녀가 죽지 않게 해주옵소서.

간호사가 문을 열더니 내게 들어오라고 손짓을 했다. 나는 그녀를 따라 병실로 들어갔다. 내가 안으로 들어갔는데도 캐서린은 나를 바라보지 않았다. 나는 침대 곁으로 갔다. 의사는 맞은편에 서 있었다. 캐서린이 나를 보고 미소 지었다. 나는 침대

위로 몸을 굽히고 울기 시작했다.

"가엾은 사람." 캐서린이 나지막이 말했다. 얼굴이 창백했다.

"당신 괜찮아. 곧 괜찮아질 거야." 내가 말했다.

"나는 죽어요." 그녀가 말했다. 그런 후 잠시 기다렸다가 말을 이었다. "정말 죽기 싫어요."

나는 그녀의 손을 잡았다.

"만지지 마세요." 그녀가 말했다. 나는 그녀의 손을 놓았다. 그녀가 미소 지었다. "불쌍한 양반. 마음껏 만져도 좋아요."

"캣, 당신 괜찮을 거야. 당신이 괜찮아질 거라는 걸 난 알아."

"만일을 위해 당신에게 편지를 써놓으려고 했는데 그러지 못했어요."

"신부님이라도 부를까? 아니면 다른 누구라도……"

"당신이면 돼요." 그녀가 대답했다. 잠시 가만히 있다가 그녀가 말을 이었다.

"난 무섭지 않아요. 다만 죽는 게 싫을 뿐이에요."

"그렇게 말을 많이 하면 안 됩니다." 의사가 말했다.

"알았어요." 캐서린이 말했다.

"캣, 내가 뭐 해줄 건 없어? 뭐든 갖다 줄까?"

캐서린이 미소 지었다.

"없어요."

잠시 후 그녀가 다시 입을 열었다.

"자기, 다른 여자랑 우리가 하던 일 똑같이 하지 않을 거지요? 우리가 했던 말 똑같이 하지 않을 거지요? 그렇지요?"

"절대로."

"하지만 당신이 여자를 만났으면 좋겠어요."

"다른 여자는 필요 없어."

"말을 너무 많이 하십니다." 의사가 캐서린에게 말했다. "남편분은 잠시 나가주셔야겠습니다. 나중에 다시 들어오실 겁니다. 부인, 부인은 돌아가시는 게 아닙니다. 쓸데없는 생각하지 마세요."

"알았어요." 캐서린이 말했다.

"내가 다시 찾아와서 밤마다 당신과 함께 지낼 거예요." 그녀가 내게 다시 말했다. 말하기조차 힘든 것 같았다.

"자, 이제 그만 나가주시지요." 의사가 내게 말했다. 캐서린이 내게 윙크했다. 그녀의 얼굴은 창백했다.

"바로 바깥에 있을게." 내가 말했다.

"걱정 말아요, 자기. 조금도 무섭지 않아요. 이건 그냥 치사한 장난일 뿐이에요."

"당신은 정말 사랑스럽고 용감해."

나는 바깥 복도에서 기다렸다. 아주 오랫동안 기다렸다. 간호사가 문을 열고 내게 왔다.

그녀가 내게 말했다.

"부인 상태가 너무 안 좋아서 걱정이에요."

"죽었습니까?"

"아뇨. 하지만 의식을 잃었어요."

캐서린이 잇따라 출혈을 했단다. 그들에게는 출혈을 멈출 방법이 없었다. 나는 병실로 들어가 캐서린이 숨을 거둘 때까지 곁에 서 있었다. 그녀는 내내 의식을 잃은 상태였고 얼마 되지 않아 숨을 거두었다.

병실 밖 복도에서 내가 의사에게 말했다.

"제가 오늘 밤 해야 할 일은 없습니까?"

"없습니다. 아무것도 없습니다. 제가 호텔까지 모셔다 드릴까요?"

"괜찮습니다. 잠시 이곳에 있겠습니다."

"뭐라고 드릴 말씀이 없습니다. 뭐라고 해야 할지……"

"아니, 아무 말씀 안 하셔도 됩니다."

"그럼 안녕히 가십시오." 그가 말했다. "정말 호텔에 모셔다 드리지 않아도 되겠습니까?"

"아뇨, 고맙지만 됐습니다."

"그 방법밖에는 없었습니다. 수술을 해보니까……" 의사가 말했다.

"그 이야기는 하고 싶지 않습니다." 내가 말했다.

"호텔까지 모셔다 드리고 싶습니다."

"아니, 괜찮습니다."

그는 복도를 따라 멀어졌다. 나는 병실 문 쪽으로 갔다.

"지금 들어오시면 안 돼요." 간호사 한 명이 말했다.

"아니, 들어가겠소." 내가 말했다.

"아직 안 된다니까요."

"당신 나가! 그리고 당신도!" 내가 큰 소리로 말했다.

하지만 간호사들을 내보내고 문을 닫은 뒤 불을 껐지만 아무런 소용이 없었다. 마치 조각상에게 안녕을 고하는 것만 같았다. 잠시 후 나는 병실에서 나와 병원을 뒤로 한 채 비를 맞으며 호텔을 향해 걸어갔다.

『무기여 잘 있거라』를 찾아서

어니스트 헤밍웨이(1899~1961)의 『무기여 잘 있거라』는 제1차 세계 대전이 배경이다. 말하자면 일종의 전쟁소설인 셈이다. 이 소설의 주인공 프레더릭 헨리는 최전선에서 앰뷸런스 부대를 지휘하는 장교이다. 그는 전쟁의 한복판에 있는 군인이다. 상식대로라면 살벌한 전쟁터나 전투 장면에 대한 묘사로부터 작품이 시작될 법하다. 그런데 작품의 도입부에서 프레더릭은 동료 장교와 함께 장교용 유곽에서 창밖을 내다보고 있다. 그뿐이 아니다. 장교 식당에서 어느 대위가 순진한 군종신부를 놀리며 농담하는 장면이 등장하고 프레더릭이 휴가를 떠나는 대목으로 이어진다. 아무리 보아도 전쟁과는 무관한 장면이요, 대화들이다. 프레더릭은 전쟁 한복판에 있으면서 어느 정도 전쟁

밖에 있는 존재, 전쟁과 무관한 존재로 등장하는 것이다.

> 하지만 내가 전사하는 일은 결코 없으리라는 것을 나는 알고 있다. 적어도 이 전쟁에서는 말이다. 이 전쟁은 나와는 아무 상관이 없다. 이 전쟁은 내게 영화 속에서 보고 있는 전쟁만큼이나 위험해 보이지 않았다. 그렇지만 나는 이 전쟁이 끝나기를 간절히 기도했다. 아마 금년 여름이면 끝날지도 모른다. 아마도 오스트리아군이 항복할지도 모른다. 그들은 다른 전쟁에서도 늘 항복했으니 말이다. (56쪽)

그는 전쟁의 한복판에 있지만, 이 전쟁은 자신과 아무 상관이 없다고 생각한다. 심지어 전쟁의 승패에 대해서도 심드렁하다. 그냥 기계적으로 의무를 행할 뿐이다. 그가 미국인이면서 이탈리아 군대에 근무하게 된 것도 전쟁 발발 시 그가 이탈리아에 있었기 때문이며 그가 이탈리어를 할 줄 알았기 때문이다. 그가 전쟁이 끝나기를 간절히 기도하는 것은 그냥 전쟁이 싫어서이지 열렬한 반전주의자라서가 아니다. 그는 전쟁과 대비되는 건강한 삶, 평화로운 삶을 간절히 원했기 때문에 전쟁이 끝나기를 원하는 것이 아니다. 만일 그랬다면 그는 휴가를 얻었을 때 신부가 권하는 신부의 고향으로 가서 전쟁과는 전혀 다른 목가적인 삶을 잠시나마 누리고 왔을 것이다. 하지만 그는 전쟁터에서는 잠깐씩밖에 맛보지 못하던 쾌락을 휴가 중 맘껏 즐기고 왔을 뿐이다.

> 나는 정말이지 아브루치에 가고 싶었다. 하지만 휴가 동안 나는 길이 무쇠처럼 꽁꽁 얼어붙은 곳, 날씨가 맑고 건조하며 추운 곳, 눈조차 바삭바삭한 가루처럼 흩날리는 곳, 눈 위에 토끼 발자국이 찍혀 있고 농부들이 모자를 벗고 우리들에게 '나리'라며 인사하는 곳, 멋진 사냥을 할 수 있는 곳은 한 군데도 가보지 않았다. 나는 그런 곳 대신에 담배 연기 자욱한 카페에 갔으며 밤이면 방이 빙빙 도는 것 같아 그걸 멈추게 하려고 벽을 뚫어져라 쳐다보아야 하는 곳에만 갔다. 밤이면 술에 취한 채 침대에 누워 지금 내게 있는 모든 것, 지금 이 순간이 전부라고 생각했다. (……) 언제나 똑같은 낮과 밤이 반복되었다.
> (23~24쪽)

그 삶은 무의미한 혼돈 속의 삶이다. '정말로 아브루치에 가고 싶었다'라고 그는 말하지만 그 바람은 그저 막연하기만 할 뿐 그는 그 바람을 실현하지 않는다. 그 삶은 그 어느 것도 진지하게 생각하지 않고 의미를 부여하지 않는 삶이다. 우리는 이 작품을 그렇게 무의미한 삶에서 벗어나 자신만의 삶을 찾는 과정으로 읽어도 무방하다. 그렇다면 그런 무의미한 삶에서 프레더릭을 벗어날 수 있게 해준 것은 무엇인가? 답은 간단하다. 바로 사랑이다. 하지만 그 간단한 답에 이르는 과정은 그렇게 간단하지 않다.

헤밍웨이는 이 작품을 자신이 쓴 『로미오와 줄리엣』이라고 말하면서 이 작품은 무엇보다 두 남녀의 비극적인 사랑을 그린 연애소설이라고 밝힌 바 있다. 그런데 이 작품에서 그 비극적인 두 주인공의 만남은 전혀 비장하지 않고 오히려 희화적이다. 프레더릭은 캐서린 바클리를 한 번 만나자마자 거의 매일 그녀를 찾아간다. 하지만 그가 그녀를 자주 찾아가는 것은 그녀를 보는 순간 단번에 사랑에 빠져서가 아니다. 그녀를 만나는 것이 유곽으로 창녀들을 찾아가는 것보다는 낫다고 생각했기 때문이다. 그는 그녀를 보는 순간 아름답다고 생각하지만 단번에 사랑에 빠지지 않는다. 아니 오히려 결코 사랑에 빠지지 않으리라고 자신한다. 다른 모든 일 에서 그러하듯 '사랑'이라는 진지하고 엄숙한 단어는 그의 몫이 아니다. 그가 그녀를 세 번째 만났을 때 그녀의 허리에 팔을 두르고 키스를 하려고 한 것은 그녀를 사랑해서가 아니다. 오히려 그녀를 사랑하지 않으리라는 확신 때문이다.

> 나는 그녀의 몸을 옆으로 돌렸다. 키스할 때 그녀의 얼굴을 똑바로 바라보기 위해서였다. 그녀는 두 눈을 꼭 감고 있었다. 나는 그녀의 감은 두 눈에 입을 맞추었다. 나는 그녀의 머리가 약간 이상해진 게 아닌가 생각했다. 하지만 그렇더라도 괜찮았다. 그녀와 어떤 관계에 말려들더라도 아무 상관없었다. 어쨌든 매일 저녁 장교용 유곽으로 가는 것보다는 나았다. (……)
>
> 나는 내가 캐서린 바클리를 사랑하지 않는다는 것, 그녀를 사랑하지 않게 되리라는 것을 잘 알고 있었다. 이건 카드 대신 말로 하는 브리지 게임 같은 것이다. 마치 브리지 게임을 하듯 돈을 따기 위해서 게임을 하거나, 아니면 뭔가 내기를 걸고 게임을 하는 척하면 되는 것이다. 무엇을 내기에 걸고 있는지는 우리 둘 다 말하지 않았다.

나는 그것이 무엇이건 좋았다. (48쪽)

프레더릭과 캐서린의 만남은 무의미한 프레더릭의 삶에 나타난 한 줄기 등불 같은 것이 아니다. 무의미한 그의 삶에 의미를 주는 사랑이 찾아온 순간이 아니다. 그 만남은 무의미한 일상 중에 그가 겪은 하나의 가벼운 사건일 뿐이다. 사정은 캐서린도 마찬가지이다.

> "제발 그런 쓸데없는 거짓말은 하지 않기로 해요. 오늘 자그마한 연극을 했을 뿐이에요. 지금은 괜찮아졌어요. 보시다시피 난 미친 것도 아니고 정신이 없는 것도 아니에요. 그냥 가끔 그럴 뿐이에요." (49~50쪽)

그녀는 전쟁에서 죽은 약혼자에 대한 기억을 여전히 간직하고 있으며 우연히 만난 프레더릭을 멋지고 좋은 사람이라고 생각했을 뿐이다. 혹은 그녀가 그를 보자마자 사랑을 느꼈다 하더라도 아직 죽은 약혼자에 대한 낭만적인 추억의 연장선상에서 잠깐 정신이 나갔을 뿐이다.

그런데 그 만남의 의미가 변한다. 그렇게 한쪽에서는 심심풀이로, 또 다른 한쪽에서는 낭만적 투사에 의해 시작된 관계가 사랑으로 승화하는 것이다.

프레더릭이 부상을 입고 병원에 누워있을 때 캐서린이 병실로 들어선다. 꽤 오랫동안 헤어져 있다가 만나는 순간이다. 그 순간 프레더릭은 비로소 자신이 그녀를 사랑하고 있음을 깨닫는다.

> 그녀는 방안으로 들어오더니 침대로 다가왔다.
> "자기, 오랜만이에요." 그녀가 말했다. 그녀는 싱그럽고 젊었으며 무척이나 아름다웠다. 그렇게 아름다운 여자는 생전 처음 보는 것 같았다.
> "안녕." 내가 말했다. 그녀를 보는 순간 나는 내가 그녀를 사랑하고 있음을 알았다. 내 몸 안의 모든 것이 온통 부글부글 끓어오르는 것 같았다. 그녀는 문 쪽을 바라보고 아무도 없는 것을 확인하고는 침대 곁에 앉더니 몸을 굽혀 내게 키스했다. 나는 그녀를 잡아당겨 입을 맞추었다. 그녀의 가슴이 뛰고 있는 것을 느낄 수 있었다. (116쪽)

그 사랑은 그의 의지와는 상관없이 경이적으로 찾아온 것이다.

그녀는 밖으로 나갔다. 나는 그녀와 사랑에 빠질 생각이 추호도 없었다. 나는 그 누구와도 사랑에 빠지는 것을 원치 않았었다. 그런데 나는 이렇게 사랑에 빠져 밀라노의 어느 병원 병실에 누워있었다. 온갖 생각이 머리를 스치고 지나갔지만 나는 사랑의 기적을 맛보고 있었으며 사랑의 경이감에 한껏 빠져 있었다. (119쪽)

그런 사랑의 시작과 함께 프레더릭은 무의미한 삶에서 벗어난다. 사랑의 경이감을 맛본 사람에게 세상이 무의미한 상태로 머물러 있을 리 없다. 사랑에 대하여 눈을 뜨면서 그는 세상에 대하여 눈을 뜨고 삶의 의미를 깨닫는다. 자신이 처한 상황 자체에 대한 진지한 질문과 성찰을 통해 삶의 의미를 깨닫게 되는 것이 아니라 느닷없이 찾아온 사랑과 함께 삶의 의미를 깨닫고 자신만의 삶을 살게 된다.

자신만의 삶을 살기 위해서는 어떻게 해야 하는가? 자신이 처한 상황에 대한 인식과 성찰이 전제되어야 한다. 사랑과 함께 그에게 그러한 성찰이 시작된다. 그가 처한 전쟁이라는 상황은 그에게 우연히 던져진 상황이다. 그가 아무리 군 복무에 충실하더라도 전쟁 속에서 자신의 삶에 큰 의미를 부여할 수는 없다. 그 상황은 내가 택한 상황이 아니기 때문이다. 캐서린과 사랑하기 전까지 그는 전쟁이 자신에게 무의미하다는 것조차 의식하지 못했다. 그냥 막연히 싫었을 뿐이다. 그런 상황 속에서 겪는 전쟁은 구체적인 전쟁이 아니다. 그런데 사랑과 함께 그는 전쟁을 구체적으로 경험한다. 그리고 자신이 왜 이 전쟁과는 어울리지 않는 존재인지 자각한다. 자기 성찰의 시작이다. 사랑이 자기 성찰을 낳는다.

> 나는 신성(神聖)이니 영광이니 희생이니 하는 공허한 표현들을 들으면 늘 당혹스러웠다. 우리는 고함 소리만 겨우 들릴 뿐 거의 아무 소리도 들리지 않는 빗속에 서서 그런 말들을 들었다. 또한 케케묵은 포고문 위에 덧씌워 놓은 포고문들에서 그런 표현들을 읽었다. 나는 신성한 것을 실제로 본 적이 없으며 영광스럽다고 말하는 것들에서는 조금도 영광을 느낄 수 없었다. 또한 희생이란 고깃덩어리를 땅속에 파묻는 것 외에는 할 수 있는 일이라고는 아무것도 없는 시카고의 도살장과도 같았다. 도저히 참고 들을 수 없는 단어들이 너무 많았으며 오로지 지명만이 위엄을 지니고 있을 뿐이었다. 숫자나 날짜들만

> 이 지명과 함께 우리가 말할 수 있는 것이었으며 의미가 있는 것들이었다. 영광, 명예, 용기, 신성 따위의 추상적인 말들은 마을의 이름이나 도로 번호, 강 이름, 연대의 번호, 날짜들에 비하면 오히려 외설스러웠다. (219~220쪽)

이어서 그는 주변 사람들의 어이없는 죽음들을 직접 목격하고 경험하며 그 자신도 아군인 이탈리아군 헌병들에게 총살당할 위기까지 겪는다. 가까스로 위기에서 벗어난 그는 이제 자신이 전쟁으로부터 완전히 멀어진 존재라는 것을 분명히 자각한다. 그리고 자신은 이제 단독으로 평화조약을 맺은 셈이라고 느낀다.

> 나는 단독으로 평화조약을 맺은 셈이었다. (……) 내게 전쟁은 이제 아득히 멀어졌다. 아마 전쟁 같은 것은 없었는지도 모른다. 이제 전쟁은 없다. 그제야 비로소 전쟁이 내게는 끝이라는 실감이 났다. 하지만 전쟁이 정말로 끝났다는 느낌은 들지 않았다. 나는 학교를 땡땡이치고 지금쯤 학교에서 무슨 일이 벌어지고 있는지 궁금해하는 학생이 된 듯한 기분이었다. (282~284쪽)

실제로 전쟁이 끝난 것이 아니라 그의 마음속에서 전쟁이 끝난 것이다. 그런 상황에서 그는 조금 거창한 표현을 쓰면 일종의 존재론적 전환을 경험한다.

> 나는 생각 체질이 아니다. 나는 먹는 체질이다. 정말 그렇다. 나는 먹고 마시고 캐서린과 잠을 자기 위해 태어났다. 오늘 밤은 가능하겠지. 아니다 그건 불가능하다. 하지만 내일 밤은? 좋은 식사와 잠자리. 그녀와 함께가 아니라면 그 어디도 가지 않으리. 어쩌면 후다닥 떠나버려야 할지도 모른다. 그녀는 함께 갈 것이다. 나는 그녀가 함께 갈 것임을 안다. (274쪽)

아주 역설적이다. 사랑과 함께 찾아온 자기 성찰은 '나는 먹는 체질이다'라는 선언, '나는 먹고 마시고 캐서린과 잠을 자기 위해 태어났다'라는 선언을 낳는다. 어찌 보면 자기 성찰의 결과라고 보기에는 지나치게 경박해 보인다. 그런데 그 선언은 보기보다 어마어마한 선언이다. 인간이라는 존재의 의미에 대한 기존의 통념을 단번에 뒤집어버리는 선언이다.

프랑스의 17세기 철학자 데카르트는 '나는 생각한다, 고로 나는 존재한다'라고 말했고 그의 그 말은 인간의 존재의미를 규정하는 하나의 규범으로 간주되었다. 인간의 존재 이유를 바로 인간의 사유 능력에서 찾은 것이다. 그것은 인간에게는 이성이 있기에 동물과 다르다는 선언이며, 바로 그 선언에서 합리주의가 나온다. 그런데 프레더릭은 '나는 먹고 마시고 캐서린과 잠을 자기 위해 태어났다'라고 선언한다. 생각의 주체는 머리이다. 그러나 먹고 마시고 캐서린과 잠을 자는 주체는 몸이다. 합리주의 철학에 맞서 일종의 몸 철학을 선언하고 있는 셈이다.

그 철학은 생각을 거부하는 철학이다. 그 철학은 진지하고 냉정한 사유 대신에 유희와 즐김을 우선시하는 철학이다. 그 철학 내에서는 사랑도 하나의 유희가 된다. 그런 눈으로 작품을 다시 한번 읽어보라. 프레더릭과 캐서린은 서로 진정으로 사랑하는 연인들이다. 하지만 그들의 대화에는 우리가 기대할 수 있는 진지한 사랑의 밀어(密語)는 별로 나오지 않는다. 그들의 대화에는 그 어떤 비장함도, 진지함도 들어있지 않다. 자신들의 미래에 대한 설계도 없다. 어떻게 보면 아이들 소꿉장난처럼 유치하고 비현실적이다. 프레더릭은 병상에 누워있는 심각한 상황에서도 끊임없이 먹고 마시고 캐서린과 사랑을 나누며 캐서린은 유치할 정도로 명랑하기만 하다. '먹고 마시고 캐서린과 잠을 자기 위해 태어났다'라는 프레더릭의 선언을 그야말로 성실하고 진지하게(?) 둘이서 함께 실천하는 셈이다. 그들은 마냥 행복하기만 하다. 행복할 권리를 마음껏 행사한다. 행복의 첫 번째 전제조건은 천진난만함이다. 온갖 심각한 생각 다 떨쳐버리기, 그것이 행복의 첫 번째 조건이다. 이런 표현이 맞는다면 캐서린과 헨리는 악착같이 즐기고 악착같이 순진하고 악착같이 무심하다.

그런 그들이 절체절명의 위기에 처해 중립국 스위스로 사랑의 도피 행각을 한다. 자못 비장한 상황이다. 하지만 그런 비장한 상황에서도 둘은 여전히 유치한 농담을 나누며 소꿉장난하듯 살아간다. 그 삶은 현재에 충실한 삶이며 아무런 미래에 대한 설계도 없는 삶이다. 먹고 마실 수 있는 돈과 사랑을 나눌 수 있는 보금자리만 있으면 되는 삶이다. 그 삶은 그 어떤 현실적 결실도 없는 삶이다. 프레더릭은 그런 결실에 대해서 아예 무덤덤하다. 그가 사산(死産)한 아이에 대해 아버지로서의 감정을 조금도 갖지 않는 것은 그 때문이다. 이 세상에는 오로지 그들 둘만 존재한다. 세상으로부터 유리된 이방인으로서.

그날 밤 호텔의 우리들 방에서 나는 너무나 행복했다. 부드러운 시트를 덮고 안락한 침대에 누워 있자니 마치 고향에 돌아온 것 같은 느낌이었다. 이제는 더 이상 혼자가 아니라는 느낌, 밤에 잠에서 깨어나도 곁에 누군가 있으며 결코 어디로 가지 않으리라는 느낌에 나는 젖어 있었다. 그 외의 다른 것들은 모두 비현실적이었다. 우리는 피곤하면 잠을 잤으며 누군가가 잠에서 깨면 상대방도 잠에서 깨어났다. 우리는 외롭지 않았다. 남자건 여자건 때로는 홀로 있고 싶어지는 법이고 둘이 사랑하는 사이라면 상대방의 그런 기분을 질투하는 법이다. 하지만 나는 그런 기분을 전혀 느끼지 않았다고 자신 있게 말할 수 있다. 우리는 함께 있으면서 그런 고독을 만끽하고 있었다. 우리 둘은 세상 다른 사람들로부터 고립되어 있었다. 바로 그렇기에 우리는 오히려 외롭지 않았고 둘이 함께 있으면 그 무엇도 두렵지 않았다. (288쪽)

프레더릭과 캐서린의 그 위대한(?) 실험은 성공할 수 있을까? 여러분은 그 실험이 성공할 수 있다고 보는가? 둘의 그 아름다운 꿈이 이루어져 에덴동산에서의 지복(至福)의 삶을 살아갈 수 있을까? 우리는 그들 앞에 그런 에덴동산이 기다리고 있기를 은근히 바랄지도 모른다. 인간이라면 누구나 그런 꿈을 꾸기 때문이다. 하지만 그런 꿈은 현실 속에서 결코 이루어질 수 없다. 이 작품에서 끊임없이 비가 내리는 것은 그 때문이다. 이 작품에서 비는 쇠락과 추락과 죽음의 상징이다.

> 가을이 되자 이 고장 전체가 축축하게 비에 젖고 갈색이 되어 죽음을 맞이하고 있는 것 같은 모습이었다. (11쪽)

프레더릭과 캐서린은 눈이 내리는 스위스의 산에서 평화롭고 안정된 삶을 누린다. 하지만 그것은 잠시일 뿐 다시 비가 오고 땅은 진창이 된다. 비를 맞으며 살 수밖에 없는 것이 인간이다. 죽을 수밖에 없는 것이 인간이다. 그 목가적인 사랑을 영원히 누릴 수 없는 것이 인간이다. 그렇기에 프레더릭과 캐서린의 사랑이 지순하면 지순할수록 그들의 사랑은 비극이 될 수밖에 없다.

작가는 그 지순한 사랑의 승리를 아름답게 그리고 싶었을지도 모른다. 몸 철학의 승리를 보여주고 싶었는지도 모른다. 헤밍웨이가 이 소설의 결말을 두고 고심했다는 것은 유명한 일화이다. 헤밍웨이 자신이 39번이나 고쳐 쓰고서야 겨우 만족스러운 결말을 얻을 수 있었다고 했으며 출판사에 원고를 보내기 직전에도 캐서린이 분만실에서 사망하는 장면을 17번이나 고쳐 썼다고 한다. 하지만 그는 결국 캐서린을 분만실에서 저세상으로 보낸다. 인간의 운명은 그렇게 비극적일 수밖에 없다는 것, 결국 덫에 걸릴 수밖에 없다는 생각이 강했기 때문일 것이다. 이 작품에서 진지한 성찰이 겉으로 직접 드러나 있는 몇 안 되는 대목 중의 하나를 인용해보자.

> 나는 간호사들의 보고서가 놓여 있는 책상 앞 의자에 앉아 창밖을 내다보았다. 밖은 어두웠고 창밖으로 새어나가는 불빛에 빗줄기만 보일 뿐이었다. 그래, 그렇게 됐구나. 아이는 죽어 있었어. 그래서 의사가 그토록 지쳐 보이던 거였군. (……) 불쌍한 어린 것. 제길, 나도 그렇게 질식했더라면 좋았을 것을. 나는 그러지 않았다. 그랬더라면 이런 죽음들을 겪지는 않았을 것을. 이제 캐서린도 죽을지 모른다. 바로 내가 저지른 짓이다. 나도 죽는다. 나는 죽음이 무엇인지 모른다. 배울 시간이 없었기 때문이다. 우리는 경기장 안에 내던져진 채 경기 규칙에 대해 듣는다. 그리고 마치 야구에서처럼 정해진 베이스를 벗어나

는 순간 아웃시켜 버린다. 혹은 아이모처럼 아무 까닭 없이 죽인다. 혹은 리날디처럼 매독에 걸리게 만든다. 어쨌든 결국에는 우리를 죽인다. 그것만은 분명하다. 살아남는다 하더라도 결국에는 죽임을 당한다.

언젠가 야영을 할 때의 일이다. 나는 모닥불 위에 통나무를 올려놓았다. 그런데 통나무 안에는 개미집이 있었다. 통나무에 불이 붙기 시작하자 개미들이 우글우글 밖으로 기어 나왔다. 개미들은 처음에는 불이 붙어 있는 한 가운데로 기어갔다. 곧이어 개미들은 방향을 돌려 뜨겁지 않은 통나무 끝으로 기어갔다. 하지만 나무 끄트머리에서 개미들은 불 속으로 뚝뚝 떨어졌을 뿐이었다. 당시 그 모습을 보면서 이것이야 말로 세계의 종말과 같은 것이라고 생각했던 것, 또한 내가 메시아가 될 수 있는 기막힌 기회라고 생각했던 것이 지금도 기억난다. 나는 통나무를 불속에서 끄집어내어 개미들이 땅바닥으로 도망가게 해줄 수 있었다. 하지만 내가 취한 행동은 물 한 컵을 통나무 위에 끼얹은 것뿐이었다. 컵을 비우고 위스키를 따르기 위해서였다. 불타고 있는 통나무에 끼얹은 한 컵의 물은 개미들을 삶아 죽이는 짓에 불과했다고 나는 생각

한다. (369~371쪽)

헤밍웨이가 이 작품을 자신이 쓴 『로미오와 줄리엣』이라고 말한 것은 바로 그 운명적 비극성 때문이다. 어찌 보면 프레더릭과 캐서린은 로미오와 줄리엣 보다 더 비극적인 사랑을 한 셈이다. 로미오와 줄리엣은 가문의 덫에 걸려 있었지만 프레더릭과 캐서린은 인간이라는 운명의 덫에 걸려 있었기 때문이다.

여러분은 어떠한가? 이 소설의 결말을 두고 헤밍웨이가 갈등했듯이 여러분들 스스로 이 소설의 결말을 다른 식으로 맺어보고 싶지 않은가? 순수한 사랑을 지켜주고 싶은 열망이 강한가, 아니면 순수한 사랑의 비극성을 숨김없이 드러내고 싶은가? 과연 우리들의 삶에는 청명하고 평화롭고 아름다운 곳, 군종신부가 그리는 고향, 프레더릭이 가고 싶었지만 가지 못한 곳이 있을까? 있다면 어떻게 갈 수 있을까? 우리가 그곳을 그리워하면서도 가지 못하는 이유는 무엇일까? 그런 질문을 담아 나름대로 결론을 맺고 싶지 않은가?

『무기여 잘 있거라』는 헤밍웨이의 직접적인 경험에 토대를 둔 소설이다. 그는 1918년 제1차 세계 대전 중에 미 적십자 부대의 앰뷸런스 운전사로 지원해 이탈리아 전선에 투입된다. 그는 그해 7월 두 다리에 중상을 입고 밀라노 육군병원에서 치료를 받았다. 캐서린 바클리는 그때 그를 간호해준 간호사 애그니스 폰 쿠로스키가 모델이다. 그는 여섯 살 연상인 그녀와 사랑에 빠진다. 그 외의 중요 인물들도 그가 이탈리아에 있을 때 만났던 사람들이다.

1929년에 출간한 이 작품은 초판이 31,000부가 판매되었으며 출간 4개월 만에 8만 부가 판매된다. 이 작품의 성공으로 인하여 헤밍웨이는 작가로서 명성을 얻으며 경제적으로도 여유를 갖게 된다.

『무기여 잘 있거라』는 출간 이듬해인 1930년에 연극으로 각색되어 무대에 올랐으며 1932년에 헬렌 헤이즈와 게리 쿠퍼 주연으로 영화로 제작되었으며 1957년 리메이크 되었다. 또한 1966년에는 세 편의 텔레비전 시리즈로 제작 방영되었다.

한편 리처드 아텐보로가 메가폰을 잡고 크리스 오도넬과 산드라 블록이 주연한 〈러브 앤 워〉(1996)는 헤밍웨이가 이탈리아 전선에서 앰뷸런스 운전병으로 근무할 때를 묘사한 작품이다.

헤밍웨이의 삶은 그야말로 현란하다. 그는 작가이자 기자였으며 스포츠맨이었다. 게다가 그는 좀처럼 한 군데 정착하지 못하는 캐릭터의 소유자였다. 그는 1899년 미국 일리노이주의 오크 파크에서 의사인 아버지 클래런스 헤밍웨이와 음악 교사인 그레이스 헤밍웨이의 여섯 자녀 중 둘째로 출생한다. 1917년 고등학교 졸업 후 그는 대학 입학을 포기하고 「캔자스 시티 스타」 신문사의 수습기자로 취직한다. 1918년 그는 미 적십자 부대의 앰뷸런스 운전병으로 지원해 이탈리아 전선에 투입된다. 앞서 말했듯 『무기여 잘 있거라』는 이때의 경험을 바탕으로 쓴 소설이다. 심하게 다리 부상을 해 귀국한 그는 다시 기자가 되어 1922년 터키에 파견되며 스페인을 방문하고 캐나다의 토론토에도 잠시 머문다. 1926년 『태양은 다시 떠오른다』로 문명(文名)을 얻은 그는 '서재의 작가'로 머물지 않고 1927년 프랑스 파리로 간다. 1928년 그는 프랑스를 떠나 미국 플로리다주의 키웨스트로 이주한다. 1936년 스페인 내전이 일어나자 그는 1937년 '북아메리카신문연맹'의 특파원 자격으로 스페인 내전을 취재한다. 1939년 그는 쿠바의 아바나 교외에 작은 농장을 구입한 뒤 그곳에 머물면서 소설을 집필에 몰두하여 이듬해인 1940년 스페인 내전을 무대로 한 『누구를 위하여 종은 울리나』를 발표한다. 제2차 세계 대전 중인 1942년 그는 미 해군에 자원해 독일군 잠수함 수색작전을 벌이기도 하고 1943년부터는 신문 및 잡지 특파원으로 노르망디 상륙작전과 파리 입성에 직접 참여하여 취재를 했다. 2차 세계 대전이 종료되자 그는 독일 잠수함 수색작전의 공을 인정받아 정부로부터 훈장을 받았다.

1952년 그는 『노인과 바다』를 출간하여 퓰리처상을 받았으며 아프리카 여행 중이던 1954년 두 번의 비행기 사고로 중상을 입으며 한때 그가 사망했다는 소문이 전 세계에 퍼지기도 한다. 바로 그 해에 그는 미국 작가로는 다섯 번째로 노벨상 수상자가 된다.

그는 카스트로가 권좌에 오른 1961년 쿠바를 영원히 떠나며 우울증, 알코올 중독증 등에 시달리다가 그해 7월 2일 엽총으로 자살한다. 후에 그의 자살 원인은 일종의 유전병이라고 할 수 있는 혈색소침착증 때문인 것을 밝혀졌다. 그의 아버지도 1928년 권총으로 자살했으며 누이와 형제 중에도 바로 그 병 때문에 자살한 사람들이 있었다. 간경변증, 당뇨병, 관절염 등을 유발하는 그 병은 정신적 질환도 낳는 것으로 알려져 있다. 참고로 그의 방랑벽은 여자에게도 적용이 되었는지 그는 생애 세 번 이혼하고 네 번 결혼했다.

헤밍웨이는 미국인이 가장 사랑하는 미국 작가 순위에서 늘 1위에 오르고 있으며 교과서에는 그의 작품들이 수록되어 있다.

무기여 잘 있거라

생각하는 힘: 진형준 교수의 세계문학컬렉션 92

펴낸날 **초판 1쇄 2023년 11월 17일**

지은이 **어니스트 헤밍웨이**
옮긴이 **진형준**
펴낸이 **심만수**
펴낸곳 **(주)살림출판사**
출판등록 **1989년 11월 1일 제9-210호**

주소 **경기도 파주시 광인사길 30**
전화 **031-955-1350** 팩스 **031-624-1356**
홈페이지 **http://www.sallimbooks.com**
이메일 **book@sallimbooks.com**

ISBN 978-89-522-4731-5 04800
978-89-522-3984-6 04800 (세트)

※ 값은 뒤표지에 있습니다.
※ 잘못 만들어진 책은 구입하신 서점에서 바꾸어 드립니다.